O LIVRO DE JOANNA
A HISTÓRIA DE UMA HERDEIRA

1ª edição

O livro de Joanna – a história de uma herdeira

Coordenação editorial – May Parreira e Ferreira
Capa e projeto gráfico – Balão Editorial
Revisão – Balão Editorial

Dados Internacionais de Catalogação na Publicação (CIP)
(Câmara Brasileira do Livro, SP, Brasil)

Barbieri, Bernadette

O livro de Joanna : a história de uma herdeira / Bernadette Barbieri. -- 1. ed. -- São Paulo : Ofício das Palavras Editora, 2012.

1. Ficção brasileira I. Título.

12-01224 CDD-869.93

Índices para catálogo sistemático
1. Ficção : Literatura brasileira 869.93

Ofício das palavras editora e estúdio literário

R. Guararapes, 680 – Brooklin
04561-000 – São Paulo – SP
Tel.: 55 11 3473-7674
www.oficiodaspalavras.com.br
contato@oficiodaspalavras.com.br

O LIVRO DE JOANNA

A HISTÓRIA DE UMA HERDEIRA

BERNADETTE BARBIERI

Aos grandes amores de minha vida:
Almir, Carolina, Patrícia e João Gabriel

As convicções são inimigas mais poderosas
da verdade do que a mentira
F. Nietzsche

A FAMÍLIA BRANDINI NO BRASIL

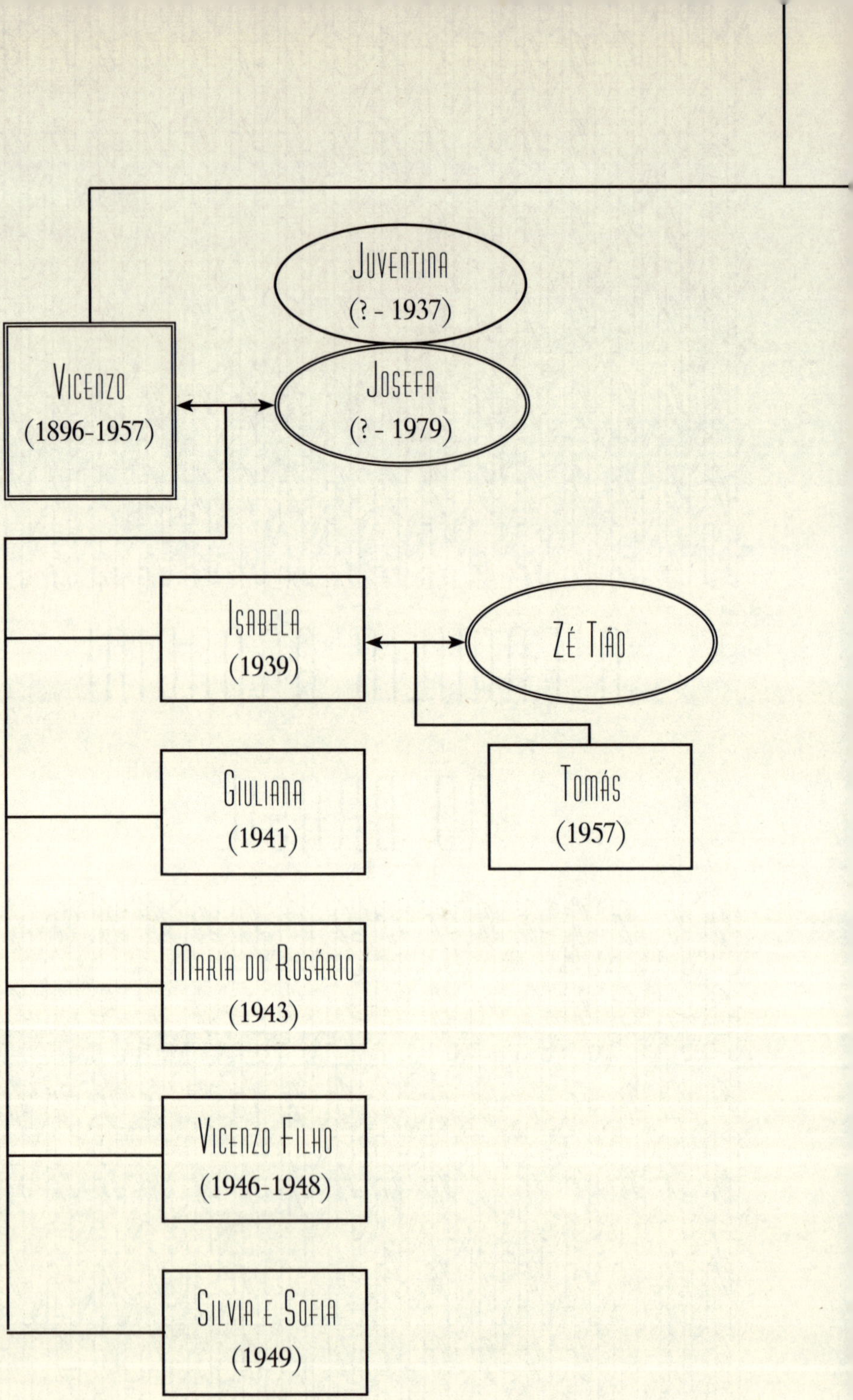

Juventina
(? - 1937)
Vicenzo
(1896-1957)
Josefa
(? - 1979)
Isabela
(1939)
Zé Tião
Tomás
(1957)
Giuliana
(1941)
Maria do Rosário
(1943)
Vicenzo Filho
(1946-1948)
Silvia e Sofia
(1949)

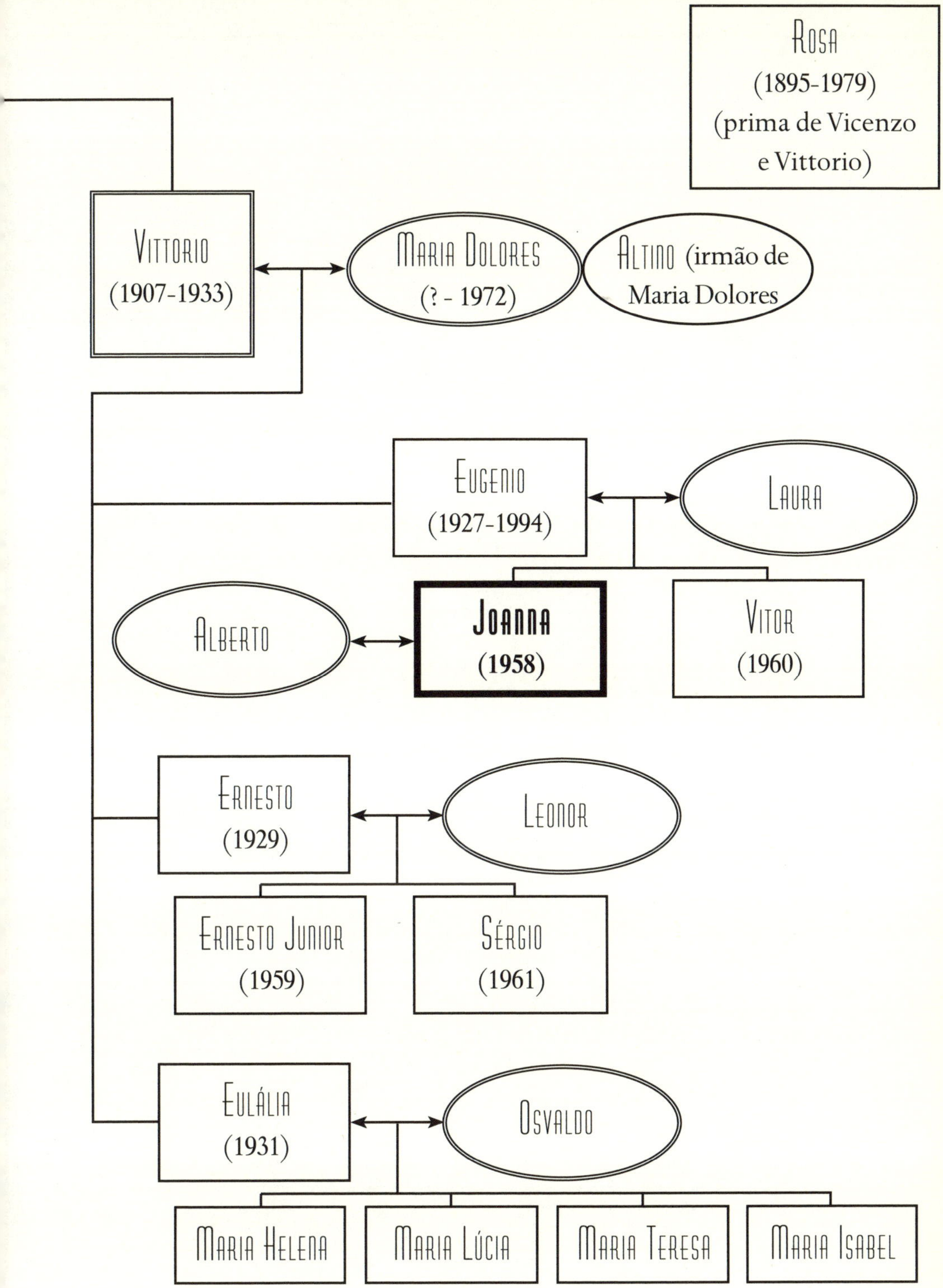
Rosa
(1895-1979)
(prima de Vicenzo e Vittorio)
Vittorio
(1907-1933)
Maria Dolores
(? - 1972)
Altino (irmão de Maria Dolores
Eugenio
(1927-1994)
Laura
Alberto
Joanna
(1958)
Vitor
(1960)
Ernesto
(1929)
Leonor
Ernesto Junior
(1959)
Sérgio
(1961)
Eulália
(1931)
Osvaldo
Maria Helena
Maria Lúcia
Maria Teresa
Maria Isabel

PARTE I

O LEGADO

Capítulo I

A fila se estendia por vinte metros e eles mal haviam chegado para receber os cumprimentos. Alberto, vistoso em seu terno escuro, ainda de braços com ela. A mãe e o pai, ao lado. O sogro e a sogra, do lado de Alberto, complementavam a moldura. Mais além, Vitor, o irmão mais novo.

Uma avalanche de pessoas se anunciava, exibindo roupas elegantes e o sorriso treinado. Subiam lentamente em procissão. Entravam em deslumbramento com a transformação do velho armazém no magnífico salão de festas. Os homens descarregavam tapas vigorosos nas costas do pai, enquanto lançavam um olhar de esguelha para a mãe. As mulheres observavam o longo vestido branco, identificando os detalhes e desvendando as pequenas pedras brilhantes salpicadas no véu. Um a um vinha cumprimentá-los, alguns protocolares, outros animados, dispostos a comemorar por toda a noite.

Ela mantinha-se em pé, formal, secretamente felicitando-se por sua responsabilidade na alegria que iluminava o semblante dos pais. Joanna era a filha mais velha e honrava a linhagem. Embora, por vezes, manifestasse rompantes de agressividade que contradiziam a habitual cordialidade, seu respeito à tradição era incontestável. Coerente que fizesse a vontade deles naquele momento especial. A cerimônia do casamento não precisava limitar-se ao ritual de inauguração da nova vida do casal, como piegas ode de amor. Mais que isso, uma apropriada formalidade de reverência à história de uma dinastia. Ela sabia que, para eles, exibir a filha casando-se com o representante de uma das famílias mais tradicionais da capital era um triunfo. A festa de casamento como uma legítima apologia à trajetória de sucesso da família Brandini.

A decisão da estrutura da festa foi quase natural. Joanna contava à mãe o que ela e Alberto tinham imaginado, quando o pai atalhou a conversa:

– Vocês estão falando sobre a festa do casamento? Já está tudo resolvido. Vocês não queriam casar no mesmo mês que eu e sua mãe? A melhor data é 18 de março. O bispo de São Paulo vem celebrar o casamento na capela da fazenda e o armazém de açúcar vai ser arrumado e decorado para receber mil pessoas. Vamos contratar o melhor buffet da capital.

Joanna fixou seu olhar nele, como se refletisse. Não demorou para compreender a grandeza de atitude que era esperada dela.

– Tudo bem, pai. Eu só estava mesmo trocando ideias com a mamãe.

Então, já estava tudo resolvido. Tampouco Alberto se contraporia, caso Joanna dissesse que o desejo de seus pais era o mesmo que o dela. A data era, de fato, uma das possibilidades que consideraram, um sábado antes da Semana Santa. Para sua mãe, seria conveniente, bem a tempo de retornar da temporada de veraneio do Guarujá e deixar a casa pronta para o grande evento. Por isso, Laura assentiu prontamente com largo sorriso, antecipando a possibilidade de encomendar um belo vestido no melhor ateliê da rua Augusta, combinando com as plumas no chapéu que usaria sobre um fino véu negro. Ficaria tudo perfeito para o casamento dos mil convidados e o jantar do requintado buffet da capital.

Foi inevitável um lampejo de contrariedade, mas Joanna sentia-se no dever de respeitar a decisão como se fosse sua. Concluía que a intenção do pai era conciliar a melhor solução para todos. Em retribuição, ela devia apoiá-lo. Mesmo que isso pesasse na decisão de não compartilhar o momento com os amigos, com quem conviveu nos últimos anos, na cidade de São Paulo. Ela reconhecia que, do ponto de vista do pai, a maioria dos colegas universitários era suspeita. Com seus modos desleixados e provocativos, não estariam condizentes com o luxo da festa, com os distintos convidados. Apenas poucas exceções eram admissíveis, por serem de famílias conhecidas na sociedade.

Talvez ela ainda se lembraria do período em que conviveu com esses amigos "subversivos" como o mais divertido de sua vida. Não se envolvia diretamente com aventuras políticas, apesar de estar sempre bem informada. Ela ria ouvindo o relato de como conseguiram atingir a testa de um político com ovos ou haviam corrido do cassetete dos policiais. Não era nada realmente grave. Apenas faziam o que era esperado da juventude naquela época. De qualquer forma, o pior da repressão política já parecia ter passado. O pavor da possibilidade de uma apreensão policial na calada da noite não era como nos primeiros anos da década de 70. Desde 1974 o Presidente Geisel havia anunciado a "lenta, gradativa e segura distensão". No início do ano anterior, definiu-se o próximo presidente. O General Figueiredo foi anunciado com a missão de abrandar o regime, reconstituindo a democracia. No início daquele ano de 1978, foram emitidos os primeiros passaportes aos exilados que imploravam para retornar à pátria. A economia vinha crescendo ao ritmo de quase dez por cento a cada ano. No Brasil do "milagre econômico", não se esperava que os comunistas restantes tivessem plateia.

Ainda assim, seu pai não queria correr risco. Lembrava o "pacote de abril" no ano anterior, quando o Congresso Nacional foi fechado. Mencionava também a recente tentativa de reviravolta no regime, liderada pelo General Frota, em outubro último. Os militares estavam inquietos e muitos não concordavam com a abertura política. O medo dos movimentos radicais que se escondiam nos becos escuros ainda era grande. A verdade é que Eugenio passou tantos anos de sua vida vendo os militares definindo o rumo da política brasileira que não podia acreditar que abrissem mão do poder. Seria prematuro e imprudente provocar qualquer suspeita de tendência esquerdista. Ainda mais no momento em que tantas oportunidades de sucesso se apresentavam. E Joanna acabava por perder os contra-argumentos ao que o pai dizia.

Por último, ficava o sentimento de culpa, como se estivesse traindo os momentos alegres que havia desfrutado com os inquietos amigos. Não podia deixar de se sentir agradecida pela convivência que resultou na oportunidade de conhecer Alberto. Distribuía panfletos que convocavam para uma das passeatas estudantis que tinham sido caladas desde 1968 e ressurgiram no ano anterior, quando viu aquele simpático rapaz se aproximar, nitidamente interessado nela e nem um pouco no papel que distribuía. Era irônico que, justamente no momento de sua única e efêmera militância política, tenha acontecido seu primeiro encontro com Alberto, legítimo descendente de uma das mais tradicionais famílias paulistanas.

Recebendo os cumprimentos, enquanto a fila crescia pela ladeira de acesso ao lugar da festa, Joanna já não se lembrava mais dos antigos amigos. Que ela fosse, por uns momentos, a princesa Brandini. Que ela fosse o cordeiro a ser imolado no altar da exaltação do delírio de resplendor burguês dos pais, como provavelmente diriam. O que importava mesmo era tão somente a vida nova que iria se iniciar, a construção de seu próprio lar, o seu futuro ao lado do homem que a aceitava além das contradições, quem se dispunha a fazê-la feliz.

Combinou com Alberto que não se demorariam. Estariam na festa apenas o tempo suficiente para receber os cumprimentos, cumprir com as formalidades do evento. Não conheciam boa parte dos convidados. Dariam atenção aos amigos e partiriam para a noite de núpcias. No dia seguinte, tomariam o avião para a viagem de lua de mel em Paris.

Tudo programado com bastante eficiência. Mas só naquele momento, na fila dos cumprimentos, Joanna deu-se conta de que vivia também a despedida da exclusividade de sua posição de filha, a quem era livremente franqueadas as conversas do pai na varanda, sem ter que cuidar para que não pensassem mal de uma jovem casada na situação de única mulher misturada aos homens. Como senhora de Alberto, seria esperado que ela ficasse na sala ao lado, onde a mãe servia chá às outras senhoras, todas elegantemente recusando os biscoitinhos doces (estavam de dieta), discursando sobre o desenvolvimento dos filhos e as dificuldades com os empregados domésticos.

Joanna sempre preferiu ficar com o pai, acompanhando a diversidade de assuntos que tratavam. Conversavam sobre o setor sucroalcooleiro, o Pró-Álcool, a inflação e a taxa de juros. Ouvia o deputado que o pai apoiava relatar os trabalhos na Assembleia, o prefeito barganhar o asfaltamento da estrada que dava acesso a uma das fazendas da família, as prospectivas das próximas eleições. Seu pai sempre cheio de planos. Ela não compreendia como, mas aquelas experiências foram fundamentais para que deixasse o seu lar, mantivesse a determinação de concluir o curso de administração e se lançasse à compreensão das matérias realmente importantes.

Cinco anos haviam se passado desde que teve a oportunidade de se tornar parte daquelas conversas aos fins de semana. Depois que terminou o curso, permaneceu a maior parte do tempo na cidade de São Paulo, no atribulado período que antecedeu o casamento. Prova de vestido de noiva, escolha de convite, providências relacionadas à lua de mel e à nova moradia.

E agora tinha que se despedir do privativo privilégio que o estado de solteira lhe propiciara. Da exclusividade de desfrutar o legado dos Brandini no instante em que acontecia. Quanto tempo desde que, na beira do riacho, olhava a usina ao longe enquanto os boias-frias passavam enfileirados em direção ao canavial, cobertos de panos e carregando seus longos facões. Quanto tempo desde que sentiu o cheiro acre e pesado da palha de cana queimada no inverno, desde que seu olhar ficou hipnotizado pelo açúcar correndo na esteira. Quanto tempo desde que o pai a tomou pela mão para juntos acompanharem a pesagem do carregamento do açúcar.

Joanna suspirou alto, fazendo Alberto pensar que era um sinal de cansaço prematuro. Ele se virou para ela e sorriu. O contato entre eles, porém, não passou desse cruzar de olhos. Todo o tempo não paravam de vir os rostos que a beijavam e repetiam votos de felicidades.

Ela não pôde deixar de se surpreender com a quantidade de pessoas que surgiam continuamente, num desfile de autoridades e empresários, além de tantos outros de quem nunca tinha ouvido falar, misturados a rostos que há muito não via. Eram ministros, generais, senadores, deputados, seguidos de prefeitos e vereadores das cidades vizinhas, advogados, engenheiros, presidentes do IAA – Instituto do Açúcar e do Álcool –, do IBC – Instituto Brasileiro do Café – e do BNDES – Banco Nacional de Desenvolvimento –, junto aos Balbo, Ometto, Biagi, Junqueira, Zillo, Atalla, Rezende Barbosa, Nogueira, Dedini e Meneghel, dentre muitos outros empresários e fazendeiros.

Aquela gente toda não caberia na pequena capela da fazenda. Porém, com a experiência de muitas festas, Eugenio e Laura sabiam que muitos chegariam somente depois da cerimônia religiosa, quando o calor amainasse. De qualquer forma, não deixaram de contratar um enorme toldo que atendesse quem quisesse acompanhar o ritual desde o início. Foram arrumados quatrocentos assentos do lado de fora da capela. Alto-falantes asseguraram que todos ouvissem o "sim" dos noivos ao bispo.

Passava de nove horas e a fila continuava crescendo. Joanna pôde calcular, por cima da cabeça de um jovem rapaz (seria o filho de Dona Jussara Tommasi?) lhe beijando timidamente, que a linha alcançava um pouco mais de quinhentos metros. Torcia-se comprida, apinhada, subindo até chegar ao ponto em que estavam postados. Era uma profusão de elegância, ternos escuros e vestidos longos, todos com brilhos, dourados e prateados, resplandecendo às luzes. Com seus saltos altos, as senhoras chegavam beijando, pegando nas suas mãos, abraçando e segurando seu queixo.

Sem o vestido branco, o véu e a maquiagem, iluminados pelo glamour da festa, não podia se dizer que Joanna era propriamente linda, comparada com a maioria das jovens presentes. Seus olhos eram azuis e meigos, apertados no rosto alvo. Contrastavam com seu queixo quadrado e sua voz imperativa, quase rouca, autoritária. Era como se a voz e o queixo tentassem disfarçar o que aqueles pequeninos olhos azuis tinham a dizer e demonstrassem tão somente o que ela queria que o mundo tivesse dela. Como Vó Rosa, uma mulher capaz de enfrentar tempestades e trovões, vestida de uma implacável força que principiava por aquele queixo ousado. Como quem espera que a dificuldade chegue logo, apenas pela satisfação de desafiá-la.

Seu nome era uma homenagem à Santa Joana, recomendado por Vó Rosa. Vinha da coincidência de seu nascimento ter acontecido no dia 30 de maio, dia de Santa Joana, a quem Vó Rosa devotava suas principais orações. Era a santa que também abençoava o nome da principal fazenda e da usina da família. O segundo "n" era decisão de sua mãe, em sutil protesto de quem não ousa contrariar ostensivamente a autoridade da matriarca da família.

Joanna parecia filha de Vó Rosa, mas era filha de Laura. Sua personalidade tão resoluta, tão decidida e o raciocínio pragmático contrastavam com os modos exuberantes e a maneira sofisticada com que a mãe se vestia, reforçando suas opiniões com superlativos. Seus cabelos sempre presos no alto da cabeça, unhas pintadas, maquiagem, vestidos de babados e rendas, meias finas. Joanna, em oposição, usava quase sempre calças jeans com camiseta, transparecendo uma sobriedade que só reforçava seu ar de arrogante inteligência.

E lá estava Laura, a mais radiante, esplendorosa, no seu sorriso de anfitriã. Nada lembrava do quanto já havia chorado por saber das amantes do marido – e ela própria poderia ter o seu, um eventual recreio do rigor da máscara que não conseguia mais se lembrar há quanto tempo já usava. Era motivo de comentários invejosos das esposas dos funcionários, era a razão de risadas maldosas dos homens que frequentavam o bar próximo à fazenda. Mas todos a obedeciam submissos aos seus caprichos. Se Joanna era a princesa, Laura era a incontestável rainha daquela festa.

Em seu vestido justo, joias de esmeralda que assentavam com os olhos esverdeados, Laura enfatizou sua postura majestosa quando estendeu a mão para cumprimentar Pedro Souto, com o braço esticado. Dessa forma, deixava clara a reserva de quem deve respeito apenas pelos méritos profissionais do funcionário de seu marido. Para Joanna, que observava, o gesto da mãe trazia a insegurança de quem teima em não validar o poder de um oponente. Que ele não fosse seu aliado, mas apenas de Eugenio. Ou cúmplice e, quem sabe, comparsa.

Pedro Souto meneou a cabeça, em sinal de decoroso cumprimento à Laura, devolvendo a distância que ela oferecia. Neuza veio em seguida e beijou a mãe da noiva com pretensa intimidade, ignorando o velado desprezo de Laura pelo marido. O que Neuza queria era exibir às outras mulheres como ficava à vontade com a famosa personagem. Desejou muitas felicidades, olhando Laura de baixo para cima, decorando a postura da patroa de seu marido. Chegando à Joanna, seu rosto abriu-se num sorriso ainda maior. A menina poderia ser sua própria filha. Era assim que se sentia, autorizada pelos quase vinte anos que convivia com aquela família.

Quando Pedro Souto se colocou à frente da noiva, foi a vez dela abrir o mais sincero sorriso. Ali estava o parceiro de seu pai, que fez com que saíssem do patamar de moagem de quinhentos mil toneladas de cana para quase oitocentos mil em cinco anos. Foi ele quem fez com que fosse executado o maior crescimento na história empresarial da família. Uma nova destilaria foi contratada e seria inaugurada ainda naquele ano, com o financiamento do Pró-Álcool. O governo garantia o preço mínimo do álcool, permitindo um rápido retorno do investimento. Em poucos anos, eles já estariam usufruindo do lucro, livres dos ônus financeiros. No ano seguinte, já estariam iniciando a fabricação de automóveis movidos a álcool, produzidos por diversas montadoras. Uma nova era do setor sucroalcooleiro se iniciava.

Devia a Pedro Souto, ainda, o reconhecimento pela iniciação aos mistérios do funcionamento da usina, à mecânica das safras entrelaçada com o fluxo de caixa que sustentava a continuidade do complexo de engenhos: da lavoura, associada ao engenho da indústria, associada ao engenho de bem-estar de sua família. Na vida dos Brandini, o tempo não era medido como no calendário das outras pessoas. O ano se iniciava com a safra e terminava bem antes de dezembro, quando não havia mais cana para moer. No intervalo, momento de descanso da safra passada, era tempo de plantar, de fazer o reparo das máquinas e planejar a safra seguinte. Assim, Joanna não se casava em 1978, mas na entressafra de 77/78 para 78/79. A festa do casamento realizava-se no final do verão, quando os Brandini estavam menos sobrecarregados com as obrigações da usina.

Embora nesse período de entressafra a receita fosse modesta, o dinheiro não era um problema. Também era indiferente que o ano anterior não tivesse sido muito lucrativo. Eles tinham os recursos do Pró-Álcool. Com tanta boa vontade nacional para validar o álcool carburante, não era difícil justificar gastos acima do combinado com os fornecedores, permitindo que junto ao investimento da nova destilaria, as despesas da família fossem financiadas.

E, além de administrar toda a bonança que o Pró-Álcool trazia, Pedro Souto mostrou-se mestre no controle dos custos e na melhora da produtividade. Fez com que o rendimento agrícola saltasse de 55 toneladas de cana por hectare para 68. Enquanto isso, Eugenio podia se dedicar aos relacionamentos certos, estar mais em Brasília, Rio de Janeiro e São Paulo, assegurando os contatos necessários que lhe trariam a expansão que planejava e a viabilidade do investimento na destilaria anexa.

Joanna não podia deixar de sentir por Pedro Souto uma reverência carinhosa. Não economizou sua demonstração de simpatia enquanto era cumprimentada. Proferiu um "obrigada" que era também um oportuno agradecimento ao zelo que ele tinha com a empresa, por sua lealdade e dedicação.

Passados Pedro Souto e Neuza, seguiram-se rostos que Joanna reconhecia de sua infância. Rostos que traziam reminiscências do passado e de como ela queria ser diferente daquelas senhoras que sabiam bordar toalhas, assar deliciosos bolos e costurar bermudas para os filhos. Joanna não se dispunha a aprender aquelas tarefas enquanto não esgotasse sua curiosidade em observar a alquimia da cana que entrava na usina e transformava-se em caldo, depois em açúcar, álcool e melaço. Seu tempo era para observar o crescimento de cada talhão de cana, que devia cumprir seu destino de transformação, resistente à praga, desafiando a cigarrinha que ameaçava chegar pelas fronteiras da fazenda vizinha.

As pernas começaram a doer. Joanna permitia-se ser cumprimentada por aquelas mulheres com disfarçada indiferença. Mencionavam tempos em que a viram menina, lembrando que eram grandes amigas de Vó Rosa e Vó Dolores. Na retração de Joanna, interpretavam a falta de efusividade com demonstração de timidez, como se ela não valorizasse apropriadamente o encanto associado ao seu sobrenome e ao seu patrimônio. Reconhecendo Joanna distanciada, tornavam-se ainda mais enfáticas:

– Que belíssimo vestido, Joanna. Você está maravilhosa!

E quanto mais elas exageravam nos elogios, mais Joanna se encolhia. Seu desejo era afastar-se tão logo possível daquele palco. Era difícil ter que lidar com aquelas frivolidades. Seu mundo era outro.

Para a salvar, reconheceu Vó Rosa subindo a ladeira, em sua cadeira de rodas, empurrada pela enfermeira. Ela tinha seu ritmo próprio. Seus 85 anos e o valor de sua vivência lhe concediam esse direito. Passava pelos convidados reclinando a cabeça, em cumprimento, complementado com o olhar doce. Joanna acompanhava a aproximação quase sem perceber a quem cumprimentava. Até que viu diante de si o rosto amassado da avó, com as bochechas sobressaídas no largo sorriso.

Com esse rosto, sim, Joanna tinha muita intimidade. Ansiava pelo seu surgimento. À saída da capela não conseguiu o tempo que queria para se entregar. Sua alegria era genuína quando se inclinou e envolveu a avó com toda a ternura que podia.

– Vó Rosa! Já estava preocupada com a sua demora!

– Ah, minha filha, bem que eu queria estar logo aqui... Como estou feliz hoje! Minha menina, que Santa Joana sempre lhe proteja.

Vó Rosa não podia passar por qualquer situação importante, triste ou alegre, sem fazer menção à Santa Joana. Quando Joanna era pequena, ela sentava a menina no colo e lia a história de Joana d'Arc, escrita por Érico Veríssimo. Joanna ouvia embevecida, orgulhosa pelas proezas tão fantásticas de sua xará e também porque se não fosse por ela a França não mais existiria. Como gostava daquela história, ouvida dezenas de vezes.

Depois de contar mais um capítulo, Vó Rosa levava a menina para passear. Logo ela encontrava um graveto que fazia de espada e saía correndo, perseguindo inimigos imaginários, pulando por entre os pés de cana, defendendo-se de ataques invisíveis. Joanna queria ser como a Santa Joana. Aos 10 anos chegou a pensar que entraria num convento e, como a Donzela de Orléans, viveria pela orientação de Deus. Logo que entrou na adolescência, porém, concluiu que a vida num convento seria por demais pacata e que sua vocação se inclinava mais para o papel de uma guerreira do que uma freira enclausurada.

Capítulo 2

Vó Rosa tinha um amor especial por aquela menina, filha de seu querido Eugenio. Quando ele e o tio-avô de Joanna, Vicenzo, disputavam ajustes de contas acumuladas por décadas, foi Rosa, a fiel da balança, quem não permitiu que a família se consumisse. O constante conflito entre os dois se resolveu somente com a morte de Vicenzo, um ano antes do nascimento de Joanna.

Vó Rosa era a referência de coragem e força de Joanna, na sua determinação em servir de alicerce à família. Era ela quem havia criado os irmãos Vittorio e Vicenzo, avô e tio-avô de Joanna, respectivamente. Vó Rosa era assim chamada para demonstrar o carinho da família, mas, na verdade, era prima de Vicenzo e Vittorio. Cuidou dos meninos como mãe.

Os dois irmãos foram distantes desde que nasceram. Vicenzo, o mais velho, era do século XIX. Nascido em outro clima, sofreu a terrível travessia do Atlântico com os pais, deixando para trás o Vêneto, no nordeste da Itália, quando era um bebê. Sua educação foi forjada em meio à exaustão da terra, cercado pelos imigrantes miseráveis que buscavam uma oportunidade melhor no Brasil. Vittorio, onze anos mais novo, nasceu quando os pais já estavam com casa construída na gleba indicada pelo governo para que iniciassem a própria lavoura de café.

Desde que Vittorio nasceu, em 1907, os dois competiam pelo amor dos pais, pela comida na mesa, pelo brinquedo. Um cultivava no outro o ódio silencioso que espreitava por uma oportunidade para fazer-se vingado. Vicenzo só se acalmava quando saía com o pai ou quando cumpria alguma tarefa especial que era, depois, diligentemente cobrada. Ele buscava a lenha para a mãe cozinhar, tirava o leite da vaca, capinava em volta da casa, ajudava na colheita e no terreiro de café.

Aos olhos de Vicenzo, Vittorio era um brasileiro mimado, privilegiado pelo conforto que ele não conheceu. Não fazia diferença que ainda fosse um bebê. Era quem podia receber os mimos da primeira colheita de laranja e brincar infinitamente, enquanto Vicenzo sentia o suor no rosto cansado de usar a enxada. A mãe parecia só ter amor pelo menor e não deixava Vicenzo se aproximar.

Quando a prima Rosa chegava, então, Vittorio se desmanchava em gargalhadas arrancadas de suas costelas, que se espalhavam pela casa e corriam pelas colinas. Vicenzo recolhia-se para trás do pé de fruta-pão que crescia nos fundos do quintal, amuado. Distraía-se jogando pedrinhas nos pequenos animais que se aventuravam a surgir. Só voltava para casa quando o pai chegava, no início da noite. Aí sentia retornar o respeito próprio que o irmão lhe havia tirado. Passava a outra categoria, quase como o pai, o segundo homem da casa. Sentava-se ao lado dele e ouvia-o contar do alambique que acabara de ser construído, que os homens da vila mais e mais elogiavam a cachaça cristalina e ardente que fabricava. Contava também que no dia seguinte ele deveria entregar uma garrafa para um português que chegou na pensão de Dona Valéria ontem e ainda não havia provado da sua pinga. E que o português trabalhou num bar na capital e ele queria que o homem levasse a bebida para o ex-patrão experimentar e colocar algumas garrafas à venda para a gente de lá.

Vicenzo ouvia e aprendia. O pai ensinava como devia se certificar de que o alambique estava na pressão certa, de que os tonéis de madeira estavam em bom estado, em lugar fresco, de que a quantidade de líquido em cada garrafa era igual e de que o fornecedor de cana havia entregado o peso contratado, conforme a encomenda. Vicenzo se deliciava ouvindo, adorando a sabedoria que emanava das palavras e das sobrancelhas austeras. Ninguém era mais esperto e dedicado ao trabalho que o pai.

E, em 15 de novembro do ano de 1910, aconteceu a tragédia, enquanto Hermes da Fonseca assumia a presidência do país e anunciava a chegada de mais uma leva de imigrantes para trabalhar na lavoura brasileira. A ponte que cruzava o rio, de tanto ameaçarem que cairia, cumpriu seu destino fatal sob as chuvas do final da primavera. Junto, levou o pai e a mãe de Vicenzo e Vittorio.

Vicenzo já era um jovem rapaz com mais de 14 anos e o sentido do dever inevitável lhe investiu da responsabilidade. Admitia, porém, que não conseguiria cuidar do irmão, somente com 3 anos de idade, e, ao mesmo tempo, continuar com o trabalho na roça e no alambique.

Rosa veio em socorro dos primos. Com 15 anos, ela já sabia tudo o que uma mulher precisava para cuidar de uma casa e servir-se de mãe para Vittorio. Quanto à Vicenzo, ele daria conta de trazer o pão de cada dia para os três.

Ela dedicava a Vittorio todo o carinho que podia. Não resistia quando o menino lhe mostrava os dentes brancos e fazia aparecer as covinhas. Largava o cozido na panela e abraçava-o. Sabia que Vicenzo tinha ciúmes de Vittorio e pedia ao primo mais velho que tivesse compaixão por aquela criança que acabara de perder a mãe. Vicenzo não discutia. Lançava um olhar de desprezo pelo irmão e saía para a roça.

E assim foram crescendo os dois: Vittorio protegido por Rosa e Vicenzo cuidando da lavoura de café e do alambique, como aprendera com o pai. Até que o bebê se transformou num menino vigoroso, antes que Rosa e Vicenzo pudessem perceber. Vittorio sorria todo o tempo, corria pelo pasto e, aos domingos depois da missa, tagarelava com as outras crianças da vila. Um contraste com o irmão. Vicenzo era rude, bruto, econômico nas palavras. Esquivava-se da menor manifestação de carinho, de quem quer que fosse. Sua vida era o trabalho e as conversas de negócios com os outros senhores que tinham as mesmas preocupações e semelhantes hábitos.

Quando a Primeira Grande Guerra se iniciou, Vicenzo ouviu na vila que os comerciantes da capital estavam pagando muito bem pela mandioca, que era quase toda exportada para a Europa. Rapidamente trocou parte da lavoura do café pela mandioca, obtendo excelentes lucros. Reinvestiu mais uma vez em mandioca e concluiu que precisava de mais ajuda na colheita. Contratou um ajudante e colocou o irmão para trabalhar. Com 10 anos, Vittorio estava pronto para a vida da roça. Não fosse pela insistência de Rosa em ter o menino como sua companhia durante o dia, ele teria iniciado antes.

Quando a guerra acabou, Vicenzo concluiu que era hora de plantar cana. Cada vez ficava mais difícil manter a produção no alambique com a pouca matéria-prima de que dispunha. Além disso, a cana se tornava mais e mais procurada, graças à valorização do açúcar, exportado para uma Europa devastada. Ele poderia continuar o café, que dominava toda a região e era ainda mais valorizado, mas não queria deixar o negócio que seu pai iniciara. A solução era ter a própria lavoura de cana-caiana. A sua pinga já era bem conhecida na região e começava a fazer sucesso até na capital.

Com o tempo e a persistência, a produção do alambique foi pedindo mais. Alguns engenhos de açúcar da região também disputavam a cana. Conversou com o gerente do banco da cidade buscando um empréstimo para ampliar a lavoura, mas não foi bem-sucedido. Eram poucos os que acreditavam em outra agricultura que não fosse o café, que tinha preço certo, garantido pelo governo. A cana sofria com a instabilidade dos preços do açúcar, oscilando aos caprichos dos ciclos de superprodução. Vicenzo, então, concluiu que a solução só poderia ser alcançada se conseguisse mais espaço para plantar. Mas o preço da terra era muito alto para ele. Todas os lucros com a mandioca vendida durante a guerra não seriam suficientes. Tinha que aguardar.

Foi quando o vizinho morreu e deixou a viúva com uma filha moça e duas crianças pequenas, numa bela fazenda chamada Santa Joana. Era uma propriedade um pouco maior que a sua, bem tratada e cheia de córregos e riachos. A viúva queria ir para o Sul, junto aos tios que moravam por lá desde que saíram juntos da Itália. Ela não entendia de agricultura e não gostava da vida na roça. Surgiu a oportunidade.

Vicenzo foi a primeira visita da viúva, no dia seguinte ao enterro. Entre o primeiro e o segundo cafezinho, fez a oferta: compraria as terras pagando à vista o equivalente a vinte por cento do valor ajustado, tudo o que tinha juntado. Os oitenta por cento restantes serviriam de dote para filha, Juventina, já em idade de casar. Dessa forma, a futura sogra poderia ir para o Sul, encontrar seus parentes com o dinheiro adiantado, gastando menos do que seria preciso se levasse os três filhos. A viúva aceitou.

Vicenzo casou-se e a esposa foi agregada à vida de Rosa e Vittorio. E os quatro se agregaram à Fazenda Santa Joana, que tinha uma casa maior e mais confortável do que aquela que os irmãos haviam herdado dos pais. Tinham também terras suficientes para atender à necessidade do alambique e ainda vender parte da cana para os engenhos centrais e usinas na região, além de cultivar hortaliças e leguminosas, diversificando a lavoura. Vicenzo se aproximou de outros "pingueiros", como ele, comerciantes de secos e molhados da região, e começou a pensar em ampliar ainda mais os negócios, iniciando-se no comércio de outras mercadorias além de sua cachaça.

O jovem Vittorio trabalhava quase todo o tempo no campo, na lavoura, mas não era o que gostava de fazer. Vicenzo era muito rigoroso na disciplina. Mexer com a terra, acordar cedo, acompanhar os colonos e se embrenhar no canavial o dia inteiro, sem poder contar suas piadas e conversar com todos, era um tédio. Mas havia um tipo de trabalho no qual ele podia escapulir das exigências do irmão. Era quando acompanhava o encarregado de vendas, Giovanni, na barganha do preço da cana. Giovanni era hábil na negociação, rápido de cálculos e tinha um sorriso que aliciava. Além disso, era honesto. Por via das dúvidas, Vicenzo mandava Vittorio seguir com o empregado. Às vezes, os dois viajavam para comprar e vender em São Paulo. Chegando lá, hospedavam-se no Brás, compravam os mais diversos artigos para revender nos empórios e nas vendas da região onde moravam, enquanto registravam encomendas da aguardente da família.

Com Giovanni, Vittorio aprendeu precocemente as manhas do comércio e das mulheres. Longe dos olhos de Vicenzo, Vittorio e Giovanni eram os queridos dos bordéis, os primeiros a chegar nos bailes e os últimos a sair, reis da noite italiana em São Paulo. Com seus cabelos castanhos ondulados e olhos verdes, Vittorio deixava as meninas em alvoroço. Giovanni não era tão vistoso como Vittorio, mas sempre sobrava uma ou duas pequenas para ele.

Aos dezenove anos, Vittorio era um rapaz alegre e expansivo, à despeito de toda disciplina exigida pelo irmão. Quando o Carnaval chegou, no verão de 1927, achou-se adulto o suficiente para praticar o que aprendia nas viagens ali mesmo, na pequena vila próxima de onde moravam. Seria de esperar alguma liberalidade. De qualquer forma, ele não contaria ao irmão que planejava ir ao baile com Giovanni e outros amigos. Vicenzo ficaria em casa com a esposa, e Rosa daria um jeito para que ele escapulisse sem que fosse visto.

Vittorio saiu de casa por volta de sete horas, na primeira noite do Carnaval. Conheceu uma moça por quem se apaixonou e não a largou mais de vista durante todo o baile. Na segunda noite, soube que ela se chamava Maria Dolores e era irmã de Altino, um conhecido, que vivia numa fazenda próxima à sua. Eram filhos de um português que se enrabichou por uma índia. Na terceira noite, o fogo por Maria Dolores queimava tanto quanto a melhor pinga que os Brandini já tinham sido capazes de fabricar. Ela não resistiu aos encantos do mais bonito italiano daquelas redondezas e se entregou à paixão.

Vittorio nunca havia passado por uma experiência igual. Diferente das outras moças, Maria Dolores requisitava todos seus sentidos. Os olhos transmitiam uma languidez e sensualidade que não imaginava existir. Quando ela sussurrava qualquer coisa em seu ouvido, os pelos de seu braço musculoso se eriçavam e junto vinha uma aflição que doía nas entranhas, impossível de conter. Os cabelos de Dolores caíam em cachos que recendiam um perfume inebriante. Seu corpo cabia na medida certa do seu, delicado no contorno, intenso de calor.

Ao voltar para casa, na manhã de Quarta-feira de Cinzas, não conseguiu se esquivar do irmão. O sol já estava forte quando Vicenzo deparou com Vittorio na estradinha que unia a Fazenda Santa Joana à Vila Italiana. Vittorio cantava, olhando para o céu, camisa por fora da calça, sem pressa. Confiava que conseguiria contornar Vicenzo de alguma forma, apoiado por Rosa. Não previu que ele sairia cedo de casa e o surpreenderia daquele jeito, indefeso. Enrijeceu o corpo, os lábios se apertaram. Não havia como se esconder nem disfarçar os olhos vermelhos, o bafo de cachaça. O irmão não o perdoaria.

Vicenzo, porém, para estarrecimento de Vittorio, passou de braços dados com a esposa sem sequer olhar para Vittorio. Era como se ele não existisse. Não fosse pelo olhar de esguelha de Juventina, ele acreditaria que tinha se tornado invisível. Não sabia o que pensar. Isso poderia significar que Vicenzo deixaria que ele cuidasse de sua própria vida? Será que Rosa o convencera de que o irmão mais novo devia ser respeitado como um verdadeiro homem? Ou seria o prenúncio de uma grande tempestade, quando tudo fica mudo e só se ouve o zunido do vento firme?

E, então, a tempestade. Começou quando Vicenzo retornou da vila, já com um porrete na mão, gritando como um louco:

– Onde está aquele *disgraziato*? Aquele carcamano *imbecille* quer arruinar minha reputação! A honra dos Brandini!

E pisava pesado, empurrando o que via pela frente.

– Então, você está aí, seu pinguço libertino? Já sei de tudo! Na vila não se fala outra coisa. O irmão daquela *vagabonda* que estava com você só faltou puxar o facão para mim, na praça. Eu arrebento você, *stronzo*!

Essa foi a primeira surra que Vicenzo deu em Vittorio. Todo o ciúme e inveja que não extravasaram durante os últimos dezenove anos foram despejados de uma só vez. Ele tentou escapulir da fúria de Vicenzo, mas lhe faltava robustez. Mal podia aparar os golpes que recebia impiedosamente no rosto. E era ali que Vicenzo mais buscava atingir. O rosto de Vittorio, com seu sorriso cínico e depravado. Rosa tentou impedir, mas foi jogada para o lado. Até que Vittorio se esparramasse no chão, ensanguentado, Vicenzo não parou. Ainda assim, não saiu sem chutar as costelas do irmão e soltar mais uma última ofensa. Juventina assistia a tudo calada, paralisada pelo pavor de que sobrasse para ela.

Vittorio precisou de dez dias para se recuperar. Rosa cuidou dele, com emplastros de ervas e bolsas de água quente. Por três dias, só tomou líquidos. As dores na boca e no rosto não deixavam-no mastigar. Dormia e refletia o que seria de sua vida, se tivesse que continuar a conviver com o irmão. Já era difícil suportar as humilhações que ele o fazia passar na frente dos empregados, chamando-o de vagabundo e indolente por qualquer coisa. Quando voltava das viagens tinha que apresentar-se imediatamente e aguardar por horas em pé, na frente da porta do pequeno e abafado escritório de Vicenzo, até que fosse interrogado. Vicenzo o intimava a relatar os mínimos detalhes, com quem esteve, o que falou, o que ouviu, dar conta de todo o dinheiro pago e recebido com os negócios, confirmando o relatório que já tinha sido entregue por Giovanni. Do dinheiro, somente podia retirar o suficiente para a estadia em uma espelunca qualquer e uma refeição por dia. Se Vicenzo duvidasse da informação que o irmão dava, resolvia com um tabefe na cabeça, dizendo:

– Toma juízo, *vagabondo*!

Rosa também não tinha uma vida facilitada. Vicenzo era quase tão exigente com ela quanto com os funcionários da fazenda. As refeições deviam ser servidas exatamente no mesmo horário, todos os dias. A polenta não podia estar nem um pouco mais mole ou mais dura. O banheiro tinha que estar seco, a água, aquecida pela serpentina, as toalhas e lençóis, perfumados. A casa devia dormir e amanhecer na mais completa arrumação e limpeza, o que fazia com que Rosa fosse sempre para a cama tarde e acordasse muito cedo. Juventina ajudava pela manhã, mas era requisitada a acompanhar Vicenzo à noite. De qualquer forma, a maior parte sempre cabia à Rosa, pois era dela que ele cobrava o serviço. Quando não encontrava tudo como queria, Vicenzo se perdia em resmungos e imprecações que podiam durar várias horas, até que se acalmasse. Às vezes, a intolerância virava um safanão nas costas de Rosa.

Mas o que Vittorio poderia fazer? Ele não sabia como proteger sua querida prima e não queria largá-la para trás. Se os dois fossem embora juntos, como poderia defendê-la das maledicências e sustentá-la desde o início de uma nova vida? Era difícil decidir-se. Quando a raiva do irmão mais apertava, se consolava com a lembrança dos momentos que passou com Maria Dolores.

Agora que todos sabiam de tudo, como ele faria para se encontrar com sua moreninha dos lábios carnudos? Como seria capaz de continuar a viver longe dela? Não, isso ele não suportaria. O que teria que fazer para se aproximar dela novamente? Como iria convencer o irmão de que ele não estava mal-intencionado? De que ele sabe que Maria Dolores é moça de família e não queria desonrá-la?

O irmão de Maria Dolores não tinha muita simpatia por Vicenzo, mas Vittorio nunca teve problema com Altino. Vittorio não limitava sua camaradagem aos compatriotas da península. Vicenzo não aceitaria um envolvimento dele com uma moça de outra nacionalidade, muito menos uma mestiça. Continuar na casa do irmão, longe daquela pele macia de gosto doce... O que fazer entre o desejo por Maria Dolores e não mais permitir que irmão controlasse sua vida?

Durante os dez dias em que esteve se recuperando, Vittorio se amargurava pela vaidade ferida enquanto sonhava com o amor descoberto. Suas incertezas foram, aos poucos, cicatrizando. No décimo primeiro dia concluiu que só havia uma forma de resolver os dois problemas numa única solução.

Capítulo 3

Joanna enfrentava a longa fila de cumprimentos por mais de hora e meia. Mas os convidados ainda chegavam. Naquela altura, pessoas de todas as épocas de sua vida, conhecidos e desconhecidos, desfilavam por ela, Alberto e os pais dos dois. Vitor havia desistido. Com a desculpa de acompanhar Vó Rosa foi para a mesa principal. Saiu e não voltou mais.

Seus tios, Ernesto, Eulália e Osvaldo já haviam passado. De longe, conferiu todos acomodados à volta de Vó Rosa, na mesa principal reservada à família dos noivos. Osvaldo, na sua típica atitude de médico, vigiava a velha senhora, enquanto conversava com um amigo. As quatro filhas, primas de Joanna, brincavam à volta de Vó Rosa, exibindo os românticos trajes de damas de honra. Todas as mesas ao redor da pista de dança já estavam ocupadas. Garçons de calças pretas, paletós brancos e gravatas-borboleta passavam apressados e prestativos servindo canapés, refrigerante, champanhe francesa e uísque escocês. Um garçom trazia uma produção especial da Cachaça Santa Joanna numa garrafa de cristal cercada de pequenos copos. À direita, ficava a mesa do bolo dos noivos. Por cima, dois bonequinhos vestidos como noivos observavam os quatro andares de glacê branco.

Joanna sentiu o olhar de Alberto sobre ela. Uma trégua nos cumprimentos se fez. Um senador mais efusivo concedia uma pequena pausa, ao represar o desfile com um caloroso abraço ao seu sogro que, emocionado, fez a apresentação formal do senador ao usineiro.

Era a chance que Joanna precisava para confortar-se com um suave toque no noivo:

– Tudo bem, querido? Já estou começando a ficar cansada.

– Meu amor, mais um pouco e já vamos sair daqui.

E deu-lhe um beijo na testa.

Alberto era sempre complacente com ela, como se precisasse apaziguá-la. Sentia-se atraído pelo ar de ousadia e irreverência contidas daquela moça. Era como se ela estivesse prestes a explodir, mas a explosão ficava continuamente adiada. Era esse receio da explosão que levava Alberto a ponderar, calcular, projetar consequências desnecessárias e, finalmente, ser complacente.

Quando a conheceu, na faculdade, a curiosidade foi o primeiro motivo da aproximação. Ele viu uma jovem agitando um papel com uma mão, enquanto a outra segurava um pequeno pacote com mais papéis. Ela vestia calça jeans, camiseta justa estampada com o emblema de uma grife, sandálias e bolsa de couro cru pendurada por cima de um ombro. Os cabelos estavam displicentemente penteados, mas percebia-se que eram bem cortados. Os olhos azuis brilhavam de energia, ressaltados pelos cílios alongados. Poderia ter encontrado aquela jovem na boate que frequentava aos fins de semana. A constatação o levou a concluir que era surpreendente que estivesse envolvida com movimentos de agitação estudantil. Havia alguma coisa de contraditório na forma como ela convocava os passantes, que desmentia a gravidade com que o panfleto era exibido.

Na primeira conversa, logo percebeu que não se tratava de uma moça de compromissos políticos radicais. Depois, descobriu que também não era como muitas "esquerdinhas festivas" que conheceu na faculdade, que se engajavam nos movimentos de protesto do DCE (Diretório Central Estudantil) da universidade e brandiam bandeiras vermelhas que combinavam com as unhas pintadas. Não que Joanna não tivesse opiniões políticas. Ela tinha, mas conseguiu superar a dualidade política da época, transcendendo as convicções por meio de outro comprometimento, irreconciliável com ambas posições oponentes. O engajamento de Joanna era com outra causa, era a luta iniciada pela família, pelos antepassados. Era a crença na construção de uma sociedade mais justa, mas também mais rica, que florescesse do trabalho dedicado. A empresa cumpridora do seu propósito social era o ápice. Acreditava no desenvolvimento do bem-estar comum que arrebanhasse mais e mais correligionários da riqueza, e não no partilhamento da pobreza. Assim foi criada, assim interpretava a história dos Brandini e dos negócios que empreendiam. Tudo começou com seus bisavós que, heroicamente, deixaram a terra natal. Não podia negar o empreendedorismo de seu tio-avô, Vicenzo, a quem somou-se Vittorio, em parceria com Altino. Depois, o gênio empresarial de Eugenio, seu pai.

Sublimando a dicotomia do debate político, Joanna concedia aos colegas o respeito para que pensassem de forma diferente dela. Assim, conseguia conviver com as divergências políticas, ou não haveria espaço para que ela pudesse estar nem de um lado nem de outro. Quando chegava perto de uns corria o risco de receber o título de "burguesinha". Perto dos outros era a "vermelhinha". Sua forma de conviver com todos foi convencer-se das boas intenções de qualquer lado. Desistiu de negar que fosse de esquerda quando a acusavam de defender ideias ingênuas e utópicas. E desistiu de debater por horas com os colegas que acreditavam que poderiam mudar a forma de organização da sociedade, que a relação entre as pessoas era definida somente pelo capital e pela propriedade, ou não, pelos meios de produção.

Desde o primeiro instante, Alberto viu em Joanna o enigma esperando ser decifrado. Para sua mente de raciocínio rápido e que tinha prazer nos desafios intelectuais, Joanna era estímulo constante. A atitude resoluta dela exalava uma habilidade que estava para além de pensar. Ela vibrava. Podia ser, por vezes, inconsequente, um tanto dramática, contraditória, mas era sempre provocativa, interessante. À medida que a conhecia, que conhecia seu sobrenome e de que vivia sua família, foi fácil entregar-se mais e mais àquela torrente de novidades. Joanna podia ser sua esposa. Apesar de sua infância no interior, havia recebido cultura e educação suficientes para ser apresentada aos pais e integrada aos amigos. Sua mentalidade não era de todo interiorana. Soube que o pai era um empresário muito bem-sucedido e de bom conceito. A família de Alberto, por outro lado, era mais bem relacionada do que bem-sucedida. Seria uma combinação bastante atraente e profícua, principalmente enquanto ainda estava no início de sua carreira no mercado financeiro, no Mackenzie Bank.

Joanna percebeu como Alberto alinhava a postura para cumprimentar o ministro que acabara de saudar os pais dos noivos e vinha com a mão em prontidão para saudar o noivo. Alberto empertigava-se de orgulho pela alta patente da autoridade que prestigiava seu casamento. Era um dos que pertenciam ao fechado círculo de poder que liderava o país e fora responsável pela escolha do General Figueiredo para a sucessão de Geisel.

– Joanna, eu ainda não havia tido a oportunidade de apresentar esse grande amigo de minha família. Mais que amigo, eu o tenho como um tio! – Alberto estava quase em euforia.

– Muito prazer. Fico feliz que tenha vindo. Alberto já falou do senhor com muito carinho. Obrigada pela presença.

Seguiram outras tantas personalidades, locais e nacionais, familiares e estranhas. Todas na mesma procissão. Dentre um e outro cumprimento, Joanna observava o que acontecia além da fila. Percebeu uma agitação entre o irmão e os primos, Vitor, Ernesto Junior e Sérgio. Eles conversavam animados, faziam gestos com os braços, inclinavam o corpo, enfatizando o que queriam dizer. Às vezes, dirigiam o olhar para Rosângela, secretária do pai, alternando com relances entre Joanna e Alberto. A esse último, por um momento, olharam os três, com expressão de admiração debochada, forçando os cantos da boca fechada para baixo e balançando a cabeça.

Joanna não gostou do que viu. Junior, como chamavam o primo, constantemente se ocupava em encontrar formas de atormentá-la. Parecia zombar da vida, menosprezando quem estivesse à sua frente. Não confiava nele, não só pela arrogância, mas também porque era muito persuasivo. Sérgio era a melhor demonstração do talento de Junior. Tudo o que o irmão mais velho dizia, o outro concordava com satisfação.

Os três juntos, conversando daquela forma, podia ser perigoso. Esperava que seu irmão a defendesse, caso Junior viesse com alguma ideia inconveniente no dia de seu casamento.

– Meu amor! Que linda você está!

Era tia Leonor que lhe resgatava da contrariedade dispersiva. Joanna retribuiu o abraço da tia com a mesma alegria.

– Obrigada, tia querida. Estou muito feliz por você estar aqui conosco.

Tia Leonor era a mãe de Ernesto Junior e Sérgio. Havia se separado do marido há três anos. Era corajoso, da parte dela, vir ao casamento da sobrinha do ex-marido, pois os comentários de reprovação à condição de desquitada eram inevitáveis. Joanna tinha especial afinidade com ela. Talvez fosse por seu jeito pragmático de encarar a vida. Antes que ela considerasse faltar à festa, Joanna a procurou e convenceu de que sua presença seria indispensável.

Enquanto estava casada com Ernesto, Leonor era uma tia distante, apesar de ser amiga de Laura desde criança e conviver muito bem com as mulheres da família. Após a separação, ela se transformou numa pessoa alegre e mais atenciosa com os sobrinhos, o que a tornou ainda mais próxima das ex-parentes. Era uma daquelas a quem o fim do casamento havia feito muito bem, apesar da aberta discriminação que sofria das respeitáveis senhoras da cidade. Talvez, ao separar-se de Ernesto, tenha se dado conta de que também se afastou da personalidade lamurienta e indolente, que minava sua jovialidade. Havia se libertado para assumir-se e, mesmo sem o marido, buscar a própria felicidade, bem amparada pela pensão obtida no acordo de separação.

– Joanna, você quer beber alguma coisa?

Perguntou, discretamente, a cerimonialista contratada por Eugenio. Prestativa, cumpria o papel de preservar a personagem principal da festa. Foi nesse momento que Joanna percebeu que sua boca doía, de tanto se retesar para formar cada um dos dois beijos que dava nos rostos que vinham continuadamente.

– Por favor, Dona Judite, gostaria de um copo de água.

Enquanto Dona Judite providenciava que Joanna fosse servida, experimentou retribuir os beijos dos cumprimentos apenas com um leve encostar de bochechas ou, melhor ainda, sempre que possível, com um leve aperto de mão. Seus lábios deveriam ser poupados para mais tarde.

Estava aflita para que aquele tormento na fila de cumprimentos acabasse. Queria ver-se livre daquela roupa incômoda e jogar-se na cama, nua, esparramar-se com Alberto por todo o quarto, brindar à paixão que sentiam e deliciarem-se com o alívio de poder amar livremente, sem ter preocupação com a hora ou cuidar para que ninguém ouvisse os gemidos de gozo.

E, talvez ainda mais inebriante que a lua de mel, ansiava pelo momento de ver o rosto de Alberto quando se deparasse com a enorme surpresa que lhe faria. Alberto iria delirar de alegria. Ficaria também orgulhoso ao se dar conta da sensibilidade da noiva, que captou a oportunidade sutil surgida de uma descontraída conversa há quase um ano, desde que falou sobre a paixão por automóveis pela primeira vez. E, depois, ficaria atônito com o quanto ela havia se empenhado para tornar viável o presente de casamento que tinha para ele. Entenderia como ela se esmerou para demonstrar seu amor, valendo-se de planejamento, do acesso aos relacionamentos certos, da logística para a operação e até mesmo da determinação para prosseguir com o plano, mesmo diante de obstáculos.

– Joanna, aqui está a água que pediu.

Com um sorriso agradecido Joanna aceitou o copo das mãos de Dona Judite. Na sua frente, uma das senhoras, amiga de sua mãe, aguardava a vez de cumprimentá-la.

Joanna olhou para Alberto e notou que ele também começava a mostrar-se impaciente. Quantos convidados já tinham vindo cumprimentá-los? Uns trezentos, ou trezentos e cinquenta? A fila ainda se estendia longe.

Engolindo o último gole de água, com o rosto erguido, virou-se para Alberto, deu-lhe um beijo no rosto, sussurrando:

– Vamos lá, meu amor!

Revigorada pelo precioso intervalo e as próprias palavras de ânimo, Joanna continuou, resoluta. O sorriso firme, cuidando para preservar os músculos faciais, valendo-se de beijos falsos.

Entre os convidados que se aproximavam, Joanna notou uma turma de rostos deslocados. Eram os gerentes da empresa com suas esposas. Caminhavam em único bloco, com ritmo próprio, diverso do ritmo da fila dos convidados mais sofisticados. Conversavam animadamente entre si. Provavelmente comentando os luxos e as extravagâncias da festa. Estariam contando quantos aviões e helicópteros pousaram no pequeno aeroporto da cidade, trazendo celebridades de todos os lugares do Brasil. Os que estavam à frente, virados para os que estavam atrás, tinham que ser eventualmente alertados para que não descontinuassem a vagarosa ascensão pela ladeira.

Joanna abriu um renovado sorriso, desmanchando o beijo que arremedava. Gostava daquela gente. Assim como gostava de todos os funcionários da Santa Joana. Se pudesse, convidaria à festa até os boias-frias. Em seus sonhos, imaginava-os como heróis guerreiros, compondo um exército treinado, homogêneo, que ceifava os inimigos, arrancando do solo o que era de direito. Dançando as batalhas, com ritmo regular, sob o sol fervente ou sob a chuva gelada.

Mas estar ali, na festa de casamento da filha de Eugenio, era privilégio de poucos. Os seletos funcionários sabiam disso e não disfarçavam. Aglomeraram-se, todos ao mesmo tempo cumprimentando os pais e, finalmente, chegando nos noivos. Era quase uma festa à parte. Joanna retribuiu com satisfação aos enfáticos votos de felicidades, muitas alegrias, muita saúde, que o amor sempre dure...

Um deles perguntou por Rosângela, a secretária de Eugenio, ao que Joanna respondeu:

– Sim, ela já passou por aqui.

Vasculhou o salão e descobriu Rosângela sentada próxima. Junior, Sérgio e Vitor a rodeavam.

– Lá está ela, naquela mesa à direita da escada!

Joanna não conseguiu disfarçar uma repentina tensão, diferente. Mau presságio que aqueles quatro continuassem conversando. Era muito preocupante que pudesse haver algum assunto que os convergisse por tanto tempo.

Viu Junior estender os braços à frente e girar os dois pulsos para a direita e depois para a esquerda, como se segurasse o volante de um automóvel. Joanna teve um sobressalto. O coração disparou.

Capítulo 4

Ao final do período de convalescença, Vittorio se deu conta de que precisava tomar uma atitude de homem, se queria ser tratado como tal. Era o momento de romper definitivamente o limiar entre a infância e a maturidade, assumir o próprio destino e seu jeito único de ser. Concluiu que nada poderia ser pior que permanecer como estava e desperdiçar a vida em frustração, colecionando rancores. Vicenzo era sempre intolerante. Nunca compreenderia sua alegria, espontaneidade e vontade de estar entre amigos. Nada poderia ser mais triste para uma alma que tanto ansiava pela vida do que ficar acorrentada àquela agonia de ódio que não lhe pertencia. O instante era aquele. Tinha que partir.

Expôs seu plano a Rosa e a convidou para irem embora. Para ela, porém, sair da casa onde vivia já há tantos anos e jogar-se numa aventura mundo afora com Vittorio era tornar a desgraça ainda maior. Se Vittorio conseguisse arranjar-se pela região não haveria razão para ela também ir. Estaria por perto e poderia encontrá-lo pela vila. Ou até mesmo visitá-lo, depois que Vicenzo acalmasse. Além disso, ficando em casa, podia cultivar a esperança de fazer com que os irmãos se reconciliassem, persistindo com o lado mais resistente, ainda que fosse preciso rezar todas as orações do mundo.

Vittorio saiu de casa no mesmo dia e procurou Altino, o irmão de Maria Dolores. Valendo-se da lábia aprendida nas barganhas do comércio, foi aceito como trabalhador não remunerado, em troca de comida e um lugar para dormir. Era o que precisava para, em seguida, convencer Altino de que não era mau sujeito. Assim, também estaria bem próximo a Maria Dolores. Encantava-se ao vê--la aproximando-se com as ancas balançando quando vinha trazer a marmita para os trabalhadores. Não conseguia evitar uma breve interrupção da labuta, apoiado na enxada, notando o jeito que subia os ombros quando entregava cada refeição, movimentando seu seio por baixo do vestido. A forma delicada que esfregava a mão no avental. Quando chegava a sua vez, aproveitava para acariciar a mão dela e recebia de volta um sorriso dissimulado, o bastante para o preencher até revê-la no dia seguinte.

Algumas semanas depois que Vittorio chegou na fazenda de Altino, a gravidez de Maria Dolores tornou-se evidente. Altino, que não era turrão e inflexível, compreendeu que devia ceder, essa era a última tentativa de salvar o que restava da reputação da irmã e também da sua. Vittorio casou-se com seu amor de Carnaval e ganhou o quarto na casa da sede, ao lado do cunhado. Vicenzo foi convidado, mas não compareceu ao casamento.

Altino era um trabalhador devotado, mas muito diferente de Vicenzo. Na sua fazenda havia empregados de diferentes origens e cores, ao contrário da Santa Joana, onde praticamente só se ouvia o dialeto do Vêneto. Altino conversava com todos e, com o tempo, não foi difícil para Vittorio ganhar a confiança do cunhado. Aprendeu a cuidar do gado e usou a experiência anteriormente adquirida para ajudar na roça de café. Nos fins de semana, podia ir à vila, se divertir com os amigos e "provar uma branquinha".

O primeiro filho de Vittorio e Maria Dolores nasceu em setembro de 1927 e foi batizado de Eugenio, em homenagem ao falecido avô português do lado materno. Chegou em meio a uma grande safra de café na região e no mesmo dia que três bezerros eram paridos no pasto da propriedade de Altino. Era uma criança forte, corada, que trouxe ao jovem pai a satisfação de exibir seu orgulho de macho. Também lhe deu a oportunidade de sentir a vaidade encher o peito quando cruzava com o irmão na missa de domingo, na vila, provocativo. Vicenzo já estava casado há seis anos e nenhum fruto fora produzido de seu casamento. Os comentários esporádicos já passavam a piadas maldosas.

Rosa sofria com a rivalidade crescente dos irmãos. Apesar da preferência por Vittorio, a afeição pelo outro primo era genuína. Não esqueceria quem nunca deixou que lhe faltasse o pão de cada dia e a defendia dos perigos daquele tempo. Houve uma vez em que um grupo de seis índios caingangues invadiram a fazenda enquanto Rosa e Juventina estavam na horta ao lado da casa. Por sorte, Vicenzo retornou antes do horário habitual e salvou as mulheres. Sozinho foi capaz de afugentar os bandidos, usando o revólver que não saía de sua cintura. Atirou uma única vez para o alto e eles correram para longe. Mesmo que não tivessem fugido, Rosa não tinha dúvida de que ele tomaria qualquer atitude que fosse necessária para defendê-las.

A separação dos irmãos e a rivalidade desvelada incomodavam Rosa. Ela insistia com os dois, pedindo moderação, que um perdoasse o outro. A união da família tinha que estar acima de tudo. Um homem não poderia ser feliz com o irmão lhe virando o rosto. Era contra as leis divinas. Eles tinham que esquecer as diferenças, reconciliarem-se. O outro era sangue do próprio sangue. Vicenzo nada respondia, apenas fitava a prima, sisudo. Vittorio sorria, segurava a mão de Rosa e a girava, fazendo com que ela risse e esquecesse o que dizia.

Rosa e Altino foram os padrinhos de batismo de Eugenio. Mais uma vez, Vicenzo não compareceu à festa da família. Porém, permitiu que Juventina fosse, levada por Rosa, depois de muita insistência e juras de que não se demorariam.

Quando não lembrava do irmão e do ressentimento associado a ele, a vida de Vittorio era feliz. Gostava de estar com Altino e seu jeito cordial com que se relacionava com os empregados na fazenda. Enquanto recolhiam o gado, no fim do dia, Vittorio sempre tinha uma piada para contar. Iam juntos para casa e encontravam Maria Dolores com o pequeno Eugenio no colo, enquanto o minestrone fumegava sobre o fogão a lenha. No verão, os dois combinavam de ir à pequena cachoeira que havia no sítio, pescar no rio e, à noite, caçavam tatu. Nos fins de semana iam na vila, jogavam bocha e bebiam com os amigos.

Em 1929, uma grave crise se instalou. Na família de Vittorio, veio acompanhada de mais uma criança: Ernesto. Não era um bebê forte como Eugenio e costumava assustar a mãe com crises de bronquite. Dolores chorava com medo de que o pequeno não sobrevivesse. Rosa enfrentou o desespero reunindo as mulheres numa piedosa novena e uma promessa a Santa Joana. Suas orações se juntaram às recomendações da benzedeira de que ele fosse banhado quarenta dias em nata de leite de cabra. Ernesto sobreviveu, superando dificuldades e alimentando a família de esperança para que tivessem forças naqueles tempos difíceis.

A safra de café daquele ano seria ainda maior que a de 1927. Muitos rezavam para que uma geada salvasse os cafeicultores do colapso nos preços. A cotação da saca, que estava em duzentos mil réis, já caminhava para apenas vinte mil. Somado a esse fato, os principais países importadores de café passavam por uma crise sem precedentes. Por todo o canto se acumulavam sacas empilhadas, esperando quem as comprasse. Para complicar ainda mais, o enfraquecido governo de Washington Luís, do Rio de Janeiro, não se decidia por alguma providência de emergência para aliviar o problema dos cafeicultores paulistas. Por conta do próprio presidente ser paulista, todos esperavam um pendor pelos conterrâneos. O pouco valor que pagavam pelo café e a falta de dinheiro na praça fez com que muitos preferissem largar os grãos vermelhos no cafezal.

Foi a partir desse ano que Vittorio e Altino começaram a pensar em trocar a lavoura para a cana e encomendar um engenho de aguardente. Seriam pingueiros, como Vicenzo. O governo do estado de São Paulo vinha incentivando a renovação dos canaviais com uma nova variedade de cana-de-açúcar, de origem javanesa, mais resistente às pragas e doenças. Diziam que a cana nova resistia, inclusive, à doença do mosaico, que vinha arrasando boa parte dos antigos canaviais do estado. A Estação Experimental de Piracicaba daria todo apoio. Plantariam aquela variedade nas terras de Altino. O gado seria suficiente para mantê-los por um período e haveria de ajudá-los a implementar, aos poucos, o novo empreendimento.

Enquanto isso, os outros fazendeiros de café perdiam fortunas e a terra ficava cada vez mais barata. Para Vicenzo, que não dependia diretamente da economia do café e ainda se beneficiava do uso da aguardente na função de ajudar os desafortunados cafeicultores a esquecerem seus reveses, era mais uma oportunidade. A mandioca, que, além de plantar, passara a moer, estava cada vez mais valorizada. Como o país dispunha de poucas divisas estrangeiras, muitos adicionavam a farinha de mandioca à de trigo e assim economizavam o produto importado. Além disso, Vicenzo mantinha o comércio com a capital, fazendo com que fosse um dos menos afetados pela crise, na região. Comprou mais terras e, além de ampliar a lavoura de cana, iniciou a pecuária. Assim, ele e o irmão poderiam competir plenamente, com as mesmas atividades agropecuárias. Ele teria a oportunidade de provar sua superioridade. Vittorio, por sua vez, poderia ter orgulho de suas crias, mas não era capaz de tratar dos negócios como Vicenzo. Enquanto o irmão embriagava-se com o cunhado ao som da sanfona nos fins de semana, cercado por tropeiros, negros e bugreiros, ele passava a limpo sua caderneta de contabilidade, sozinho, concentrado nos apontamentos dos haveres cada vez maiores que os deveres.

Veio a Revolução de 1930. Washington Luís saiu deposto pelos militares. Em seguida, Getúlio Vargas assumiu o poder, apoiado pela maioria das elites brasileiras. Vicenzo desconfiava daquele gaúcho, mas precisava reconhecer que o homem sabia comandar e o país precisava de uma mão forte. Logo vieram as primeiras medidas visando algum alívio aos paulistas, que sentiam o baque da economia como em nenhum outro estado. Em 1931, o Brasil iniciou a adição de álcool à gasolina com um percentual de cinco por cento e, em três de novembro, foi criada a Comissão de Defesa da Produção de Açúcar, com o objetivo de fomentar e apoiar o setor canavieiro. Mas a principal preocupação do governo, empresários e fazendeiros era com o café. Todas as iniciativas tinham como objetivo recuperar a força comercial da nação, fortemente dependente da rubiácea como fonte de riquezas e divisas. Entre 1930 e 1931, o governo desvalorizou o mil-réis em quarenta e dois porcento, novos recursos foram disponibilizados ao setor e dívidas, perdoadas. Vicenzo, porém, desconfiava que todas essas medidas não seriam suficientes e que uma nova era estava iniciando. Era o começo do fim da hegemonia do café.

Na fazenda de Vittorio e Altino, enfrentavam a crise com dificuldades, mas aliviados por já não terem mais café nas roças. Quando nasceu a terceira filha, Eulália, Vittorio comemorava as primeiras mostras da cana que plantaram. No ano seguinte, já poderiam inaugurar uma pequena produção de aguardente.

Logo depois do nascimento de Eulália, começou a tosse frequente de Vittorio. Reclamava que dormia mal e se sentia cansado, com dificuldade de respirar. Maria Dolores via o marido ofegando e lembrava quando Ernesto nasceu, igualmente ansiando por vida. Vittorio atribuía o mal-estar a alguma coisa que comera ou a alguma mudança brusca de temperatura. Fazia de conta que não era importante, parava de reclamar. O desejo de realizar sua satisfação era imperativo. Excluía do seu mundo tudo o que, talvez em outras pessoas, pudesse se interpor como obstáculo. Fugia da esposa que o amolava com cuidados exagerados. E refugiava-se na orgia da bebida, nas noites viradas nos quartos de bordel, no delírio de corpos suados.

Maria Dolores sentia seu homem mais e mais ausente. Não sabia se responsabilizava Vittorio por afastar-se, ou a boemia por afastá-lo. Até o irmão, que antes da vinda de Vittorio era tão quieto, transformou-se, com a convivência do exemplo do cunhado. Quem sabe a responsabilidade fosse dela própria? Seria por quê, depois das três gravidezes, sua silhueta já não era tão esbelta? Ou por que não conseguia agradar Vittorio sem que fossem interrompidos por um choro de criança? Era difícil dizer por que seu marido se portava daquela forma. Mas não era uma exceção. Talvez os homens fossem feitos de uma forma diferente da mulher. Não foram feitos para a fidelidade, não foram criados para se contentar somente com a esposa. Era difícil entender porque Deus criou o homem tão diferente. Talvez, melhor fosse desistir do que sua compreensão não alcançava. Voltou-se para suas orações e concentrou-se mais na dedicação aos filhos.

Num certo domingo, Vittorio e Altino chegaram em casa quando Maria Dolores estava amamentando Eulália. Era bem cedo. Os primeiros raios de sol despontavam e o galo cantava. Maria Dolores ouviu o irmão e o marido contando vantagens sobre as garotas com quem haviam estado. Eram os comentários sórdidos, entre risadas safadas e misturados a sílabas emboladas na língua, que contraíram o coração de Maria Dolores. Quando Vittorio se aproximou da porta do seu quarto, pediu a Altino que silenciasse.

– Fale baixo, senão Dolores nos ouve! – sussurrou.

E entrou no quarto, cambaleante. A porta escapou de suas mãos e bateu num estrondo. O barulho assustou Eulália no colo de Maria Dolores e a criança começou a chorar alto.

– Veja o que fez, Vittorio! Você não respeita nem a nossa filha! – Maria Dolores protestou.

Em seguida, mais choros irrompidos pelas outras crianças.

Maria Dolores não discutia com o marido sobre a origem da confusão, o distanciamento dos dois, as noitadas de Vittorio. Era a sua inabilidade de chegar em casa de modo silencioso e conveniente ao sono das crianças que importava. Sobre isso tinham que discutir, esbravejar.

– Eu já estou cansada disso! Você chega em casa como um bêbado, um vagabundo! – E prosseguiu expondo sua indignação pelo marido descuidado.

Algumas semanas se passaram e, apesar de Vittorio continuar mostrando que alguma moléstia crescia dentro dele, não mudava o comportamento. Maria Dolores virava o rosto quando ele chegava perto, revoltada com os excessos do marido. Apelou para o irmão, implorou que maneirasse, mas Altino reagia com indiferença: o assunto era de homens e não cabia a ela dizer como um homem deveria se comportar.

Numa tarde de inverno, quando o vento soprava frio no descampado e nuvens escuras antecipavam a chegada da noite, Vittorio sentiu um suor frio, calafrios subiam pelas costas e uma tosse forte o sacudiu, fazendo com que expelisse um jorro de sangue. Já havia percebido, uma ou outra manhã, nesgas vermelhas lhe fugindo pela boca, mas ainda não como naquela vez. Sentiu seu corpo desfalecer, suas pernas fraquejaram e então caiu, inconsciente, no meio do canavial. Altino o encontrou quando quase não se via mais nenhuma luz no horizonte. A partir desse dia, Vittorio passou a maior parte do seu tempo na cama.

Na semana seguinte ao desmaio de Vittorio, Altino soube da presença de um médico na região e foi buscá-lo para examinar o cunhado. A língua foi estudada, o pulmão auscultado, os olhos observados e a temperatura auferida. Tudo indicava tuberculose – das bravas e bem adiantada. Só restava esperar por um milagre. Dolores imediatamente se pôs a rezar. Que Deus perdoasse aquele libertino e permitisse que o mal fosse vencido.

Um mensageiro foi enviado à Santa Joana e Rosa correu para ver o primo, que era como um filho para ela. A partir de então, ficou a maior parte do tempo à cabeceira de Vittorio. Rezava novenas, comprometia-se com promessas religiosas, renovadas com penitências e jejuns. Maria Dolores acompanhava, embora, secretamente, não pudesse deixar de sentir uma pequena gratidão à doença que trazia seu marido de volta para o lar. Altino afogava sua tristeza na bebida, não mais se dando o trabalho de sair de casa. Bebia o dia inteiro, até que não aguentasse mais e caísse. Maria Dolores acudia e levava o irmão para a cama, resignada.

Era o ano de 1932. Vicenzo estava preocupado com os negócios. As notícias que vinham da capital de São Paulo falavam de uma tensão crescente. O estado tinha se tornado muito nervoso, suscetível a manifestações públicas e tumultos. Essas agitações chegavam ao interior por edições de jornais, mas já amenizadas e, frequentemente, ultrapassadas. Ainda assim, a tensão estava no ar, na terra e nos corações dos paulistas que organizavam manifestos revolucionários e comícios reivindicatórios da Constituição prometida por Getúlio.

Giovanni continuava a fazer viagens em que, antes, era acompanhado por Vittorio, mas os estoques que trazia eram limitados à desconfiança do patrão, que se prevenia para o caso de qualquer tentação surgir de uma descabida autonomia. Vicenzo poderia acompanhá-lo, se quisesse, mas preferia não ficar longe de suas terras, dos seus canaviais, de admirar o gado no pasto. Ali era o seu terreno, seu domínio. Diariamente percorria as fazendas e, antes de cair a noite, retornava para casa, afirmando à Juventina:

– O olho do dono é que engorda o gado...

Em 9 de julho de 1932, São Paulo levantou-se em revolta armada. A morte de quatro estudantes numa manifestação popular na Praça da República, no centro da capital, foi o gatilho. A insatisfação com a crise econômica, com o interventor "forasteiro" que seria nomeado pelo Rio de Janeiro para governar o estado, a indecisão de Vargas em posicionar-se com os tenentistas ou os integralistas, que tanto lhe apoiaram e, principalmente, a demora para a definição de uma nova Constituição que substituísse a de 1891, culminou para que os paulistas não tolerassem mais a espera por mudanças. Muitos chegavam a considerar a possibilidade do estado desligar-se da República. Vicenzo ouviu, com indignação, que a cidade de São Paulo tinha sido bombardeada pelo Exército e suspendeu o comércio até que os ânimos se acalmassem.

Em outubro, com notícias de rendição dos rebeldes às forças de Vargas confirmadas, Vicenzo achou que era chegada a hora de ele mesmo ver o que se passava na capital e resolver o problema dos fornecedores que estavam atrasados nas entregas. Preocupava-se também com o rumo da economia que ainda amargava as consequências da crise de 1929. Os preços internacionais de café continuavam muito baixos. Ainda que não cultivasse essa lavoura, precisava saber o que seria de seus clientes, cuja maioria era formada por fazendeiros de café que tinham feito enormes dívidas ao longo daqueles anos de crise. No meio a tantos rumores, não era possível ter clareza da real situação do mercado: quem não sobreviveria à crise, quem lucraria com ela. Saiu com Giovanni numa manhã, com a previsão de retorno dentro de um mês.

Chegando lá, atestou que um dos seus principais fornecedores estava em grande dificuldade. Seus armazéns haviam queimado no fogo cruzado das armas dos insurgentes e das bombas das forças federais. Conseguiu salvar boa parte de suas mercadorias guardando-as em sua própria casa. No estoque remanescente se resumia tudo o que tinha. Vicenzo ofereceu um terço do valor habitual para comprar tudo. Assim, também compensaria a entrega que havia pago antes e não foi despachada. Ouviu que, se tivesse o dinheiro para pagar já, poderia carregar tudo no dia seguinte. Não queria mais problemas com aquele italiano. Vicenzo não tinha o dinheiro na hora, mas, por um pouco mais que o valor originalmente oferecido chegariam a bom termo se pudesse pagar em noventa dias. O negócio foi fechado.

Faltando apenas uma semana para voltar, Vicenzo recebeu a notícia da tragédia: o canavial, ressecado pela estiagem da primavera, foi atingido por um raio. Em poucos minutos, o fogo tomou conta de todo o talhão e o vento encarregou-se de espalhar ao restante. Trinta alqueires de terra de cana foram queimados, consumindo uma produção equivalente a trezentos mil litros da preciosa pinga de Vicenzo. Quando retornou de São Paulo, Vicenzo desesperou-se pela visão terrível dos campos enegrecidos, onde tudo devia estar verdejando. Aquela cana faria falta no ano seguinte.

Tentou comprar cana na região, antecipando-se ao problema, mas depois de três anos seguidos de superprodução, a cana se tornou escassa. Por outro lado, a demanda pelo produto era grande, graças ao estímulo do governo pela produção de mais açúcar. São Paulo dava os primeiros passos para tornar-se o maior centro produtor do país. A cana que alimentava essa potência era plantada e, tão logo colhida, avidamente transportada para os engenhos, destilarias, alambiques e usinas em carroças puxadas por bois. De uma produção de duzentas e vinte mil sacas de sessenta quilos em 1925, o estado viria a produzir mais de dois milhões e duzentas mil sacas, em 1936.

Era muita cana, mas não o suficiente para Vicenzo. Ele não encontrou quem se dispusesse a vender no preço justo, nas condições de pagamento que lhe fossem adequadas. O caixa que tinha disponível já estava comprometido com o fornecedor de São Paulo. Logo a encomenda do grande estoque comprado chegaria, mas precisaria de tempo para que ela se transformasse em dinheiro novamente. Se fosse buscar um financiamento com o banco, precisaria de mais tempo ainda. Sentado na varanda de sua casa, fitava o horizonte buscando uma forma de safar-se. Era possível que a safra já estivesse acabada quando conseguisse os recursos de que precisava. E se a safra não tivesse acabado, poderia ser tarde demais para produzir a quantidade de aguardente que lhe ajudaria a atravessar a adversidade.

Rosa via o primo na ansiedade em buscar uma solução e tinha pena. Um homem tão trabalhador. Queria poder, ao menos, amenizar o sofrimento daquele que era seu esteio há tantos anos. Saía da fazenda preocupada com o destino de Vicenzo e corria para o lado de Vittorio para encontrá-lo em situação ainda pior, na cama, enfraquecido e desanimado pela febre.

– Vittorio, seu irmão está numa situação muito difícil, desde que o fogo destruiu tudo. Faz pena ver um homem tão forte, acabrunhado.

– Rosa, o que eu posso fazer? Eu estou doente! Ele sabe que eu estou doente?

– Meu querido, ele está sofrendo muito com as dificuldades que está passando.

– Mas não tem tempo de me fazer uma visita? Enviar lembranças? Tanto ódio cultivado, por tanto tempo... Talvez ele não precise desse ódio por muito tempo mais.

Afinal, ou ao final, a rixa com o irmão era reconhecida como mais uma doença.

– Não fale assim, Vittorio! Nossa Senhora e Santa Joana haverão de ajudá-lo.

– Pois eu digo, Rosa: se eu morrer sem receber um abraço do meu irmão, vai ser uma morte muito triste.

– Chega dessa conversa de morte! Vamos falar das crianças. Soube que Eugenio montou ontem na égua Cinzenta pela primeira vez!

E assim Rosa esquivava-se da dificuldade que não podia resolver e que tanto a perturbava.

Um dia, de volta de uma visita a Vittorio, Rosa entrou pela porta da frente da casa arrastando os pés, as mãos sobre o peito, segurando o xale apertado nos ombros, cabisbaixa, olhos marejados. Naquele momento, Vicenzo, ainda na varanda, notou a tristeza da prima.

– O que foi, mulher? Morreu alguém?

– Ah, Vicenzo. Acho que não falta muito para isso. Que tristeza ver seu irmão afundando na cama, fraco, tossindo sangue, quase um moribundo. Nem mais ficar em pé ele consegue.

– Mas, então, é mesmo doença grave que ele tem? – perguntava só para entender melhor a notícia.

– É... E tanto quanto ele sofre com a doença... Sofre também porque você não lhe faz sequer uma visita. É triste ver aquela casa daquele jeito. Com tantas crianças e nem uma alegria.

À menção das crianças, Vicenzo virou o rosto.

Rosa continuou com cautela, para não arriscar mais do que devia.

– Mais triste ainda é ver aquela fazenda do jeito que está. O gado não tem ido pastar todos os dias, parece até que algumas vacas já foram perdidas. O canavial que ele plantou há pouco tempo está cheio de mato...

– E Altino? *Non lavora*? – Vicenzo perguntou, surpreendido com as informações de Rosa.

– Esse, coitado, fica encostado num canto. Só faz chorar e beber. De vez em quando é Maria Dolores que junta os homens e manda que cuidem da roça, do gado... Mas eles fazem pouco. Ela vira as costas e os homens cruzam os braços.

Rosa relatava a tragédia e balançava a cabeça de um lado para o outro, inconformada.

– Está arriscado até eles não conseguirem colher a cana. E, você sabe, cana bisada não presta.

Foi nesse instante que a curiosidade de Vicenzo passou a interesse genuíno. Parou para pensar um pouco, olhou para o horizonte, como se preparasse o ambiente para a virada de posição que faria.

– Quer dizer que Vittorio está mesmo querendo *mia* visita... – Era uma afirmação e, ao mesmo tempo, um incentivo para que Rosa confirmasse.

– Vicenzo, eu acho que é uma das poucas coisas que ainda pode trazer felicidade a ele, antes de o pior acontecer.

Dois dias depois, Vicenzo saía com a esposa e Rosa para visitar o irmão. Rosa estava certa: Vittorio recebeu-o como se nunca houvesse divergência entre eles, como se fossem velhos amigos que se reencontram, cheios de saudades.

Vicenzo retribuiu. Pediu desculpas ao irmão, a Altino, a Maria Dolores. Conheceu os sobrinhos que foram os motivos de sua chacota e deu benção a cada um. Vittorio pediu que ele ajudasse Maria Dolores e Altino a cuidar das crianças, até que crescessem. Pediu que nunca deixasse de visitar os meninos depois que morresse e que os instruísse da mesma forma que foram instruídos pelos pais. Vicenzo concordou com tudo.

Então, fez a proposta: tinha muita vontade de ajudar o irmão e seu cunhado. Notara que o canavial deles estava necessitado de cuidados. Poderia trazer seus homens, colher a cana e ficar com ela por um bom preço. Para Altino e Vittorio não haveria prejuízo, pois o alambique não começara a operar, a não ser em teste. Atrasariam a inauguração da produção até que a nova safra chegasse, mas não precisariam correr o risco de deixar a cana em pé, bisada. Só tinha um pequeno problema, não poderia pagar de imediato. Havia feito uma compra grande de sal, trigo, arroz, querosene e fósforos na capital e precisava primeiro vender as mercadorias, para depois pagar o irmão e Altino.

Vittorio tossiu, quase desfaleceu, tanta era sua fraqueza. Olhou para o irmão, desconfiado, mas não enfrentou a suspeita que apertou no peito. Disse que precisava conversar o assunto com Altino. Afinal, era ele o dono das terras.

Entendendo a importância de o doente se reaproximar do irmão, Altino concordou. Aquele poderia ser o último desejo do cunhado, grande companheiro. Deu permissão para que Vicenzo trouxesse seus homens e colhessem toda a cana que quisessem assim que chegasse a hora. Só deveria deixar umas poucas centenas de quilos para terem o gostinho da primeira dose da Santa Eulália.

Graças à Vittorio e Altino, Vicenzo conseguiu o equivalente a trinta alqueires de cana e superou o aperto em que se metera. Em menos de três meses, toda a cana foi colhida. Enquanto isso, continuou a visitar o irmão, testemunhando seu definhamento, a morte chegando lenta.

A benzedeira foi chamada, o padre, convocado. Mas não havia mais recursos para Vittorio. Quando ele morreu, em 15 de julho de 1933, Vicenzo chorou e, pela primeira vez, embriagou-se, compartilhando a dor com Altino.

A dor de Altino era pela perda do grande amigo, aquele que lhe ensinou um modo diferente de existir, a reconhecer a alegria como uma forma de se sentir mais vivo. Chorou porque sabia que nunca mais teria um companheiro que repartisse seu sorriso e que também sabia doar a felicidade no trabalho da fazenda. Chorava porque tudo que lhe restava era a irmã com seus três filhos pequenos para alimentar e não sabia se teria coragem de corresponder às necessidades deles.

Vicenzo chorou pela perda do irmão, aquele que lhe instigou, desde criança, toda a energia de que precisava para ser o que era, para crescer em poder e determinação. Seu irmão era o rival, quem por tantos anos usurpou dele o direito de ser amado, mas lhe trouxe a certeza de que ele próprio era o único que devia se amar. Vittorio foi alvo de sua inveja e seu ódio, mas precisava desses sentimentos para se alimentar. A partir de então, nada mais podia querer com aquela gente. Vicenzo chorou, finalmente, porque sabia que aquela era a última vez que pisaria na fazenda de Altino, que a partir de então, mal cumprimentaria Maria Dolores e não acompanharia o crescimento dos sobrinhos.

Vicenzo não olharia para trás. O que passou, passou. Tinha sua vida para cuidar. A palavra que dera ainda lhe pertencia. Não ficaria acorrentado a nada que o incomodasse. Sabia que havia nascido para ser um grande senhor. Seu destino era vencer nas batalhas que a vida lhe apresentasse e seguir em frente.

Capítulo 5

Joanna sobressaltou-se com o som de uma estranha gargalhada misturada a um soluço de choro que vinha da longa fila. Virou-se à sua esquerda e procurou a origem daquela inusitada manifestação. Lá estava Pilar, sua amiga de infância. Gesticulava nervosamente entre o irmão e a prima enquanto falava e sacudia o corpo. Estava realmente rindo ou chorando? Ao observá-la mais de perto, Joanna continuou sem entender o que se passava. Até que Pilar desabou nos seus ombros num choro convulsivo. Dentre um fungar e outro, conseguiu dizer, aos trancos:

– Minha amiga... Eu lhe desejo... tanta feli... felicidade... nesse casamento... tão lindo...

E voltou a chorar numa careta, abraçada à noiva.

Alberto, os pais dos noivos e todos os convidados olhavam para Joanna abraçada com a amiga, admirados com a demonstração de emotividade. Joanna, de braços inertes estendidos ao longo do corpo olhou de través para Alberto, que respondeu com um levantar de ombros e um arregalar de olhos. Joanna estava desconcertada. Pilar era sua amiga desde que eram pequenas. Tinha uma personalidade um tanto dramática, motivo pelo qual Joanna não se sentia muito à vontade a seu lado.

Alberto foi ao socorro da noiva. Por trás de Pilar, fez um gesto com a cabeça que Joanna interpretou como uma pergunta de qual era o nome de quem se pendurava em seu ombro. Respondeu articulando com a boca o nome da emotiva moça.

– Então, você só pode ser a Pilar...

Pilar virou-se para Alberto com um olhar de quem se incomoda com a interrupção de algo importante.

– Ah... Alberto... Eu também desejo... muitas... muitas felicidades a vocês dois – disse, segurando a mão do noivo, enquanto a outra mão continuava sobre o ombro de Joanna.

Joanna aproveitou a oportunidade para desvencilhar-se de Pilar, puxar a prima da amiga e sussurrar-lhe um pedido para que prosseguissem. Depois conversariam com calma, quando fosse à mesa deles.

Pilar foi-se, amparada pelo irmão e pela prima. Deixou com Joanna, porém, um estranho sentimento. Ela não sabia se era por causa da exagerada manifestação da amiga ou porque a rejeitara tão prontamente. Mais tarde, lembraria aquele inconveniente incidente e refletiria se sua reação não havia sido precipitada. Os pais de Alberto provavelmente não teriam visto com bons olhos a reação da jovem nora, rejeitando a amiga. A mãe de Alberto era uma mulher sentimental. Chorou várias vezes durante a cerimônia religiosa. Alberto era seu único filho e parecia ter dificuldade para entregá-lo, por mais que Joanna declarasse que seriam dois filhos, em vez de apenas um. Nessas ocasiões, a sogra respondia que queria também muitos netos. Quanto a esse desejo, Joanna era reticente...

Ela se esquivava das crianças. Olhava os pequenos como quem admira belas borboletas coloridas, mas seria capaz de gritar em desespero se um desses seres saídos de casulos gosmentos se aproximasse. Talvez ela tivesse aversão à espontaneidade que irradiavam. Talvez estivesse apenas se protegendo da afetividade que aquelas alegres borboletas insinuavam. Suas damas de honra, Maria Helena, Maria Lúcia, Maria Teresa e Maria Isabel, filhas da tia Eulália, sentiam essa rejeição. Apesar de serem suas primas, não saltitavam à volta da noiva, como a maioria das meninas fazem nos casamentos. Admiravam a noiva de longe, mal disfarçando uma ponta de despeito.

Joanna poderia ser mãe um dia, mas essa ideia ainda não estava em seus planos. Não enquanto tivesse tanto que realizar. Começaria pelo apartamento que lhes foi presenteado pelos pais de Alberto. Seria bem aconchegante, somente para os dois. Lá, seriam muito felizes, de verdade. Morariam na capital e manteriam também a suíte pronta no casarão da fazenda. Com esse arranjo ela poderia começar a trabalhar, ajudando o pai no escritório da usina, enquanto Alberto trabalhava no escritório do banco, na capital, durante a semana. Joanna não supunha que o pai apoiasse a ideia, mas esperava que não se opusesse se a visse lá de vez em quando. Contaria com o apoio de Pedro Souto para colocar em prática o que aprendeu nos quatro anos de faculdade. Ela não tinha feito o curso de administração para pendurar o diploma na parede. Pedro Souto haveria de ajudá-la na introdução à empresa sem que isso se tornasse motivo de conflito de família. Não se importava em começar numa função bem simples. Alberto não poria obstáculos. Ele era sempre compreensivo. Se Eugenio apresentasse relutância, Alberto se uniria a Pedro Souto e os dois, forças somadas, resolveriam.

E a procissão continuava. Os convidados desfilavam, chegando aos anfitriões do festejo. Os pés de Joanna doíam nos sapatos novos, uma mecha de cabelo do penteado de Laura caiu, Eugenio afrouxou levemente a gravata. Só Alberto e os pais continuavam inabaláveis. Por quanto tempo mais teriam que ficar ali? A fila ainda era grande, ladeira abaixo. Joanna não havia previsto que tamanho esforço seria necessário. Mas não havia como ser diferente. Era o seu rito de passagem. Seria necessário um pouco mais de paciência e perseverança. Era preciso dificuldade para valorizar a bonança. Foi o que sempre ouviu Vó Rosa dizer. Talvez ela tenha dito isso quando contou a surra que seu avô Vittorio levou do irmão antes de ir embora para o sítio de Altino, casar-se com a avó, Maria Dolores, assumindo o que queria da vida. Ou então ela dizia: "Não há mal que sempre dure... É preciso tenacidade". E contava o trecho da história de Santa Joana, em que ela havia esperado por diversas semanas até que o Capitão Baudricourt, de Vaucouleurs, se convencesse de que deveria ser levada ao delfim, Carlos de Valois. Tinha tanta certeza que seria atendida, quanto tinha certeza que era a enviada de Deus para que a França tivesse seu rei coroado e fosse libertada dos ingleses. E foi assim que aconteceu...

Com ela seria o mesmo. Seria tenaz e feliz. Era o que diziam.

– Felicidades, Joanna! Meus parabéns pela linda festa.

– Seja muito feliz!

– Tudo de bom para você em sua nova vida!

– Que Deus abençoe esse casamento.

Uma atrás da outra vinham palavras que ela escutava, mas não mais ouvia. Apenas agradecia, automática, encostando o rosto dos dois lados da face de cada um. Roboticamente. Seu pensamento já estava em outro momento, após a festa, na noite de núpcias, na viagem que fariam a Paris no dia seguinte. Ansiava pelo futuro próximo.

As malas da viagem estavam prontas, esperando no hotel da noite de núpcias. Sua mãe lhe ajudou nos preparativos do enxoval de viagem. Joanna não conhecia Paris, mas Laura havia entrado em cada uma das lojas da Avenida Champs-Élysées. Fez questão de recomendar a moda adequada e emprestar o casaco de peles, pois março ainda era frio na Europa. Joanna queria só calças jeans e camisetas, como costumava colocar na mala de suas viagens. Laura insistia em vestidos e malhas com brilho. Eram mais adequadas a uma jovem senhora, mais glamourosas. Não era porque já havia se casado que não deveria se preocupar em encantar o marido, pelo contrário. Casamento era uma conquista permanente, tinha que estar sempre atenta ao que acontecia no relacionamento, cultivar o romance. Joanna acabou cedendo, mas também levou jeans. O resultado foi uma mala enorme. A mala de Alberto era bem menor. Ele era muito prático, objetivo. Como Eugenio.

Joanna era feliz por saber que o pai gostava de Alberto. Costumava dizer que ela havia escolhido o homem certo. Elogiava as conversas que o rapaz tinha com ele sobre o mercado financeiro, as ideias que trazia sobre alternativas de investimentos, sobre qual banco tinha melhores taxas de juros e como seria a melhor forma de proteger-se da inflação que chegou a trinta e oito porcento no ano de 1977.

Os dois também partilhavam do mesmo interesse por carros. Conversavam horas sobre as marcas preferidas de cada um, Ferrari, Maserati e Alfa Romeo. Foi essa afinidade que inspirou Joanna a planejar a surpresa. Tinha certeza de que o pai compartilharia a mesma satisfação. Alberto seria presenteado com um carro estrangeiro, no dia do casamento. As importações de automóveis não eram autorizadas por lei, mas, aos diplomatas que retornavam do exterior era permitido trazer um automóvel, como parte da bagagem. Eram raras as unidades de veículos nessa condição, além de muito caras. O pai, porém, tinha os meios para contornar esses obstáculos: o relacionamento e o dinheiro. E ainda tinha a eficiente secretária, Rosângela, para ajudar nas providências até que o carro chegasse na cidade e ficasse escondido, esperando o casamento. Os três mantiveram tudo em segredo. Pelo menos até aquele momento, não havia nenhuma evidência de que qualquer outra pessoa soubesse da Alfa Romeo Spider guardada na garagem do hotel onde passariam a noite de núpcias.

Joanna suspeitava da conversa presenciada há minutos, de longe, entre Rosângela, o irmão e os primos. Teria ela contado aos rapazes sobre o carro? Era difícil não confiar na secretária do seu pai, tão zelosa, tão decidida e despachada. E ainda o pai fora explícito em recomendar que ninguém mais soubesse do que faziam. Joanna não conhecia quem ousasse contrariar uma ordem direta dele. E se o pai confiava tanto em Rosângela, ela haveria de confiar também. A propósito, por onde ela andaria? Rosângela fugiu do alcance de sua visão.

À sua frente surgiu uma das amigas de sua mãe. A mulher tinha um profundo decote que exagerava a opulência dos seus seios. Ao seu lado, o marido de bigodes grisalhos.

– Benzinho, você está um chuchu. Parabéns, menina. – E seguiu para a festa, rebolando seu gordo traseiro.

De súbito, um pensamento tenebroso ocorreu à Joanna. Num lampejo, ela rememorou o olhar de lascívia de Rosângela em direção a Junior. Aquele olhar era de um tipo de cumplicidade que ela conhecia. Era a mesma cumplicidade que tinha com Alberto. A cumplicidade que vem do desejo recíproco...

Como ela não pensou antes na possibilidade? Como foi ingênua... Havia algum tipo de relacionamento íntimo entre eles! O olhar dela denunciou! Não conseguiria resistir à tentação de presentear o amante com um segredo. Possivelmente uma decisão de última hora, mas, ainda assim, uma traição à confiança do pai. E Junior poderia sair da festa, ver a máquina na garagem do hotel, se oferecendo à aventura. Só uma voltinha, coisa de meia hora. Ninguém precisava saber. Levaria o carro de volta antes que dessem falta por ele. Vitor iria junto. Afinal, era o filho de quem bancava tudo e o irmão da noiva. Nada demais ia acontecer...

Junior podia ser muito convincente. Uma moça solteira, financeiramente independente e sem compromisso como Rosângela era a presa perfeita. Mais um patético troféu de conquista. Mais uma que caía na lábia do sedutor boêmio. Diziam que o avô deles era assim. Vittorio era conhecido como o maior boêmio da cidade, na época ainda conhecida como Vila Italiana. Virava noites na farra, com o tio Altino, largando sua avó, Maria Dolores, sozinha em casa, com seu pai e os outros dois filhos. Sem se importar com nada mais. Até que morreu, afogado na orgia... Junior era assim também, Joanna pensou, com desprezo.

Para ela, o pior era o que ele fazia com os outros. Vitor era mais uma de sua má influência. O irmão tinha sido um adolescente calmo. Conseguiam manter boa relação, entre uma ou outra competição de quem seria o melhor na corrida de cavalo ou na disputa da natação. Vitor era bom irmão, companheiro. Até que se tornou um homem e a companhia da irmã foi substituída pelas farras com Junior e Sérgio. O telefone não parava de tocar com meninas querendo falar com Vitor. Ele não conseguia fixar-se em uma só namorada. Acumulava "amigas".

Havia homens que não conseguiam ser felizes apenas com uma mulher. Talvez fosse uma condição da masculinidade para alguns. Buscar o prazer, sem rosto, sem limite. Felizmente, Alberto não era assim e ela o manteria sob controle. Seu pai, no entanto, apesar de não ser como o avô Vittorio, não conseguiu resistir ao fascínio de uma ou outra. Uma vez, aconteceu com uma professorinha do Grupo Escolar da Fazenda. Joanna ainda se lembrava da confusão. Era muito pequena, teria uns quatro ou cinco anos. Recordava-se dos pais brigando atrás da porta trancada. Os gritos da mãe e os do pai. A agressividade represada quando estavam à mesa do jantar. Os passos ansiosos e zangados do pai saindo antes mesmo que a sobremesa fosse servida.

Que desvario passava pela cabeça de Joanna enquanto era cumprimentada! Não eram pensamentos adequados a quem estava na sua festa de casamento, repreendeu-se. Não era hora de pensar no passado, nas experiências dolorosas que acumulavam-se, dissimuladas, a sua forma de pensar. Uma noiva tinha que ter pensamentos felizes. Só momentos de alegria serviriam. Quem sabe interpretou mal o olhar de Rosângela e a conversa dela com os rapazes. De qualquer forma, não havia o que fazer. Não podia abandonar a fila de cumprimentos para satisfazer a suposta preocupação. Seria rude demais.

Voltando aos rostos que a beijavam, Joanna reconheceu Bernardo cumprimentando Laura. Os dois se seguravam pelos braços. Em meio a sorrisos, falavam da alegria da festa. Não era seu tio natural, mas por conta da longa e intensa convivência com seus pais, foi alçado à posição de parente. Bernardo era viúvo, sua família morava em outro estado. Era o mais divertido de todos que formavam o círculo próximo aos Brandini. Sempre tinha um caso engraçado, uma piada espirituosa sobre alguém do governo, um comentário inusitado a respeito da última novidade do noticiário. Joanna tinha prazer em estar com ele. Era o alívio de que precisava, uma boa razão para esquecer os pensamentos sombrios. Cumprimentou tio Bernardo com entusiasmo:

– Meu tio querido! Obrigada por tudo!

Em seguida, chegou uma leva de amigos do pai. Vinham formais, tentando demonstrar descontração para entrar em harmonia com o ambiente. Alguns lhe davam tapinhas carinhosos no rosto e diziam:

– Joanna, menina. Meus parabéns pelo casamento. Seu pai tem muito orgulho de você, viu?

Ela gostava que os amigos de seus pai viessem garantir que o pai a admirava. Era sua maneira de confirmar que era uma filha querida, especial ao amor do pai, digna do título de primogênita.

Então veio um outro velho amigo do seu pai, João Café, editor do caderno de agronomia dos dois principais jornais de São Paulo. Seu conhecimento e seus conselhos foram muito importantes para Eugenio, quando ele mantinha negócios de café, na década de 1950.

E veio sua professora de balé que não via desde o início da adolescência, vieram os pais do menino em quem deu o primeiro beijo, mas, infelizmente, não o menino, agora rapaz. Veio o Ministro da Indústria e Comércio, atrasado. Chegou junto a socialites da capital. Vieram primos e tios de Alberto. Muitos convidados de São Paulo, alguns de Minas Gerais, outros do Rio de Janeiro e Brasília. Mas também havia da Bahia, como Antonio Carlos Magalhães. Empresários de Minas Gerais e do Espírito Santo, que pensavam iniciar investimentos no setor sucroalcooleiro, como tantos outros que queriam aproveitar as oportunidades do Pró-Álcool. Jornalistas, juízes, desembargadores, médicos, engenheiros, diretores do IAA – Instituto do Açúcar e do Álcool, banqueiros e bancários, artistas, várias figuras ilustres e muito mais figuras anônimas. A festa de casamento de Joanna era um sucesso.

Finalmente, a fila começava a diminuir. Já passava de duas horas que estavam ali, recepcionando toda aquela gente elegante e distinta. Os salões estavam repletos. Os garçons passavam frenéticos pelos convidados. A orquestra tocava Frank Sinatra, o que estimulou muitas senhoras a buscar pares para a pista de dança. Foi a deixa para a cerimonialista se aproximar dos noivos e liberá-los do encargo dos cumprimentos. A missão estava suficientemente cumprida. Logo poderiam circular pela festa, passando em cada uma das mesas e tirando fotos com os convidados. Depois poderiam dançar até a madrugada. Ou poderiam se retirar, se quisessem. Antes, porém, tinham que ser fotografados com os pais, Vó Rosa e os avós de Alberto. Precisavam também fazer fotos com os primos, tios e irmãos. E lá foi Joanna, puxada por Dona Judite pelo braço direito, enquanto na mão esquerda vinha Alberto. Seguiram em direção à segunda parte da programação, no espaço decorado e reservado às fotos.

Enquanto aguardavam a família reunir-se, Joanna e Alberto foram sentados num confortável sofá e servidos de bebidas e canapés. Devagar, cada um foi chegando: Eugenio e Laura, Vó Rosa, tio Ernesto, tia Leonor e tio Osvaldo com as filhas, os pais de Alberto, avós, tios e primos. Ainda faltava Vitor, Junior e Sérgio. Alguém saiu para procurá-los. Aproveitando a oportunidade, Dona Judite combinou com o fotógrafo que tirasse fotos de grupos menores. Joanna sozinha com Alberto, os noivos com os pais da noiva, depois com os pais do noivo... Até que todos terminassem de chegar, estavam disponibilizados e integrados ao esforço necessário para um dos momentos máximos da festa assegurando que nenhum detalhe fosse jamais esquecido.

Pedro Souto se aproximou do grupo que, em balbúrdia, se revezava à frente da câmera. Seu rosto era tenso, contrastando com a algazarra e a expressão de alegria dos outros. Chamou Eugenio com um sinal da mão. Joanna percebeu sua presença, mas, sem notar nada diferente, exclamou:

– Eu também quero uma foto com Pedro Souto!

Pedro Souto não respondeu. Apenas permaneceu mudo, inerte, mirando através da noiva, que obstruía a passagem do pai. Foi então que ela percebeu que ele não olhava para ela, mas para o pai, atrás. Notou a sobrancelha dele erguida, em expectativa. Viu que suas mãos estavam fechadas, os braços estendidos em rigidez. Eugenio contornou a noiva, passou pelo fotógrafo e por Dona Judite. Ao lado de Pedro Souto, abaixou a cabeça na direção do outro para ouvir o que ele tinha a dizer. Dois segundos depois, levantou a cabeça e saiu, apressado, com Pedro Souto em seu encalço.

Capítulo 6

Após a morte de Vittorio, Altino perdeu todo o ânimo que compartilhava com o cunhado. Às vezes até esquecia de beber. Sentava-se numa cadeira perto do fogão, depois do jantar, e assim ficava por horas. Enquanto isso, Maria Dolores lavava as panelas e a louça, e ao mesmo tempo ensinava as orações que as crianças deveriam aprender: o Pai-Nosso, Ave-Maria e o Credo.

Aos poucos, o tempo foi cumprindo sua função e Altino se arrastou de volta às obrigações. A perda do cunhado deixou sequelas. Altino tornou-se um homem fechado e triste. As visitas à vila, porém, não cessaram. Junto aos companheiros que desfrutaram da alegria de Vittorio, era possível esquecer por algum tempo a dor.

Aos oito anos, Eugenio veio ajudar Altino na lida do campo. Era um menino curioso que rapidamente entendia o que o tio ensinava. Os dois acordavam ao raiar do sol, tomavam um copo de leite com café acompanhado de batata-doce e mandioca, seguiam para as roças, e voltavam ao pôr do sol. Quando não estava em férias, Eugenio deixava o tio na fazenda e seguia em cima de uma mula, com Ernesto na garupa, para o grêmio escolar da Vila Italiana.

Rosa era presença habitual na vida deles. Chegava com um bolo para Maria Dolores, cocadas para as crianças e um leitão recém-abatido para dar sustança a todos. Tomava Eulália no colo, colocava os meninos sentados e contava histórias que havia aprendido em sua infância, na Itália. As crianças ouviam atentas. Vó Rosa também contava a história da vida dos santos, em especial de Santa Joana, a que mais admirava.

Eugenio ouvia as histórias, mas de tanto que as conhecia, não esperava que Vó Rosa as concluísse. Antecipava-se, contando, ele próprio, o fim. Às vezes, criava finais alternativos, aguçando a atenção dos irmãos, fazendo com que Vó Rosa se calasse e ouvisse, admirada com a inteligência do menino.

Em algumas das visitas de Vó Rosa, Altino pedia que ela intercedesse com Vicenzo para o pagamento da cana entregue desde 1933. Há mais de dois anos o assunto estava pendente. Nesse meio-tempo, o IAA – Instituto do Açúcar e do Álcool – havia sido criado com o objetivo de organizar e promover a produção sucroalcooleira nacional. O órgão esteve inicialmente vinculado ao Ministério da Agricultura, e uma de suas primeiras metas foi promover a instalação de novas unidades de produção de álcool e apoiar a criação de destilarias de grande porte, além de dar suporte financeiro a produtores ligados à cana-de-açúcar. Altino tinha esperança que pudesse trazer um conforto melhor para a família se conseguisse a cana para acertar as contas. Rosa dizia que já havia falado sobre isso, que insistia, mas voltaria a mencionar o assunto. Vicenzo andava muito ocupado com seus negócios, continuava comprando terras e ampliando sua produção de cana.

No Congresso Nacional, no Rio de Janeiro, em 1935, a preocupação era com a ameaça dos "subversivos" comunistas. Em 5 de julho, no aniversário da primeira revolta tenentista no Forte de Copacabana, Luís Carlos Prestes pronunciou um discurso violento. A situação do país era tensa. Em 13 de julho, a polícia invadiu o quartel-general do partido de Prestes – a Aliança Nacional Libertadora – confiscando documentos usados mais tarde para provar que eram financiados pelo exterior e controlados por Moscou. Vários militantes e simpatizantes da esquerda foram presos. No fim do ano, militares se revoltaram em Natal e Recife, assassinando oficiais superiores. Em 25 de novembro, Vargas conseguiu com que o Congresso aprovasse seu pedido para estabelecer o estado de sítio.

Vicenzo temia uma situação similar a 1932. Ele não costumava se envolver em discussões políticas, mas tinha inclinação pelos "camisas verdes", como eram chamados os filiados ao Partido Integralista, formado por conservadores, principalmente originários do antigo Partido Republicano Paulista, extinto desde 1930. A maioria da população da Vila Italiana era como Vicenzo, conservadores que queriam se ver longe da "agitação proletária" e que seus negócios pudessem se desenvolver em paz. Assim, a Vila era um oásis no interior de São Paulo. Crescia e ambicionava o status de cidade, com sua própria prefeitura.

Em 1936, o país se preparava para as eleições marcadas para o ano seguinte. Getúlio Vargas se dizia comprometido com o processo democrático, mas não chegava a manifestar sua preferência por um dos candidatos à sucessão. Isso levava Vicenzo pensar que Getúlio poderia por de lado seu discurso para se reafirmar no poder, absoluto, como vinha acontecendo em muitos países na Europa. A ideia parecia ainda mais atraente porque, além de tudo, enxergava em Getúlio a promessa de um grande aliado do setor canavieiro.

No início de 1937, a morte chegou na Santa Joana e levou Juventina, a esposa estéril. O luto de Vicenzo se passou em meio a indícios cada vez mais fortes de que Getúlio estava preparando um golpe, sustentado por interventores que agiriam sob seu comando em cada estado. Em 10 de novembro, finalmente, Vicenzo e Rosa ouviram-no declarar pelo rádio que o Brasil devia suspender a "democracia dos partidos" que "ameaça a unidade pátria". Uma nova Constituição foi adotada e inaugurado o "Estado Novo". Vicenzo aplaudiu a decisão, constatando que o país que havia adotado como lar estava seguindo os passos de seu país de origem, onde Mussolini havia assumido o título de "Chefe do Governo, Duce do Fascismo e Fundador do Império".

Passado um ano, chegou o primeiro prefeito da cidade, que já havia deixado de se chamar Vila Italiana. Homem de confiança de Getúlio, trouxe do Rio de Janeiro a recomendação de estimular o crescimento do município em colaboração com os fazendeiros locais. Trouxe também uma jovem bonita e prendada, com os atributos necessários para chamar a atenção de Vicenzo. Josefa era a filha do prefeito e foi criada como uma moça fina deveria ser: tocava piano, falava francês e usava guardanapo durante as refeições. Vicenzo começou a cortejá-la. Não era boa cozinheira nem muito prendada na costura e em outras tarefas domésticas. Mas parecia suficientemente robusta para dar os filhos que acreditava que a antiga esposa lhe havia negado. Quanto aos cuidados da casa, Rosa os resolveria.

Logo após o casamento, Josefa engravidou. Vicenzo tornou-se o mais feliz dos maridos. Exibia-se orgulhoso da esposa barriguda. Saía cedo da fazenda para a igreja aos domingos, de braços dados com Josefa, e aguardava o horário da missa na praça, esperando que todos passassem e os cumprimentassem. Depois da missa, fazia questão de comentar bem alto sobre a polpuda doação que havia deixado com o padre e logo seguia para a casa do sogro, que os esperava com um farto almoço.

Rosa seguia de volta depois da missa, mas não ia para casa. Sua alegria de domingo era ficar junto às crianças de Vittorio. Não se sentia à vontade com a família de Josefa, era uma gente sofisticada, de nariz empinado, com cheiro de perfume, em vez de cheiro de gente.

Isabela, a primeira filha de Vicenzo e Josefa, nasceu no mesmo ano em que a Segunda Guerra Mundial foi declarada. Vicenzo, Josefa e Rosa vigiavam o bebê enquanto ouviam no rádio, apreensivos, as notícias da invasão da Polônia e da imediata declaração de guerra da França e da Inglaterra à Alemanha.

Vicenzo logo entendeu que os tempos duros voltariam. No comércio, era hora de segurar vendas fiadas, intensificar a cobrança de quem já estava devendo e gerir o estoque com muita cautela. Os produtores de café voltariam a ter problemas, pois os países do hemisfério norte estariam poupando ainda mais, para privilegiar material bélico.

No setor canavieiro, porém, esperava que fosse diferente. Getúlio vinha honrando seu comprometimento com o setor e estimulava o aumento da produção de álcool, com vista a economizar as preciosas divisas de moeda estrangeira. O IAA atuava dinamicamente na definição de planos de produção em bases quinquenais, equilibrando escassez e excesso de cana dentre as diferentes regiões produtoras, definindo regras de comercialização entre fornecedores de cana e os usineiros. E era justamente na relação entre agricultores e produtores de açúcar e álcool que Vicenzo via mais suscetibilidade do que prejuízos. A cana que produzia superava a necessidade do engenho de álcool e tinha prazo certo para ser colhida e usada. Para não diminuir o risco de perder a produção, Vicenzo negociava sua colheita antecipadamente com outros engenhos, usinas e destilarias da região. Ainda assim, na hora da entrega, não havia garantia de que a cana seria recebida e paga. E, se fosse, haveria disputa no peso. Cada balança tinha sua verdade. Vicenzo pensava se não seria hora de aumentar a produção de álcool e não mais depender de terceiros para o lucro da lavoura.

Na fazenda de Altino, a preocupação maior era com a saúde de Ernesto. O menino não mostrava desenvoltura para enfrentar o trabalho com o tio e o irmão mais velho. Era perseguido por um chiado que irritava Eugenio. Maria Dolores, melancólica, reservava para o frágil filho a maior parte do caldo de mocotó e da polenta. À noite, lhe servia leite queimado, feito com mel, enquanto murmurava uma reza ensinada pela benzedeira.

Mas não apenas Ernesto estava fraco naquela fazenda. O canavial era como o menino, magro e vulnerável. Altino achava muito difícil manter a roça limpa e viçosa como os vizinhos faziam. Também tinha dificuldade de planejar a produção. A qualidade da aguardente que fabricava ia se deteriorando e os clientes, desaparecendo. Aos poucos, a família foi sucumbindo às restrições daqueles dias. A polenta diminuiu, a galinha com macarrão do domingo ficou mais esquálida, o trigo, raro e o feijão, mais insosso. Até que tiveram que se contentar com um prato de farinha de mandioca misturada à água quente e o que conseguiam colher da terra depauperada. Rosa vinha para socorrer, com um pedaço de charque surrupiado dos estoques de Vicenzo.

Ainda assim, foi a cana que começou a ser produzida antes de Vittorio morrer. Da primeira colheita, realizada pelos empregados de Vicenzo, se revelou a principal fonte de sustento de toda a família de Altino. A procura por matéria-prima para a produção de álcool e açúcar aumentava cada vez mais. Com a criação do Estatuto da Lavoura Canavieira, em 1941, Altino acreditou que teria mais segurança de lucrar se vendesse a produção, em vez de direcionar a cana para o alambique.

Vicenzo, na Santa Joana, não estava mal, conferindo seu canavial, o comércio de aguardente e dos outros gêneros de necessidade. Ampliou sua produção de álcool, atendendo a convocação de Getúlio que determinava contínuos acréscimos na adição de álcool à gasolina, chegando até a quarenta e dois porcento de proporção. Crescia também no comércio atacado, vendendo a outros estabelecimentos. Era um alívio para ele estar longe do constrangimento de negar venda às famílias que não tivessem como pagar, como acontecia com os proprietários das vendas e empórios. Se o seu comprador não pagasse, ele tinha a opção de tomar de volta o estoque ou mesmo aceitar uma propriedade como pagamento. Dependendo do seu interesse no cliente, podia aguardar um pouco para receber. Só não podia perdoar a dívida. Dessa forma, mantinha a fama de homem duro na barganha, o que, por outro lado, lhe assegurava uma excelente reputação na praça. Quando ia a São Paulo, nunca faltava crédito para as compras, mesmo sendo italiano. Os bancos o procuravam oferecendo empréstimos que ele desdenhava. Dizia que gostava de trabalhar com dinheiro próprio e que não queria dever satisfação a ninguém.

Em 1942, a guerra estava no auge. Parecia não haver esperanças para um mundo de paz. O rádio anunciava o avanço da Alemanha, os bombardeios da Inglaterra, a perseguição aos judeus. O comércio entre o Brasil e o hemisfério norte mal se mantinha. Navios brasileiros que transportavam mercadorias entre o Nordeste e o Sudeste eram bombardeados por submarinos alemães. Muitas mercadorias faltavam no estoque de Vicenzo. Getúlio conclamava os empresários brasileiros a cooperar no urgente esforço de industrialização do país e os incitava ao nacionalismo, dizendo que "só os países suficientemente industrializados e aptos a produzir dentro das próprias fronteiras os materiais bélicos de que necessitam podem realmente ser considerados potências militares".

Às voltas com a permanente preocupação com os negócios e as precauções necessárias para adaptar-se àquele período, Vicenzo recebeu uma boa notícia: Josefa estava novamente grávida. Mais uma vez seria uma menina, agora batizada de Giuliana. Vicenzo tinha uma família, com uma bela esposa e duas italianinhas. Confiava que Deus ainda lhe concederia o *bambino* herdeiro algum dia.

Em 1943, o Brasil decidiu-se por romper com os países do Eixo e perfilar-se aos Aliados. Houve muitas manifestações populares contra os alemães e italianos. Ouvia-se falar de tumultos e linchamentos de "carcamanos e tedescos" no Rio de Janeiro e outras cidades grandes. Pracinhas da Força Expedicionária Brasileira – FEB – foram enviados para lutar contra o exército de Mussolini. Prudente, Vicenzo parou de apregoar sua admiração pelos fascistas e ordenou que as mulheres da família não saíssem da fazenda. Rosa rezava todos os dias pelo fim daquelas notícias e pelos familiares que ficaram na Itália e, em seguida, escapulia de Vicenzo e corria para prestar ajuda aos parentes que, na sua vizinhança, sofriam com as agruras da carestia.

Para Altino, o fardo tornou-se pesado demais. Morreu em 1944. Eugenio estava com 17 anos no dia em que o tio foi enterrado. Tinha desenvolvido o conhecimento e a prática suficientes para assumir o posto de novo chefe da família. Consolou a mãe e Vó Rosa, afagou Eulália, lançou um olhar de quem espera cumplicidade ao irmão. Parou os estudos no Grêmio Escolar. Juntou Ernesto e os empregados mais leais e fortes e definiu o rumo a partir de então:

– Chega de tristeza. Chega de lamentação e choradeira. A partir de agora, não quero mais ver gado fugido, roça suja de praga, colheita atrasada. Em vez de reclamação de dificuldade, quero solução. Chega de miséria. Essa terra andou muito tempo sem produzir o que pode. Mas, como aprendi com minha avó Rosa, foi Santa Joana quem disse que "hoje será melhor do que amanhã; e amanhã melhor que depois". A partir de hoje, vocês vão receber somente minhas ordens e eu vou saber recompensar quem me for leal. Vou ser um homem muito rico, mais que o meu tio Vicenzo. Agora é a hora de começar! Hora de mostrar que aqui não tem lugar para quem tem medo de trabalho e que é possível vencer a tristeza e a pobreza. Se vocês querem fazer parte disso, podem começar logo. Essa terra boa já passou da hora de ser bem tratada.

Depois desse anúncio, Eugenio despediu boa parte dos colonos da fazenda, começando pelos mais velhos, do tempo que os pais de

Altino e Maria Dolores ainda eram vivos. Combinou com os que permaneceram para que reduzissem o uso da terra que ocupavam com as roças de uso próprio, plantando somente hortaliças. Ampliariam a área de plantio de cana e fariam também roças de milho e feijão. Soube que as terras de rodízio receberiam melhor a cana, no ciclo seguinte, se plantasse leguminosas. Queria comprovar a informação. Qualquer outra inovação que pudesse contribuir com a melhor produtividade da fazenda seria ouvida. O que fosse necessário para os moradores daquela fazenda terem uma vida digna seria feito. Mas todos os homens desde os 12 anos teriam que trabalhar de sol a sol. Não haveria trégua até que alcançassem os objetivos que pretendia.

Outra providência de Eugenio foi procurar o tio para reclamar a cana que continuava sem pagamento. Buscou orientação com Vó Rosa e soube qual o melhor horário para abordar Vicenzo. Seguiu para a Santa Joana ensaiando como trataria um assunto tão difícil. Ele, que era apenas um rapazote, ambicioso sonhador, com três mulheres e um irmão fraco para cuidar, numa fazenda cheia de mato. O tio tinha seus oitocentos alqueires de terra plantada, dois armazéns cheios de estoque para o comércio, era casado com a filha do prefeito, amigo de gente importante de São Paulo e do Rio de Janeiro.

Viu os canaviais verdes, limpos, observou o gado gordo, os peões em cavalos com sela, roças de feijão, fava e milho nas terras de rodízio da cana. Lembrou-se das histórias que Rosa contava de seu pai, jovem como ele, morando ali. Imaginou como seria o pai correndo por aqueles campos a galope, conversando com os peões e dizendo gracinhas às mulheres. Será que o pai imaginava que a fazenda que ele largou para o irmão ficaria tão bonita como agora? Toda aquela prosperidade tinha também o suor do trabalho do pai. E era, então, próspera e fértil porque um dia seu tio Altino e o seu pai resolveram acudir aquele tio avarento...

O casarão de Vicenzo surgiu abaixo da colina, logo depois de uma curva. Era imponente, com o telhado vermelho-escuro, paredes brancas e janelas azuis. À frente, uma larga varanda que permitia vista para o jardim florido, o lago e um pequeno bosque de pereiras. No gramado, estava uma mulher com uma criança no colo e outra segurando a sua saia. Era a primeira vez que Eugenio via as primas.

Aproximou-se da mulher, perguntando:

– Boa tarde, tia... Dona Josefa?...

A mulher balançou a cabeça negativamente e respondeu:

– Dona Josefa está dentro.

– E essas meninas?

– São as filhas dela, Isabela e Giuliana – falou, apontando-as com a cabeça.

Eugenio fitou as meninas por uns instantes, procurando identificar os traços dos Brandini.

– Eugenio, você chegou!

Vó Rosa veio apressada, recepcionando-o com o carinho habitual que agora se misturava com uma leve apreensão, na expectativa do sensível encontro. Puxou Eugenio pelo braço, acomodando-o na varanda, e saiu em busca de Vicenzo.

Enquanto aguardava, Eugenio viu Isabela correr em sua direção e parar antes da escada que levava à varanda. A menina o examinava, curiosa, mas não reunia coragem para dizer nada. Eugenio a examinava de volta, sem ousar lhe dirigir palavra.

– Isabela, já para dentro! – A voz imperiosa do pai cortou aquele momento de silenciosa inspeção interativa, entre dois parentes que não se conheciam, mas de alguma forma, se reconheciam.

A menina correu, assustada, para os fundos da casa, chamando pela babá, que a seguiu com a irmã menor no colo.

Vicenzo esperou até que as crianças e a babá sumissem de vista.

– Então, rapaz? O que você quer? – perguntou, autoritário, sem perder tempo em cumprimentos desnecessários. Não recebia Eugenio com simpatia. Rosa insistiu, Josefa não se opôs. O pai do menino era seu irmão e o tio acabara de morrer. Recebê-lo era um gesto de caridade que um bom cristão não podia recusar. Vicenzo pensou por alguns dias. Quem sabe o garoto resolvia ceder as terras da fazenda que não ficavam longe dali e já tinham cana plantada? A lavoura era pobre, maltratada, mas a terra era boa e daria bons frutos rapidamente, se fosse cuidada da forma certa.

– Meu tio, eu vim aqui tratar da dívida que o senhor tem com a minha família. O senhor deve trinta alqueires de cana desde 1933.

Vicenzo empurrou o queixo para a frente, bateu na aba do chapéu, aumentou a sombra sobre o rosto, olhando de um degrau mais alto. O moleque era corajoso. Como se atrevia a falar com ele daquela forma?

– Menino, toda a cana que eu sempre tive na minha vida foi colhida por mim.

– Mas, tio...

Antes que Eugenio apresentasse seu argumento, ou que Vicenzo desse palavras à contrariedade crescente que seu rosto expressava, Rosa intercedeu:

– Vicenzo, o menino veio andando nesse sol quente, deve estar cansado. Deixe que ele se refresque com um suco de cajá. – E correu para buscar os copos e a jarra de suco.

Quando voltou encontrou Vicenzo e Eugenio calados. O primeiro olhava para o seu território, à frente. O outro olhava para os próprios pés, procurando nos sapatos velhos uma experiência que não tinha para usar palavras que sua juventude ainda não havia aprendido.

Os dois beberam o suco. Eugenio tomou coragem.

– Tio, eu estou disposto a ouvir uma proposta para o senhor pagar.

O moleque era mesmo petulante.

– A safra da minha cana já está toda comprometida. Eu não vou faltar com compromisso que assumi.

– Pode ser da próxima safra... Ou o senhor pode acertar em mais de uma safra.

– Garoto, eu posso pensar em acertar com você se as terras do seu tio entrarem no negócio.

Em princípio, Eugenio não entendeu. Se era ele quem devia receber, como haveria de incluir as terras da família? Qual negócio? Percebendo que o sobrinho não o alcançava, Vicenzo explicou:

– Apesar de não ter convivido com você e seus irmãos, não posso negar que é filho de um Brandini. Sei das dificuldades que estão passando e vou ajudar. Você é muito novo para cuidar de tanta terra, meu filho. Precisa da orientação de um parente experiente. Vou tratar da lavoura e vocês recebem pela cana que eu colher de lá, a cada safra.

Eugenio encheu-se de indignação. Então, ele não sabia que já havia assumido a responsabilidade? Não acreditava que sabia cuidar da terra tão bem quanto qualquer fazendeiro da região? Como aquele tio podia achar que ele seria tão ingênuo a ponto de não acreditar que seria enganado como seu tio e seu pai foram? Como podia achar que acreditaria na boa vontade de um parente que mal o cumprimentava quando se encontravam na cidade? Que arrogância do homem que diziam ser seu tio, mas não foi capaz de lhe fazer uma visita desde que perdeu o pai!

– Eu não vim aqui para procurar tutela. Vim para cobrar o que é meu.

O homem e o menino se olharam, em desafio.

– Ninguém fala comigo assim. Se você não quer minha ajuda, moleque atrevido, some daqui! – E avançou para Eugenio, ameaçador.

Rosa adiantou-se e se pôs à frente de Vicenzo.

– Homem de Deus! Louvai-me Santa Joana! Ele é seu sobrinho!

– Então some com ele para longe da minha terra antes que eu faça uma besteira. – E virou as costas.

Eugenio foi-se, cego de raiva, indignação, orgulho ferido. Vó Rosa o acompanhou até a porteira. Dizia palavras como "tenha calma", "Vicenzo é difícil, mas não é um homem mau", "tudo ainda vai se resolver"... Eugenio, ultrajado, não ouvia. Sua mente era um turbilhão de ódio.

Ele nunca esqueceria aqueles instantes na varanda da Santa Joana, quando buscou um tio e encontrou um estranho cruel e avarento, um homem que passaria por cima de qualquer um, se achasse necessário. Mas também não esqueceria de observá-lo em tudo que fazia, a evolução dos seus negócios, para quem vendia e de quem comprava, a qualidade da safra, como tratava as terras. Em sua fixação, foi aprendendo, com a esperança de um dia ser melhor que o tio e, assim, se vingar. Eugenio procurava a dignidade usurpada.

Veio o fim da Segunda Guerra Mundial, em maio de 1945. Enquanto todos comemoravam a vitória dos Aliados, Eugenio ainda sentia o gosto amargo da humilhação que havia passado. Logo depois, soube que o tio estava comprando mais terras na região, que havia visitas de homens importantes vestidos de terno, contratação de pedreiros, técnicos e engenheiros. Depois de haver ampliado a produção de álcool, veio a notícia de que ele construiria uma usina de açúcar.

No ano seguinte, em março, Vicenzo inaugurou a Usina Santa Joana, com capacidade de moagem de cento e setenta mil toneladas de cana.

Capítulo 7

Enquanto o fotógrafo registrava as poses, Joanna não conseguia parar de pensar em Eugenio. De apreensiva, passou a angustiada. A saída repentina do pai com Pedro Souto foi perturbadora. A partir de então, as fotos mostrariam uma noiva alterada. Olhou para Alberto, procurou Laura. Tinha que saber a explicação.

– Mãe, você sabe o que houve? Por que papai saiu tão repentinamente com Pedro Souto?

A mãe não sabia. Ninguém sabia. Dona Judite conclamou os noivos a não interromperem o ofício. Todos ali tinham tarefas a cumprir.

Joanna posava enquanto os pensamentos relampejavam como os flashes. Puxa a cauda do véu, olha para Alberto, algum alfinete perdido espeta a cintura. Tia Eulália ficou linda em seu vestido lilás. Que bom que tio Bernardo veio! As orquídeas ficaram ótimas na mesa de doces. Onde Pedro Souto levou papai? Vó Rosa está feliz, depois dessas fotos com os avós de Alberto, pena que Vó Dolores também não está aqui. Vou pedir mais um copo de água. O que teria justificado aquela atitude de Pedro Souto? Será que aconteceu alguma coisa séria? Neuza saberia o que aconteceu?

– Dona Judite, eu gostaria que Neuza, esposa de Pedro Souto, viesse aqui. A senhora poderia buscá-la?

Mais fotos, as mães dos noivos ladeiam a noiva, primeiro com o noivo, depois sem. Mais flashes. Para onde Pedro Souto carregou Eugenio?

Neuza finalmente chega. Orgulhosa por se inserir no momento exclusivo da família.

– Neuza, você sabe onde Pedro Souto foi com o meu pai?

– Não. Mas os vi caminhando apressados na direção do estacionamento.

Como o pai poderia se ausentar, deixando tantos convidados importantes? Ansiedade, angústia. Algo grave aconteceu? Laura também quer respostas e sai.

Os minutos passam, as cenas são registradas. Ainda nenhuma notícia. Dona Judite contemporiza.

– Joanna, a ausência de seus pais começa a ser notada. Por favor, vá circular pela festa, passando às mesas dos convidados.

Joanna fita Dona Judite por alguns instantes. Seu rosto está duro debaixo da maquiagem. Ela hesita.

– Joanna, vamos andar um pouco.

De novo Alberto a liberta da hesitação. Pega a noiva pela mão.

Mal dão três passos, alguns retardatários se aproximam para cumprimentá-los. Vêm os que querem novamente felicitar os noivos, a festa está um deslumbre, admiram o fino bordado do vestido, amigos puxam o casal para a pista de dança. A orquestra os envolve. Joanna e Alberto deslizam ao som de "Blue Moon". Os convidados se aproximam e batem palmas. Todos sorriem. Joanna se distrai da preocupação. É a festa do seu casamento. As mãos de Alberto seguram suas costas, gentilmente. Ela sente o seu olhar orgulhoso, quente. Sussurra "eu te amo" e recebe de volta "eu também". Rodopiam, felizes com o momento.

De relance, antes de completar um meio giro, Joanna vê Rosângela reentrando na festa. Não a tinha visto sair antes. Caminha diretamente à Dona Judite e conversam. Depois Rosângela se dirige à mesa de Vó Rosa e tia Eulália, mas é tio Osvaldo quem ela escolhe para conversar. Seus gestos agitados denunciam emergência. Tia Eulália se junta à conversa grave também no esforço de entender. Tio Osvaldo ouve, em silêncio, balançando a cabeça em concordância de médico. Os dois saem. Eulália olha para Joanna, mas nada diz. Nenhum sinal, nenhum gesto.

Joanna não suporta mais. Sai do abraço de Alberto e vai falar com a tia. Insiste. Protesta. Tem o direito de saber. Não havia como negar que alguma coisa tinha acontecido. Tinha o direito de saber. Era o dia de seu casamento. Alberto é solidário na aflição do desconhecimento. Tia Eulália sucumbe, penalizada.

O enigma é revelado. Um acidente. Vitor, Junior e Sérgio. Vitor está mal. Foi para o hospital e está sendo operado agora.

–Vitor! Junior! O carro!

Joanna fica lívida.

Havia mais convidados à volta dos noivos que ouviram. Contaram para outros. A notícia percorre a festa. O ambiente transforma-se. Aos poucos. Da alegre descontração, uma sombria inquietação. Alguns atônitos. Mesmo os que não sabiam iam se contagiando. A nova atmosfera foi se espalhando, como praga. A música, de alegre passou a melancólica. O sorriso dos convidados ainda não contaminados parecia falso. O glamour da festa tornou-se inadequado. O ambiente era quase sinistro.

Joanna não conseguiria reconstituir todos os momentos que se seguiram. Lembraria, vagamente, de um breve desfalecimento, de Alberto amparando-a até uma cadeira. Alguém trouxe um pouco de água com açúcar. Vozes diziam o que fazer, mas ela não ouvia. Era tudo confuso. Imaginava Vitor em meio às ferragens italianas, do extravagante presente que tinha planejado. Alberto tinha que saber. Contou o plano meticulosamente arquitetado. O carro era para ele. Os rapazes descobriram e estragaram tudo. Um desastre no dia do seu casamento.

Lembrava-se de ter saído da festa e prosseguido para o hotel. Perguntaram pelo gerente, a quem Joanna confiou as chaves do carro, mas ele tinha ido ao hospital ver os rapazes. O recepcionista contou que Marcos foi intimidado a entregar o carro, como havia imaginado. Não havia mais o que fazer, a não ser entregar-se à constatação da fatalidade. Alberto a conduziu até a cama. O cansaço era profundo e o sono, irresistível. Provavelmente efeito de algum calmante que lhe deram.

Apagou.

No dia seguinte, acordou cedo e foi para o hospital. Vitor havia operado a perna direita, com várias fraturas. Na cabeça, vinte e dois pontos fecharam um corte superficial. Ernesto Junior fraturou duas costelas e um dedo. Sérgio ganhou uns arranhões no rosto e no braço esquerdo. Felizmente, não se esperava nenhuma consequência mais grave para eles.

Junior, Vitor e Sergio contaram que foram confirmar se o Alfa Romeo estava no hotel, como Rosângela havia informado. Queriam apenas olhar a máquina com calma. Ao chegarem, viram o gerente dentro do carro, dando partida. Tomaram a chave e decidiram guardá-lo em segurança na fazenda. Mas não estavam acostumados com um carro tão veloz. Vitor fez uma ultrapassagem quando, no sentido inverso, vinha um caminhão velho com os faróis apagados. A batida foi a cento e vinte quilômetros por hora, mas não foi frontal. Rodaram e pararam no meio do canavial. Considerando a velocidade, tiveram muita sorte. Poderia ter sido bem pior.

Joanna calou-se na suspeita de que a história real fosse outra, como ouvira no hotel. Todos pareciam convencidos com a versão detalhadamente relatada por Junior. Ela mesma não tinha mais certeza, admitindo sua confusão. Talvez não tivesse nem interpretado corretamente o que vira nos olhos de Rosângela e Junior. Escolheu seguir viagem para Paris com Alberto, como programado. Seus pais e os de Alberto insistiram para que não perdessem as reservas de voo e hotel. Os rapazes ficariam bem e, por telefone, ela saberia se houvesse alguma nova notícia.

Passeando pelas ruas da Rive Gauche e nas galerias do Louvre preferia esquecer, mas não conseguia se convencer da história que os rapazes contaram. A dúvida incomodava e crescia. Com ela, o ressentimento de que o irmão roubara a exibição do que planejou para Alberto. Cultivava mágoa por ele ter se aliado a Junior e agido de forma tão desrespeitosa com ela, com seu casamento. Sentia-se humilhada.

Mas, educada para proteger o irmão mais novo, Joanna não consentia que sua raiva extravasasse contra Vitor. Junior era o verdadeiro culpado. Era ele quem teria organizado toda a trama, convencendo Vitor a segui-lo com Sérgio e depois teria estimulado o primo a acelerar na estrada, dirigindo sem prudência. Junior merecia todo o seu ódio. Era difícil acreditar que fosse filho de Ernesto, sempre cordato. Junior era um rapaz invejoso, dissimulado, maldoso, cínico. Herdeiro do sangue ruim dos Brandini. Descendente moral do tio-avô. Vó Rosa estava certa quando dizia que tinha os mesmos olhos de Vicenzo. Olhos ardilosos, traiçoeiros.

Era uma tradição da sua família que se polarizassem em duas alas antagônicas. A história talvez se repetisse. Viviam em paz desde que o tio-avô Vicenzo morreu. Seu pai, tio Ernesto e tia Eulália mantinham um bom relacionamento. Os tios reconheciam a capacidade empreendedora de Eugenio e apoiavam sua liderança. A geração seguinte, porém, ensaiava resgatar a sina dos Brandini. Não compreendia como seus pais e o tio não percebiam que o destino de rivalidade familiar se esboçava, mais uma vez, na geração dela. Para sua admiração, antes de viajar, vira o pai rindo-se com tio Ernesto, enquanto comentavam a atitude dos meninos. Concluíam que um carro como aquele era mesmo um irresistível convite à velocidade. Deveriam ter comprado outro para os meninos. Foi uma lástima o acidente ter ocorrido durante a festa.

Joanna não compreendia. Se ninguém mais enxergava o mau caráter do primo, ela enxergaria por todos. Não permitiria que uma única erva daninha prejudicasse o jardim. Ele não poderia fazer o que quisesse, manipulando, mentindo, desrespeitando. Ela queria enfrentá-lo. Não tinha receio de embates. Sabia que seu futuro dependeria dela própria, de sua habilidade em lutar, manter sua integridade. Faria como seu avô Vittorio e seu pai, que enfrentaram Vicenzo. Ela iria fortalecer-se e venceria. Contava com o exemplo de Joana d'Arc, como Vó Rosa a havia ensinado.

Compartilhou com Alberto seus pensamentos, mas ele não pensava como ela. Não era da família, não sabia da história dos Brandini. Preferia conversar sobre a festa. Enfatizava a beleza da capela repleta de rosas brancas, a presença de tantos convidados ilustres, a qualidade de tudo. Não queria mais ouvir falar do acidente com o carro. Deveriam focar na maravilha que tinha sido todo o casamento, antes do acontecido.

Olhando do alto da Torre Eiffel, Joanna tinha que concordar que, apesar da tentativa do primo estragar o casamento, a festa tinha sido formidável. Digna de admiração. Mas, de fato, não havia aproveitado como gostaria. Tinham feito planos para saírem cedo, mas não da forma trágica como aconteceu. Dava-se conta de que o melhor momento de toda a noite foi aquele breve instante em que dançou com Alberto. Naqueles efêmeros momentos. Não foi no altar que seu casamento foi celebrado. Não foi o bispo que consagrou sua união com Alberto. Foi a orquestra.

Sentados no Tour d'Argent, Joanna e Alberto aguardavam que trouxessem o *foie gras*. Tinham acabado de conhecer a enorme adega de vinhos, com raridades tão antigas quanto o Château Siran, de 1858. Era um passeio pela história da França, embebida de incitação às delícias engarrafadas. Quantas outras histórias de vida estariam ali descansando nas prateleiras? E quantas histórias mais seriam comemoradas com outras garrafas abertas? Um garçom lhes serviu um Bordeaux Gran Cru, safra 1961. Era digno do casal que protagonizou a maior festa que todo o interior de São Paulo jamais vira.

– Um brinde à nossa felicidade – Alberto convidou Joanna, com um sorriso amoroso nos lábios.

Sim, um brinde ao presente. Era hora de admitir que estava além de seu limite refazer o que havia acontecido, hora de deixar o passado descansar. Queria apenas conseguir trocar a lembrança desse passado, como Alberto parecia conseguir.

– Estou muito feliz por estar em Paris com você. Joanna, você fez uma ótima escolha para a nossa viagem de lua de mel.

– Paris tem um significado especial para mim, Alberto. Além de ser a mais bela cidade do mundo, foi aqui que Joana d'Arc passou por um momento crítico. Sitiava a cidade, então dominada pelos ingleses e borgonheses. Sem que soubesse, o rei Carlos VII – a pessoa a quem ela conduziu ao trono – negociou uma trégua com os inimigos e não enviou as tropas adicionais pelas quais implorava. Saiu dos portões da cidade carregada numa maca, com a perna ferida por uma flecha, indignada por não poder cumprir sua tarefa. Lamentava ter que desistir faltando tão pouco para a conquista da cidade.

– Deixe as derrotas de Santa Joana de lado, minha Joanna. Vamos, nós também, combinar uma trégua com nosso presente.

Joanna beijou o marido. Ele tinha razão. Por enquanto, não precisava preocupar-se com o que não podia resolver. Devia se entregar, enquanto procurava em seu âmago a certeza de que seria muito feliz, convencendo-se do que uma multidão lhe havia desejado.

Capítulo 8

A história do início da Usina de Açúcar Santa Joana é como a de muitas outras do estado de São Paulo. Os recursos financeiros que Getúlio obteve do alinhamento com os americanos, além de iniciar a indústria do aço e do alumínio no Brasil e, ainda, permitir os primeiros passos para o país assumir sua produção de petróleo, fluiu também para o setor sucroalcooleiro. Várias novas usinas foram construídas e antigos engenhos, modernizados, na urgência de suprir a região Sudeste do álcool que economizaria as divisas externas, e do açúcar que os submarinos alemães dificultavam que saísse do Nordeste. A lavoura de cana já vinha se ampliando desde a década de 1920, primeiro como alternativa ao volúvel café e depois impulsionada pelo aumento da proporção de álcool anidro na gasolina importada durante a guerra. A quantidade de usinas paulistas mais que triplicou entre 1930 e 1950.

Vicenzo foi um dos paulistas que enxergou nas decisões de Getúlio a oportunidade para tornar-se usineiro. Valendo-se dos relacionamentos do sogro, conseguiu uma boa cota de produção de açúcar e álcool com o IAA. De fornecedor de cana, passaria a consumidor. E toda a cana que cultivava não seria suficiente para abastecer as máquinas que encomendara. No primeiro ano, a Usina Santa Joana produziu cento e sessenta sacas de sessenta quilos de açúcar. Logo depois, alcançou a produção de duzentas sacas e um milhão e quatrocentos mil litros de álcool.

No fim de 1946, depois da inauguração da usina, nasceu Vicenzo Filho, o primeiro varão da família. O pai, finalmente, tinha seu herdeiro. O sucessor que tanto desejara. Educaria o filho desde cedo a ser forte e esperto como ele. Nada de perder tempo na barra da saia da mãe, como o menino maricas que seu irmão havia sido. Seria criado no meio de homens, no canavial e no pasto, entre gado e cavalos, aprendendo como se faz o açúcar que brota da cana-caiana.

Tinha pressa que o menino crescesse para correrem juntos as terras. E sonhava que, quando estivesse crescido o suficiente para acompanhá-lo, nem em dois dias cavalgando conseguiriam percorrer todo o território. Continuou a comprar terra nas redondezas. Quando não podia concluir uma negociação, forçava o crescimento das propriedades com pequenos e graduais deslocamentos da cerca divisória. Se ninguém reclamasse, a cerca adquiria seu direito de permanecer. Havendo alguma reação que merecesse retrocesso, era o empregado que tinha se enganado e não havia obedecido as ordens como devia. Às vezes, alguns de seus bois apareciam misturados ao gado de um vizinho, mais frequentemente quando o vizinho também tinha boa lavoura. Então, ele negociava uma compensação, geralmente em terra. Sua fama ajudava que ninguém procurasse uma explicação satisfatória para justificar como os animais haviam escapulido pela cerca.

Eugenio tinha conhecimento das práticas do tio, mas procurava não se envolver e nem participar de conversas de porta de bar que poderiam lhe trazer problemas. Sua prioridade era outra. Preferia dedicar-se a trabalhar na fazenda e cultivar boas amizades que pudessem lhe render bons resultados. Ignoraria o avarento e faria do seu sucesso a humilhação dele.

Uma das poucas características de Vittorio herdada por Eugenio era a facilidade em fazer e manter relacionamentos. Diferente do pai, no entanto, ele sabia garantir bom proveito das amizades, para seguir no rumo que decidiu desde que o tio Altino morreu. Foi assim que ingressou no ramo comercial, além de cuidar da fazenda e do alambique. Eugenio comprava e vendia açúcar, café e algodão, aproveitando a flutuação dos preços que oscilavam conforme a safra. Aos poucos ele foi ganhando a confiança de grandes atacadistas e exportadores e recebia encomendas. Empresas de café, em Santos, viram nele o valor de quem mantém uma extensa rede de contatos e começaram a solicitar que comprasse para eles. Rodava o interior do estado em busca de oportunidades de negócios e, em qualquer cidade, vilarejo e fazenda que ia, cultivava simpatia e colhia novos amigos.

No início de abril de 1948, quando voltava de uma das viagens, encontrou Vó Rosa conversando com sua mãe na cozinha. Eulália brincava com uma boneca de pano no chão. As duas mulheres choravam pela morte de uma criança. Aos poucos, Eugenio conseguiu entender que o motivo do agastamento era tio Vicenzo ter perdido o abençoado filho. Morreu de forma trágica, afogado no lago, com apenas 3 anos de idade. Era feriado e preparavam um grande almoço para o pai de Josefa. O político tinha sido nomeado para um importante cargo no Ministério da Agricultura e estaria de mudança para o Rio de Janeiro no próximo mês. Vicenzo permanecia trancado no quarto há cinco dias e se recusava a conversar com qualquer pessoa. Josefa novamente estava por dar à luz e chorava todo o tempo. A tristeza assolava a Fazenda Santa Joana.

Por isso, Vó Rosa não se demoraria na visita. Estava ali apenas para arejar o coração e precisava voltar logo para consolar Vicenzo. Eugenio a abraçou e ofereceu-se para acompanhá-la até a porteira da fazenda do tio. No caminho poderia fazer mais perguntas, com cuidado, para não melindrar mais a avó chorosa.

– Vó Rosa, apesar de não gostar do tio Vicenzo, tenho pena dele. Parece até punição.

– Não fale isso, Eugenio! Ninguém merece ser punido dessa forma.

Eugenio não respondeu. Esperou um pouco, respeitoso.

– Vó, e a usina de açúcar, como é? – perguntou em tom casual, de quem quer tirar a tensão da conversa.

– Ah, filho. É espetacular, moderna... – Vó Rosa falava devagar – Os carros de boi chegam com a cana para ser esmagada nas enormes prensas. São bem maiores que as que você tem no alambique. Então, o caldo passa por uns caldeirões...

Ao final da descrição do processo de produção de açúcar, ela tinha a expressão menos pesada. Parou de falar olhando para o nada, preenchida com a imaginação da usina funcionando.

Eugenio observou a fisionomia da avó com inveja.

– E o tio Vicenzo? Está satisfeito com a usina?

– Acho que sim. Antes da tragédia ele ficava lá o dia inteiro. Às vezes, até atrasava para o jantar. Dizia que produziria tanto açúcar que venderia até para os parentes na Itália. Só precisaria de um pouco mais de cana.

– Ele vai comprar mais terras?

– Acho que agora não. Parece que não terminou de pagar as máquinas novas para os bancos... Deve muito dinheiro... Espero que ele se recupere logo da tristeza, para pagar essa gente. Felizmente o sogro dele está de mudança para o Rio de Janeiro e, de lá, pode ajudá-lo com os bancos.

Eram os últimos anos de Gaspar Dutra no governo, que lutava para estabilizar a inflação e o controle da balança de pagamentos, ao mesmo tempo incentivando a continuação da industrialização do país. Na tentativa de melhor coordenar os gastos públicos, foi criado o Plano Salte (das iniciais de Saúde, Alimentos, Transporte e Energia), cuja realização mais conhecida é a rodovia que liga São

Paulo e Rio de Janeiro, a Via Dutra. O expoente setor sucroalcooleiro do estado de São Paulo, a partir de então, estava com suas bases de crescimentos estabelecidas, com a consolidação da industrialização, do desenvolvimento urbano e a expansão do mercado interno, em especial do Sudeste brasileiro.

Vicenzo interrompeu seu luto apenas quando nasceram as gêmeas: Silvia e Sofia. Foi um parto sofrido, mas as meninas eram saudáveis e a mãe, aos poucos, se recuperaria. Pediu que Rosa providenciasse uma mãe de leite para os bebês e voltou para sua fortaleza. Na usina, encontrava conforto. Talvez, quando Josefa estivesse mais forte, poderia tentar um menino novamente. Por enquanto se contentaria com as filhas.

Eventualmente, Eugenio e Vicenzo davam um por outro na cidade. Os olhos flamejavam em rancor mútuo. Numa dessas vezes, Eugenio estava presente no bar da praça quando alguns conhecidos faziam piadas a respeito de uma decisão do IAA. Era a Resolução 501, de 1951, que obrigava todas as usinas de açúcar a produzir o mínimo de dez porcento em álcool. Um dos senhores mais animados dizia que era o dízimo dos usineiros para o Santo Getúlio que ressuscitava dos mortos, e coisas do gênero. As brincadeiras ironizavam tanto Getúlio Vargas, que tinha vencido as eleições e voltara ao comando do país em 31 de janeiro daquele ano, quanto os usineiros paulistas que, em sua maioria, apoiaram Getúlio, mas estavam descontentes com a decisão do IAA. O açúcar lhes trazia lucro muito maior que o álcool, pois o primeiro levava em consideração os custos de produção nordestinos, mais altos que os da região Sudeste.

Vicenzo, que passava pela praça, não deixou de reparar o sobrinho cercado por gargalhadas sonoras. Aproximou-se e ouviu a menção a álcool e açúcar. Mais um pouco e compreendeu o que se passava, a seu modo. Deduziu que Eugenio zombava dele e resolveu tomar satisfação. Os dois se afrontaram e em pouco estariam aos socos. Rosa chegou e interviu. O trabalho de desapartar os parentes brigões foi completado pelos homens à volta. Acabaram seguindo cada um para o seu lado, lançando xingamentos e ameaças. Eugenio gritou que o tio ainda lhe devia a cana e que um dia faria com que ele pagasse.

Toda a cidade conhecia a história dos dois. Mas também sabiam que Eugenio, na verdade, não mais dependia da cana usurpada. Seus negócios iam muito bem.

Após o fim da Segunda Guerra, o café voltou a alcançar altas cotações no mercado internacional, o que novamente incentivou o plantio. Para resolver o problema de superprodução, o governo intervinha no setor com diversas medidas, inclusive retirando parte do estoque do mercado. A questão mais sensível, porém, era a cambial. Uma mudança nessa área podia resultar em enfáticos aplausos ou em catástrofes. Uma das mais imaginativas soluções encontradas foi o regime de câmbios múltiplos, que, entre 1953 e 1957, definiu uma cotação para cada categoria de produtos importados e exportados e, dentre elas, uma específica para café. De qualquer forma, as autoridades monetárias frequentemente concluíam que o câmbio deveria ser fixado num patamar mais relevante e, vez ou outra, aconteciam as maxidesvalorizações da moeda nacional.

Coincidiu que, às vésperas do anúncio da implementação de uma maxidesvalorização, Eugenio encontrava-se em Santos tratando de negócios. Esperava ser atendido já há bastante tempo na sala de entrada de uma grande empresa exportadora de café, mas seu cliente parecia muito agitado. Foi quando ouviu-o gritando ao telefone que a cotação da moeda americana seria substancialmente valorizada. Eugenio deduziu que quem tivesse café em estoque ou comprasse antes da validação da nova cotação poderia ter ótimos resultados.

Saiu do escritório do cliente e correu para outro próximo, de um amigo. De lá ligou para seus funcionários e instruiu que comprassem todo o café que pudessem. Rapidamente fez com que o estoque crescesse tanto quanto seu crédito e o tempo permitiram. Contou o que sabia para outros amigos que também poderiam se beneficiar da novidade.

A mudança do câmbio ocorreu. Em dois dias, o café passou a valer mais que o dobro. Nem todos de quem comprou entregaram, mas a maioria o fez. Era uma época em que o compromisso com a palavra era a garantia. No comércio, eram raros os negócios baseados em contrato assinado. De qualquer forma, Eugenio contabilizou um lucro equivalente aos seus dois últimos anos somados.

Para comemorar a sua astúcia, comprou um carro novo. Gabava-se com os amigos quando parava na praça da igreja e esperava que viessem admirar o primeiro Cadillac que apareceu na região. Resolveu também que faria uma viagem à capital da República: o Rio de Janeiro. Sonhava conhecer a praia de Copacabana, o Pão de Açúcar e o lugar onde havia funcionado o Cassino da Urca, fechado desde 1946. Eugenio tinha forte atração por jogos que lembrassem o desafio e a adrenalina do risco. Chamou Ernesto para acompanhá-lo e, dirigindo o novo carro, foram pela recém-inaugurada Dutra.

Chegando ao Rio, logo fizeram amigos. Dentre eles havia um que conhecia um cassino clandestino na Lapa e, embora o local não fosse luxuoso como o Cassino da Urca, poderiam se divertir e encontrar gente bonita. Entre uma aposta na mesa de pôquer e uma dose de gim, Eugenio conheceu Laura, a moça mais bonita que já havia visto. Ela era filha de um industrial, frequentadora das colunas sociais e da noite carioca. Durante todo o período restante que passou no Rio encontraram-se todos os dias. Despediram-se com juras de amor e com a promessa de que Eugenio retornaria para casarem e viverem no interior de São Paulo. Já havia completado 28 anos e era tempo de estabelecer sua própria família.

Em 6 de março de 1956, Eugenio e Laura se casaram na Igreja Candelária, no centro do Rio de Janeiro. A festa do casamento foi notícia em todos os jornais da cidade.

No início da vida no interior, Laura teve dificuldade para se adaptar. Sentia falta dos pais, dos amigos, da praia e da noite badalada do Rio de Janeiro. Convenceu o marido a comprar um bonito sobrado na cidade e lá passou a organizar festas para as quais convidava todas as famílias importantes da região. Assim diminuía a saudade que tinha da vida de solteira. Para Eugenio era bastante proveitoso, pois, nesses eventos, tinha a chance de fortalecer e ampliar os relacionamentos de interesse empresarial.

A promessa que Eugenio fez quando perdeu o tio Altino se materializava. A maioria dos empregados que ouviu seu discurso profético continuava com ele e também prosperava. Eugenio investia seus lucros em mais terras, construía armazéns e adquiria caminhões para o transporte de açúcar e café. Continuava também com a lavoura de cana e a criação de gado. Dessa forma, matinha negócios que lhe asseguravam estabilidade econômica, ao mesmo tempo que podia contar com a boa liquidez da pecuária e o comércio, que rapidamente poderiam se transformar em recursos financeiros disponíveis em caixa.

Enquanto isso, Vicenzo administrava seus bens e convivia com as dívidas que começava a acumular. Com as pessoas, ao contrário, evitava a convivência, depois da morte de Vicenzo Filho. Refugiava-se na usina o dia inteiro, trancando-se no escritório com as contas que tinha que acertar. Algumas vezes saía sozinho a cavalo para conferir a extensão de seus domínios. Ouvia falar do enriquecimento do sobrinho e das festas de Laura, mas reagia fazendo pouco caso. Seriam apenas extravagâncias de um menino irresponsável que ganhou dinheiro com a sorte. Puxou ao pai e vai gastar tudo o que tem na farra.

Rosa, às vezes, ouvia as maldosas profecias de Vicenzo e ralhava. Ele deveria ter orgulho da prosperidade de Eugenio. Cultivava a esperança de que os dois ainda pudessem se reconciliar. Josefa não se metia. Ela própria tinha muita dificuldade para suportar a rabugice do marido. Quando atingia seu limite, reunia as filhas e ia para o Rio de Janeiro, onde passava longas temporadas na casa do pai.

Vicenzo não deixava de pensar em dar uma lição no moleque arrogante e colocá-lo no seu lugar. Quando escutava uma nova conquista do sobrinho, o mau humor crescia. Investia no ressentimento e na inveja. Alimentado pela solidão, o ódio ia se cristalizando, formando um novelo de sentimentos destrutivos.

Houve, porém, um período em que Vicenzo conseguiu uma breve trégua em sua luta interna. Foi quando Zé Tião chegou na Santa Joana. O rapaz tinha visão de negócios e dizia o que Vicenzo queria ouvir. Chegou sem avisar, no pátio de descarga de cana. Carregava uma pequena maleta velha na mão, olhava de baixo, com a cabeça inclinada para o chão, como se esperasse a ordem para correr ao seu cumprimento. Pedia trabalho. Vicenzo o contratou para operar a moenda. Dois meses depois, com a esperteza provada, ganhou uma promoção. Vicenzo reconhecia no rapaz os talentos que gostaria que um filho tivesse. Foi fácil confiar nele e permitir que se aproximasse do convívio familiar.

Até que veio a traição.

Nos festejos da chegada do ano de 1957, o início da tragédia. A partir dali, a vida foi deslizando rápida por um precipício. Vicenzo afundou em si mesmo, ruminando o ódio e a decepção dos seus sessenta e um anos.

Vicenzo faleceu em 30 de março de 1957, vinte e oito dias após o nascimento de seu primeiro neto. Na busca pelo herdeiro que substituísse Vicenzo Filho, encontrou a morte num instante desvairado. E com ela foi-se tudo o mais que havia acumulado. Não imaginou que a Santa Joana, com o que havia construído nela, seria repudiada por sua mulher. Não calculou que Eugenio seria o único a ter o mesmo interesse pelo seu mais precioso bem e que cuidaria de tudo até melhor que ele, ao adquirir o patrimônio com o desconto da cana usurpada há tantos anos. Que ali nasceria uma sobrinha que, anos depois, se dedicaria à Santa Joana com a mesma determinação que ele e que haveria muitas histórias para contar sobre a ligação dos Brandini com aquelas terras.

Em 30 de maio de 1958, o sino da pequena capela da fazenda Santa Joana anunciou o nascimento de uma menina. Em homenagem à Santa Joana, cuja comemoração se festejava no mesmo dia, ela seria batizada de Joanna. Joanna Brandini.

Capítulo 9

Sentada à beira do Sena, Joanna aguardava que o artista desenhasse o retrato encomendado por Alberto. O dia estava muito agradável. Fazia sol, a temperatura estava por volta de quinze graus. Ouvia ao longe o "Concerto número 1 para Violino" de J. S. Bach e pensava na história de sua família. Havia curiosidades peculiares aos Brandini. O mês de março, por exemplo, tinha um especial significado. Ela se casara em março, como seus pais, e no mesmo mês, vinte e um anos antes, morrera seu tio Vicenzo. Quem poderia apresentar uma explicação para essa coincidência?

E ainda, foi em março de 1937 que morreu Juventina, a esposa estéril de Vicenzo. Em 1939, nasceu Isabela, a primeira filha de Vicenzo; em março de 1946, a Usina Santa Joana foi inaugurada; em março de 1948, morreu o pequeno Vicenzo Filho. Anos depois, em 1972, morreu Maria Dolores, a triste mãe de Eugenio.

Houve ainda outro evento, em março de 1957, um ano antes de seu nascimento e no mesmo mês da morte de seu tio-avô Vicenzo. Um nascimento e uma tragédia. Os Brandini não comentavam. Só os mais velhos arriscavam-se a uma esporádica referência ao episódio, como se fosse um tabu. Ela própria só soube da história completa no início da adolescência. Excepcionalmente, não foi Vó Rosa quem contou. Soube por Vó Dolores, com sua fala mansa e lamurienta de quem acompanhou de longe toda a história.

Vó Dolores, com sua especial inclinação ao drama, achava que a destruição de Vicenzo havia começado com a morte de Vicenzo Filho, levando-o à reclusão na Usina Santa Joana. Foi essa perda que desencadeou seu trágico fim. Vicenzo tinha desistido da família, como alguém que desiste de comer ou de sonhar. Quando Josefa voltava do Rio de Janeiro com as meninas irradiando algazarra, ele se recolhia ainda mais. A alegria o deixava irritado. Podia-se dizer que as meninas passaram a ser um estorvo na vida do pai. Vó Rosa, que se via na obrigação de tudo remediar, tentava chamar-lhe a atenção para a displicência com as obrigações de pai. Mas era em vão. Então, dedicava a elas atenção exagerada, mimando-as e permitindo que fizessem o que lhes agradava. Josefa, por sua vez, encorajava a atitude de Vó Rosa, aproveitando para tirar folga das meninas inquietas.

Assim, Isabela, a mais velha das meninas, cresceu livre, à vontade na cidade do avô materno, no Rio de Janeiro, e solta na fazenda do pai, no interior de São Paulo. Era uma menina vivaz e curiosa, que ansiava por novas experiências, de traços delicados, cabelos cacheados e pele alva, de italiana. A preferida de Vó Rosa, pela meiguice e beleza.

Além desses atributos, Isabela apresentava duas características que mostraram-se decisivas em sua história. Era romântica e ingênua. Passava horas lendo romances e novelas. Quando chegava do Rio de Janeiro contava os filmes a que havia assistido a Vó Rosa. Seus prediletos eram *E o Vento Levou* e *A Princesa e o Plebeu*. Ela incorporava os amores vividos por Vivian Leigh e Audrey Hepburn, simulando peças teatrais com as irmãs.

Um dia Isabela passeava a cavalo pela estrada da fazenda com Giuliana, a irmã mais próxima. Um rapaz vinha em direção às meninas, a pé, segurando uma pequena maleta velha. Seu andar era firme. Rosto harmonioso, queixo quadrado, cabelos escuros, olhos castanhos. Boca bem desenhada, máscula, quase sedutora.

– Belas meninas que encontro nessa estrada! Só anjos poderiam me anunciar o que quero saber.

Isabela e Giuliana seguraram seus cavalos, buscando interpretar o linguajar inusitado.

– E o que o senhor quer saber? – Isabela, esperta, conseguiu achar a pergunta certa.

– Formosa menina, seria nessa estrada o caminho para uma fabulosa usina de açúcar de um senhor Brandini?

Isabela nunca havia pensado a usina de seu pai como fabulosa. Para ela, era apenas um prédio cinza que exalava odores desagradáveis.

– Sim, senhor. É só seguir a estrada – respondeu, olhando para o rapaz, pensativa.

– Obrigado pela informação. Estou encantado em ver tanta beleza nessas paragens.

Era o início da primavera. O sol iluminava o bonito rosto desconhecido. Isabela também ficou encantada.

Dois dias depois encontrou o moço na fazenda. Não estavam acompanhados, o que deu chance a novos galanteios. Dessa vez, Isabela corou. Certamente, ele não sabia que ela era filha de seu patrão ou não teria sido tão ousado.

Passou a criar oportunidades de encontrá-lo, como se fosse casualmente. Queria saber tudo sobre ele. Descobriu que se chamava Zé Tião. Um nome bem vulgar para quem se expressava de forma rara. Às vezes, o vigiava escondida atrás das venezianas da janela. Via a determinação de seus modos, a dedicação com que resolvia as tarefas atribuídas. Isabela notou que o pai também observava o novo funcionário com interesse, o que fazia maior seu desejo de conhecê-lo melhor.

Não houve como Zé Tião deixar de perceber a curiosidade da menina. Controlava-se para disfarçar a vaidade e fingia descaso. Depois passou a divertir-se, surpreendendo Isabela, ao mostrar que sentia seus olhos sobre ele. Com a disposição de Vicenzo de autorizar que o rapaz se aproximasse da família, foi mais fácil para ele também criar oportunidades para se encontrarem, esbarrarem-se e, naturalmente, começarem a conversar. De fugazes palavras, a assuntos sigilosos, sussurrados por trás das portas, foi acontecendo o romance de Isabela e Zé Tião.

Giuliana foi a primeira a notar a diferença no comportamento da irmã. Não passeavam mais juntas. Isabela só queria estar sozinha. Não mais conversavam sobre as atrizes de cinema sob a sombra do pomar. Isabela preferia isolar-se no quarto. Até que a ansiedade de partilhar a novidade ficou insuportável. A irmã, companheira inseparável de todas aventuras, não poderia deixar de saber. Passaram a cochichar sobre tudo o que acontecia entre os dois, cada palavra, cada gesto, cada episódio. Debatiam sobre como, quando e onde seria mais conveniente o próximo encontro. Falavam como se em um dos filmes a que assistiam nas telas de cinema do Rio de Janeiro. Mas aquilo era ainda melhor do que no cinema.

Vó Rosa foi a segunda a perceber a mudança, quando Isabela deixou que uma xícara transbordasse café. A menina olhava sem ver. Parecia ainda mais sonhadora do que usualmente. Silvia, uma das irmãs, ouviu a conversa murmurada pelas mais velhas e descobriu o motivo da distração. Em pouco, Isabela foi engordando e os olhares entre ela e Zé Tião começaram a ser comentados por alguns empregados. A suspeita correu de ouvido em ouvido e Vicenzo foi o último a saber.

Festa de fim de ano. A chegada de 1957 parecia uma boa novidade. Juscelino Kubitschek havia assumido a presidência há um ano e não cansava de propagar seu plano desenvolvimentista de realizar “50 anos em 5”. O rock'n'roll explodia com Elvis Presley. A TV Tupi exibia os anos dourados. Vicenzo concordou que os colonos e empregados fizessem um pequeno baile para comemorar. Ele e a família ficariam no casarão, esperando o novo ano romper. A ceia foi servida às dez horas e seguida de boleros e marchinhas de carnaval tocadas na vitrola. À meia-noite, a família se cumprimentou e foram todos dormir. Exceto Isabela e Vicenzo.

Isabela saiu pela janela, esgueirando-se pelas sombras da noite para encontrar-se com o amante. Vicenzo ficou na varanda, de onde costumava contemplar seu domínio e refletir sobre os negócios. Esse deveria ser um ano melhor. A safra de cana não havia sido muito grande, mas o governo se mostrava bem-disposto a prover novos financiamentos e preços mínimos mais elevados para o açúcar. A inflação preocupava. Havia dobrado de 1955 para 1956, chegando a um pouco mais que 24%. Os juros aumentariam ainda mais.

Vicenzo foi interrompido por um latido de cachorro. Em seguida, ouviu um grito abafado e soube que alguém estava se escondendo em meio às árvores de seu jardim. Pegou a espingarda que ficava encostada atrás do sofá da sala e foi buscar o ladino que queria assustá-lo. Encontrou dois amantes que se beijavam apaixonadamente ao lado de uma jabuticabeira.

– Que falta de vergonha é essa no meu quintal? – Vicenzo gritou, de longe, já apontando a espingarda.

Isabela e Zé Tião se olharam, aterrorizados. Quem se denunciaria? Se nada dissessem, corriam o risco de ganhar um tiro. Vicenzo não fazia a mesma pergunta duas vezes. Zé Tião empurrou Isabela para baixo, fazendo com que se escondesse por trás de um arbusto de murta.

– Sou eu, doutor Vicenzo, Zé Tião.

– E quem está aí com você?

– Não é ninguém, doutor. Estou aqui com o meu pensamento.

– Homem, não minta! *Madonna mia!* E desde quando pensamento tem braço, perna e saia?

Silêncio.

Vicenzo se aproximou, devagar, desconfiando. Isabela se espremia na tentativa de diminuir-se por trás do arbusto. Zé Tião tentava achar o que dizer. Não adiantaria continuar negando que estava acompanhado.

– O senhor me desculpe, doutor. Por ter vindo para cá, tão perto de sua casa. Queria me afastar do barulho do baile. Acabei me distraindo...

– E veio para cá arrumar encrenca? – A experiência de Vicenzo deduziu que o motivo do rapaz querer esconder a moça só poderia ser porque ela era casada. – Eu não gosto dessas coisas na minha terra, não! – Vicenzo ia falando e chegando mais perto.

Isabela calculou que seria impossível que o pai não a visse. Num ímpeto, antes que ele chegasse ao lado de Zé Tião, saiu correndo, agachada. Na desorientação do desespero, foi correr justamente em direção à casa, em vez de qualquer outra direção que despistasse sua identidade. Vicenzo estranhou o rumo da desconhecida. No casarão não dormia nenhum empregado. Todos tinham seus alojamentos separados. Foi acompanhando com o olhar a ligeireza da fugitiva. Até que ela passou na frente da lua cheia e ele a reconheceu. Virou-se para Zé Tião, com os olhos arregalados.

– Aquela é... Quem é aquela moça? – Era impensável que fosse sua filha.

Não esperou a resposta do empregado atônito. Saiu atrás da menina. Tinha que confirmar.

Vó Dolores contou para Joanna, ainda mortificada, que Isabela apanhou do pai com vara de marmelo naquela noite. A menina ficou muito machucada, mas foi acudida por Josefa e Vó Rosa, salvando a criança que carregava na barriga. Ao tomar conhecimento que o amor dos dois já era tão adiantado, Vicenzo transtornou-se. Esbravejava que mataria o vagabundo que tinha acolhido, quase como um parente; que internaria a filha num convento. Urrava com Josefa e Vó Rosa, que não souberam guardar a inocência da menina. Foram negligentes com o dever, mancharam a honra dos Brandini.

Em meio à confusão, Zé Tião escapou. Dois dias depois foi a vez de Isabela sair em seu encalço sem que ninguém soubesse onde ia.

A fuga da filha foi mais um baque para Vicenzo. Quando estava a seu lado, mal a notava. Depois de roubada, passou à sua mais importante cria. Não havia dia em que não lembrasse a culpa de todos à volta. Descobriu que Giuliana foi cúmplice e decidiu que seria mandada de volta para o Rio de Janeiro, onde ficaria internada num colégio. Dessa forma, precaveria-se de outra calamidade. O choro lamuriento de Rosa e Josefa era-lhe indiferente. Elas eram as principais responsáveis pelo envolvimento da inocente Isabela com o canalha. Que não lhe dirigissem a palavra enquanto não descobrissem onde a menina estava. Zé Tião tinha lhe arrancado um pedaço. Ainda ia receber o merecido castigo.

Depois de um mês buscando notícia, Vicenzo não avançava na pista dos fujões. Ninguém sabia da vida de Zé Tião antes que chegasse na Santa Joana. Só sabiam que vinha de Minas Gerais. Um empregado, em aflição compassiva, porém, acabou lembrando que uma vez ele mencionara uma tia que morava na região do Triângulo Mineiro. Vicenzo contratou um caboclo para ir atrás do rastilho.

O mês de fevereiro passou-se ainda sem novidade. Março chegou e avançou, com chuvas grossas no céu agourento. Josefa se queixava da filha ingrata. Vó Rosa jejuava, aproveitando a quaresma para penitenciar-se. Abrigava-se da opressão visitando a fazenda de Maria Dolores, onde o assunto que prevalecia era o casamento de Eugenio e sua alegre esposa festeira. Lá evitavam falar de Isabela. Mal conheciam a menina, mas como era uma Brandini, melhor esconder a vergonha no silêncio.

Finalmente o rastreador voltou na última sexta-feira de março, no fim do dia. Tinha encontrado os fujões perto de Uberlândia em uma pequena chácara com uma rocinha de milho. A casinha de terra batida, de fato, pertencia a uma velha. Aparentemente, tia do safado. Logo que chegou perto ouviu um choro de bebê. Era um menino forte e guloso, com poucos dias, contou a velha. Chorava o dia todo reclamando o peito da mãe. O pai não estava. Tinha ido para a cidade procurar emprego. Certificou-se de que a moça era a mesma do retrato que havia levado. Não fez mais perguntas, cuidando para não alardear ninguém. Se eles soubessem que estava a mando do doutor Vicenzo, poderiam fugir de novo.

Quando Vicenzo ouviu que tinha um neto, chegou a trincar os dentes na boca cerrada. No dia seguinte, ele próprio tomaria o rumo de Minas Gerais, resgataria a filha e o menino. Era um absurdo que um Brandini nascesse no meio da miséria, como se fosse um moleque qualquer. Não passava em sua cabeça que sua doce e caprichosa Isabela estivesse com eles por vontade própria. Criada no meio do luxo, devia estar detida pelos bandidos. Daria parte à polícia para que enfiassem o sem-vergonha e a tia numa cela. Depois providenciaria que levassem o castigo.

Vicenzo e o capanga chegaram em Uberlândia na manhã de domingo. Combinaram de primeiro descansar, para que não faltasse fôlego na calada da noite. Antes de escurecer pagaram a conta da pensão e seguiram para a chácara. Esconderam-se por trás do mato e aguardaram a noite fechar. Um homem chegou, trôpego. Bateu na porta de tábua, pedindo que abrissem. A velha saiu e amparou o bêbado para dentro. Depois disso, seguiram-se gritos da velha ralhando com o homem, misturados a resmungos incompreensíveis e choro de criança. O tom da discussão entre o homem e a mulher foi subindo e tornando-se mais agressivo. Panelas caíam, pancadas surdas, móveis no chão. Choros, gritos de dor. Em meio à gritaria, Vicenzo reconheceu a voz da filha.

De um só ímpeto saiu do esconderijo e correu para dentro da casa, com o revólver na cintura. Atrás dele, o capanga com uma espingarda. Viram que a velha e o rapaz se engalfinhavam no chão. Isabela estava em pé, olhando a confusão com o bebê no colo, ambos chorando. Vicenzo passou o braço pela cintura da filha, na tentativa de conduzi-la. Isabela reconheceu o pai, na fraca luz do único lampião aceso. Assustada, resistiu. Vicenzo franziu a testa:

– *Andiamo presto*, Isabela.

– Pai! O que você faz aqui?

A velha e o rapaz pararam de brigar, subitamente, ao perceberem que havia dois estranhos na casa. Isabela recuou, num rodopio, tentando desvencilhar-se do pai. A manta da criança esbarrou na cintura de Vicenzo e o revolver caiu, deslizando até o homem no chão. Empunhou a arma contra Vicenzo. Não era Zé Tião.

Isabela soltou um grito que assustou o rapaz desajeitado no chão. Vicenzo aproveitou para chutar a mão dele, arrancando a arma que voou em direção à velha. Com o dedo no gatilho ela apontou para Vicenzo. Finalmente todos pararam.

– Quem é você? – a velha perguntou.

– Sou o pai de Isabela e vou levá-la embora com o meu neto. – Virou-se para a filha, fazendo sinal com a cabeça para que saísse. Isabela vacilou.

– Ela não vai sair sem falar com Zé Tião.

– Fica quieta aí, velha nojenta – o capanga alertou, enquanto mirava a velha com a espingarda.

Mas a velha era valente.

– Quieto você, se não meto bala nele – falou, sem tirar o olho de Vicenzo.

O ambiente ficou mais tenso. Ninguém cedia.

– Não, pelo amor de Deus – Isabela gritou.

Foram disparados dois tiros ao mesmo tempo: um no peito da velha, o outro no ombro de Vicenzo.

A porta abre, de repente. Zé Tião entra e, sem pestanejar, empurra o capanga de Vicenzo por trás. A espingarda cai. Vicenzo toma o revólver da mão da velha. Zé Tião esmurra o capanga com tal violência que o joga para o lado e pega a espingarda. Isabela estava diante do pai e do pai de seu filho em ameaça de morte. Vira o rosto, se encolhe por cima da criança, se esconde para não ser testemunha do que sabe ser inevitável. Mais dois estampidos. Num relance, Isabela vê o pai desfalecer. Corre para dentro do quarto, protege seu pequeno bebê. Ouviu mais um tiro, disparado quando Zé Tião recebe um golpe do capanga. Os dois se atracaram em socos e pontapés. Um deles conseguiu pegar o revólver e atirou.

Quando Vó Dolores chegou nesse ponto da história, sua voz embargou. Tinha lágrimas nos olhos, ao dizer:

– Foi assim que o pequeno Tomás veio ao mundo, em meio à morte do pai e do avô. Pobre Tomás.

Joanna nunca conheceu aquele primo bastardo, pivô da maior tragédia dos Brandini. O nome era impronunciável. Assim como toda a circunstância de seu nascimento. Quando Eugenio tinha que falar de como se tornou usineiro, contava apenas que o tio sofreu uma morte violenta e que comprou a fazenda e a usina da viúva. Ela tinha pressa de desfazer-se de tudo e mudar com as quatro filhas para o Rio de Janeiro, morar com o pai dela, um político muito ligado a Getúlio Vargas.

Com o tempo, o distanciamento entre os dois ramos rivais dos Brandini aumentou. Vó Rosa, que permaneceu na Santa Joana, era a única que mantinha contato com Josefa. Chegou a visitá-la algumas vezes, enfrentando a pouca hospitalidade somente para amenizar as saudades das meninas, inclusive de Isabela, que também tinha ido para o Rio de Janeiro, com o filho.

Mais alguns anos se passaram e Vó Rosa comentou que Josefa se casou novamente, com um estrangeiro. Os recém-casados, as quatro filhas e o neto mudariam para o exterior. A partir daí, acompanharam-se por cartas, que foram rareando, até cessarem.

Um menino cruzou a frente de Joanna. O artista perdeu a concentração no retrato por alguns segundos, admirando a bela criança de cabelos louros e lábios rosados. Paciente, esperou que a mãe também passasse, antes de retomar o trabalho. Joanna continuou estática, mas permitiu-se acompanhar a cena da mãe correndo atrás do espevitado filho.

Ela teria que conseguir administrar a sogra em seu desejo por netos. Seus pais certamente reforçariam a pressão. Mas ela não cederia. Tinha tanto a fazer antes de pensar em filhos! Esperava que Alberto mantivesse o acordo e também não a pressionasse. Teria, pelo menos, alguns anos de controle da situação, enquanto morassem no exterior. Alberto havia recebido uma proposta de trabalhar em Londres. Ela planejava uma pós-graduação enquanto estivesse por lá. Depois que voltassem, ia se dedicar à empresa da família, ao lado do pai. Ele tinha outros negócios menores, mas nenhum outro merecia a mesma atenção que a usina, e nem proporcionava melhores lucros. Era lá que queria estar.

Alberto retornou e Joanna acordou de seu devaneio. O retrato estava pronto. O traço de grafite mostrava um rosto menos largo, realçando o nariz delicado. A falta de cor não permitiu que a verdadeira intensidade dos seus olhos azuis fosse revelada. Mas era ela. Alberto gostou e pagou o artista.

O casal saiu andando, abraçado, em direção ao Jardim das Tulherias. O fim de tarde merecia uma caminhada ao ar livre. Uma oportunidade para experimentar sua própria energia de vida, seus anseios, sem medo do futuro. Planejar a vida nova. Sonhar com realizações, felicidade. Não se entregaria a um sonho romântico como aquela Isabela. Não seria uma folha que voa sem rumo pelo destino. Acreditava na sua força, sua capacidade de conquista, tinha as armas certas para vencer.

– Alberto, vamos visitar Reims antes de retornar ao Brasil? Fica só a uns cento e quarenta quilômetros daqui.

– Se você quiser... Por que você quer conhecer essa cidade?

– Foi lá que Joana d'Arc levou Carlos VII, após uma série de vitórias ao longo do caminho desde Chinon, no Vale do Loire. Ele só passou a ser reconhecido como rei depois que foi coroado na grande catedral que existe lá, graças a ela.

– Joanna, você admira muito a Santa Joana, não é?

– Passei toda minha infância e adolescência ouvindo sua história. Nunca vou me esquecer de Vó Rosa ao meu lado, contando as proezas da Donzela de Orléans. Ela foi única em toda a história da humanidade. Uma camponesa, analfabeta, com dezenove anos e que conduziu um exército de mais de cinco mil homens para resgatar a França dos ingleses, no século XV, durante a Guerra dos Cem Anos.

– E depois foi queimada na fogueira.

– Sim, pela Igreja em conluio com os ingleses. Ela só foi reconhecida como santa aproximadamente quinhentos anos depois, em 1920. É interessante que ela tenha liderado exércitos na guerra e, depois, sido santificada. É mais uma das contradições associadas a ela. Talvez a guerra tenha outro sentido para as pessoas que a santificaram, uma espécie de inexorável necessidade do ser humano que crê no dever de conquistar o caminho para o paraíso, que a vida é uma constante luta. De qualquer forma, eu acredito mesmo que para alcançar o sucesso é preciso ter a postura de guerreiro. Não há vitória sem luta. A coragem enobrece.

– Joanna, você já pensou que só o fato de você acreditar nisso pode lhe atrair muitas batalhas para enfrentar?

– Que assim seja! Quero lutar pelos meus sonhos. Quero conquistar muitas vitórias. E quero ser feliz.

– Você vai ser feliz, Joanna – Alberto concluiu, com um suave beijo na sua testa.

Mesmo que precisasse lutar por cada um de seus sonhos.

Mesmo que seu sonho fosse apenas lutar, não ser feliz...

PARTE II
CAMPO DE BATALHA

Capítulo I

Era cedo, mas Joanna preferiu chegar antes do horário marcado. Esperava que, ao adiantar-se, fosse capaz de controlar a ansiedade. De qualquer forma, já tinha esgotado a capacidade de lutar contra a falta de sono. Melhor dar-se por vencida e sair logo de casa.

Entrou e acendeu as luzes. A sala de reunião parecia mais ampla naquele dia. As paredes brancas, cobertas de diplomas, certificados e fotografias em molduras douradas registravam a história da Santa Joana e seu passado glorioso. A inauguração da destilaria anexa à usina, em 1978; a conclusão da reforma e da expansão, em 1982; o aniversário de vinte e cinco anos com o show da dupla sertaneja; o de quarenta anos, quando ficou pronta a destilaria autônoma e o próprio Presidente da República compareceu.

Havia ainda os prêmios e certificados que atestavam o orgulho de Joanna. A usina já tinha chegado a dois mil e quinhentos empregados. Seu recorde de produção, atingido em 1988, foi registrado na foto em que seu pai e tio Ernesto apareciam na frente do armazém repleto de sacas de açúcar. Havia fotos em que ela também aparecia. Algumas atrás do pai, menina. Outras, a seu lado, mais velha. Havia uma com o irmão, tirada logo depois que o pai adoeceu e receberam, em nome dele, o prêmio de Empresário do Ano. Outra foto mostrava o tio com os filhos dominando uma colina que desvendava um extenso canavial. Ela costumava conceder um instante de admiração àquelas imagens, mas, naquele dia, preferia fingir que não estavam ali.

Ao fundo da sala, cortinas de seda desciam do teto por trás do sofá e havia duas poltronas, todas forradas de couro preto. Joanna atravessou a sala e puxou a cortina até o canto, convidando a luz. Abriu as janelas e respirou o ar morno. Um ensolarado dia de março. Conhecia aquele sol. O céu azul se encontrava com o canavial no horizonte, viçoso como sempre, insinuando que a perspectiva poderia ir além do que os olhos conseguiam enxergar. Dali não podia ver o mato crescendo. Não podia tocar nas folhas ressecadas. Não podia perceber a ferrugem se insinuando ao meio das longas folhas do canavial.

O mar verde era o mesmo de quando era criança, onde corria com o irmão e os primos. Onde disputavam a coragem, atravessando de um lado a outro um talhão onde a cana não havia crescido mais que eles. No meio do canavial muito alto não se atreviam. Vó Dolores os convenceu a ficarem longe desse desafio, assustando-lhes com a história da criança que nunca mais voltou para casa, perdida pelos labirintos verdes. Ao entardecer brincavam de pique e de polícia e ladrão. Usavam a penumbra como desculpa para não serem descobertos e passar longo tempo vigiando o sol cair do céu. Formava time com Sérgio, o fôlego fraco que ninguém queria recrutar. Vitor e Junior lideravam o time adversário.

Unindo o escritório e o canavial, a ladeira crescia, forrada de bloquetes. A mesma trajetória, ladeada de hibiscos vermelhos, por qual passaram as centenas de convidados do seu casamento, apresentando sua história, debulhando seu passado. Quando tinha Alberto a seu lado e todo o mundo que lhe interessava parecia compreendê-la, aceitando sua certeza de que tinha determinação para ser invencível. Vó Rosa era seu refúgio, sua mãe era imaculada. De seu irmão, esperava o melhor. Eram instantes de outra Joanna.

Virou-se e examinou a mesa de centro de mármore, buscando a origem do mau cheiro de dentro da sala. Com uma careta, notou o cinzeiro cheio de guimbas de cigarro. A reunião do dia anterior devia ter sido tensa. Gostaria de ter participado, mas seu pai achou melhor que fosse só ele e o tio Ernesto. Estava ansioso para a tentativa de composição com a Cooperativa de Produtores de Cana. Iriam até o limite para obter um entendimento. Joanna pegou o cinzeiro e dirigiu-se à porta, chamando a funcionária da limpeza para que lavasse a peça de cristal.

As dez cadeiras estavam desalinhadas. A reunião terminou sem que ninguém se desse ao trabalho de arrumar a sala para o dia seguinte. As secretárias ainda não haviam chegado. Joanna foi até a cabeceira da mesa, perto da saleta de estar, onde ficava a cadeira mais imponente, a única com espaldar alto e forrada de couro vinho. Era o assento do seu pai. Acariciou o encosto da cadeira, ao mesmo tempo que a empurrou para debaixo da mesa. Em seguida, lentamente, passou por cada uma das demais cadeiras, de espaldar mais baixo e em couro preto, repetindo o gesto. Queria poder segurar o tempo. Ter nas mãos aquele instante único, suspenso entre o passado e o futuro incerto, suspeito. Queria que a angústia que torcia seu peito voasse para longe.

Arrumava os assentos e denominava seus titulares, em pensamento, tentando colocar em ordem o que esperava de cada um. O que seria deles depois daquele dia? Ao lado direito de Eugenio ficava Ernesto, seguido de Junior e Sérgio. A família deles tinha a maior parte das ações das empresas agropecuárias, com terras e cana plantada, além de gado e outras lavouras. Há tempos não contavam com os dividendos que deveriam fluir da participação minoritária na Usina Santa Joana. Ela, o irmão e o pai, diferentemente, não detinham participação expressiva na produção agrícola. Por outro lado, ficavam com todas as decisões das empresas industriais, com os 57% das ações em controle de Eugenio, mais 8% em nome dela e no de Vitor. A Santa Joana tinha terras, mas estavam longe de serem suficientes para garantir o suprimento de cana necessário. Sessenta por cento da produção vinha das propriedades de Ernesto e Osvaldo com Eulália. Era o arranjo societário que haviam acordado desde o início da década de 1980. O resto de cana necessário era complementado pela produção de outros fazendeiros.

Ao lado esquerdo do pai sentava Vitor ou Tavares, dependendo do tipo de assunto de que tratariam. Normalmente, a prioridade era de Vitor, titular da diretoria comercial. Se a pauta fosse administrativa ou financeira, seria Tavares. Naquele dia, o assento seria do executivo. Depois dos dois, vinha ela. A diretora adjunta. Seu pai dizia que, naquela posição, podia substituir qualquer um dos demais diretores. Sentia que ele a consolava por ter concedido um título tão vago, indeterminado, inexpressivo. Ela, intimamente, sorria com a preocupação do pai. Não precisava de um cargo para expressar sua liderança.

Para Joanna, liderar não era uma questão de título. Era um atributo da capacidade de confiar e inspirar confiança. Uma simbiose que se definia pelo exercício de ouvir e falar. Por isso, a credibilidade era o patrimônio que mais valorizava. Foi assim que ela aprendeu a trabalhar, desde que começou na Usina Santa Joana, aos 23 anos, depois que retornou de Londres. Aprendeu também que liderança não se impõe, se conquista. Com honestidade, energia, engajamento, visão estratégica.

Portanto, ela não se sentia incomodada pelo fato de sentar-se a três cadeiras da cabeceira. Sabia que, não importava onde estivesse, sua voz seria ouvida. Mesmo que, eventualmente, tivesse que gritar. Havia alcançado seu espaço com muita dedicação e esforço próprio. Nos três últimos anos, desde que seu pai ficou doente, não houve qualquer decisão sem sua participação, exceto aquelas tomadas às suas costas por Vitor ou Ernesto, seduzidos por Junior. Quando isso acontecia, ela ainda se empenhava para encontrar um caminho que, ao menos, minimizasse o erro.

Então, ela compensava acreditando que precisava controlar mais, impôr-se. Muitas batalhas se passaram ali mesmo, naquela sala, em violentas discussões com Vitor, Ernesto e Junior. Eram instantes de discussões inspiradas em ordens preconcebidas, crenças indestrutíveis, verdades incorporadas de um passado que prevalecia no presente. A sala estava impregnada dessas memórias, mais vívidas que as memórias expostas na parede.

Depois que o pai reassumiu, de volta da longa doença, a opinião de Joanna sobre tudo que ocorria na empresa passou a ser indispensável. Durante horas falavam sobre os negócios, a estratégia financeira da empresa, o que deviam fazer para reverter as dificuldades. Não concordavam em tudo. Joanna teimava em sugerir novidades que Eugenio desconfiava. Queria fazer parcerias com *trading companies* para exportar, diminuir a produção de álcool e ampliar a produção de açúcar para o mercado consumidor. Concordavam que o controle dos custos devia melhorar, que tinham que diminuir a inadimplência e tentar tudo que fosse possível para aumentar a produtividade. Mas, no que estavam de acordo, as iniciativas eram quase sempre inócuas, pois o problema já era maior do que podiam dominar. Joanna argumentava que o que faltava eram mais iniciativas eficazes. Eugenio ouvia Joanna, mas não podia deixar de acreditar que a empresa estava emperrada pela falta de caixa, pelo desânimo que desarticulava a crença na sua viabilidade. Há duas semanas haviam debatido por horas sobre a necessidade de uma mudança radical. Eugenio admitia que talvez fosse a única saída, mas não parecia tomar nenhuma atitude, até então. Joanna não cobrava o pai. Também tinha receio de que uma guinada os paralisasse definitivamente. Enquanto isso, concentrava-se em fazer sua parte, diligentemente. Nas circunstâncias que enfrentavam, estava convicta de que o fracasso não poderia ser culpa sua.

Depois do assento dela, os três restantes ficavam reservados a convidados. Naquele dia a mesa estaria completa. Osvaldo, Salomão, advogado da empresa, e seu assistente, Péricles, estavam chegando para a reunião convocada por Eugenio há poucos dias. Era março e o balanço e demais relatórios de 1992 estavam prontos para serem mostrados aos acionistas. Tratariam também de como resolver os problemas financeiros da empresa – foi o que Joanna ouvira.

Até aquele dia, Osvaldo nunca havia participado de uma reunião ali. Os relatórios de resultado anuais eram enviados a ele e, qualquer dúvida, esclarecida nos domingos em família, que também serviam para se inteirar das notícias importantes que ocorressem nesse meio-tempo. Durante os dois anos que Eugenio estivera doente, as noticias chegavam diariamente e Osvaldo frequentemente estava presente. A cumplicidade se solidificou na relação dos dois, mas, mesmo assim, Eugenio decidiu que deveria convocar o outro. Joanna achava que ele valorizava a confiança do cunhado. Ou apenas queria ter certeza se a amizade deles estaria à prova de qualquer fraqueza, de qualquer vacilo. Eugenio era um líder sábio. Se não tivesse sido afastado tão bruscamente, certamente não estariam passando pela dificuldade que enfrentavam. Maldita síndrome.

Guillain-Barré era o nome da doença que abateu o comando da Santa Joana. Durante esse período, Joanna zelou pelo pai cuidando para que a usina não trepidasse, que as moendas não rangessem e o caldo verde fluísse ao seu destino. Seu ritmo de trabalho compulsivo era moldado pelo processo produtivo. Acordava, dormia e sonhava com pesadelos em que os cristais de açúcar não se formavam e a fermentação do mosto desandava.

Joanna suspirou, baixou o olhar para o tapete persa e seus olhos encheram-se de lágrimas. Já duvidava se todo esforço tinha valido a pena. A pressão era insuportável. Tinha que reconhecer que a Santa Joana era uma moribunda. Talvez aquela fosse a reunião mais importante da vida deles. Mas tudo corria como devia ser. Era estranha a naturalidade com que os fatos se sucediam. Uma estranheza que trazia a sensação de *déjà vu*, misturada à lembrança das reuniões anteriores, enclausuradas em expectativa, relatos veementes, disputas de opiniões, convicções desafiadas, autoridades ameaçadas e decisões absolutas. Tudo tão normal. E, no entanto, inusitado, inesperado, dessintonizado com a história emoldurada. Impossível apontar as origens. Melhor não pensar no passado.

Já enfrentara tantos desafios. Logo que começou a trabalhar na empresa, quando sugeriu que as ferramentas aprendidas na pós-graduação em administração financeira da London Business School poderiam ser muito úteis. Persistente, conseguiu trazer a informatização no dia a dia da Santa Joana, criou controles de produção e resultados. Na época, não era claro o quanto a informática contribuiria na gestão da empresa. Com o tempo, ela conseguiu elaborar o primeiro orçamento. Depois, seguiram-se planos de qualidade, metas comerciais e industriais, criação de um departamento de recursos humanos pela expansão do departamento pessoal e outras inovações. Além do grupo escolar que existia na fazenda, foi também criado um grêmio recreativo para os funcionários.

A batalha seguinte foi quando seu pai contratou novos executivos, após a saída de Pedro Souto em 1982. Ela ocupava a gerência financeira e não tinha a malícia necessária para lidar com as escaramuças e emboscadas que João Moura e sua equipe preparavam contra ela e Vitor. Joanna também teve problemas com Pilar, a mesma que surgiu chorando de emoção no seu casamento, enquanto derretia-se em votos de felicidades. Pilar trabalhava como assistente financeira e induzia Joanna a conclusões equivocadas, a partir de informações manipuladas, instruída por João Moura. Eram pessoas ardilosas, que pretendiam assumir o controle da usina, afastando ela e Vitor. Eugenio precipitou-se em delegar ao novo executivo os mesmos poderes que Pedro Souto levou anos para conquistar. Felizmente a vaidade foi mais forte que a razão. Num arroubo ele se traiu, confundindo seu mandato com a fonte do mando, seu patrão. Depois de João Moura, Eugenio nunca mais deixou que o substituíssem no comando executivo. A não ser por aquele período em que esteve doente. E, mesmo assim, as rédeas ainda estavam na mão da família, enquanto exercia o controle de longe.

Houve ainda desafios emocionais, como na separação de Alberto. Depois da longa lua de mel no exterior, ele desejava que Joanna se aquietasse ao seu lado. Queixava-se que ela passava a semana inteira no interior, só retornando a São Paulo nos fins de semana. Ela tinha consciência que, semana a semana, iam se afastando, mas a missão junto à Santa Joana clamava. Finalmente, a complacência acabou quando ela admitiu que não pretendia ter filhos. Alberto conformou-se com a companhia de uma colega do banco. A separação foi em consenso. Eugenio e Laura não queriam admitir, afinal, já eram quase sete anos de casamento. A tia Leonor, ex-esposa de Ernesto, foi o melhor apoio que obteve. Talvez Vó Rosa pudesse ter facilitado para que os pais se conformassem logo, se ainda estivesse viva.

A ausência de Vó Rosa foi outro grande desafio. Era ainda difícil lembrar dela sem sentir um vazio no coração. Como gostaria que estivesse com eles naquele difícil instante. Seria menos doloroso suportar a vergonha, a humilhação, se realmente fracassassem. Ela saberia impingir em Ernesto o vigor adequado, em Eugenio, a astúcia necessária, a cumplicidade e harmonia entre os netos. Se Vó Rosa não tivesse morrido, talvez nem sua mãe tivesse ousado sair de casa, largado o pai para viver com Bernardo. E, talvez, Eugenio não tivesse, depois, ficado doente e longe da empresa.

Se, se, se... Se seu pai não tivesse adoecido, se Vitor fosse capaz de assumir o comando livre da influência de Junior, se o petróleo não tivesse caído tanto de preço e o Pro-Álcool não morresse, se a inflação não fosse tão absurdamente alta e corrosiva, se não estivessem com a capacidade industrial mais direcionada ao álcool do que ao açúcar, se conseguissem o financiamento que imploravam aos bancos, se os clientes e os fornecedores da Usina não os tivessem traído, se tivessem sido parcimoniosos nas despesas e gastos. Tarde demais para pensar nos "ses".

Eugenio tinha voltado havia oito meses. Era o ano de 1993. Ele triunfou sobre a síndrome e só isso era o suficiente para restabelecer a esperança. Suposições de como poderia ter sido diferente não ajudariam em nada. Confiava no general de volta ao posto. Eugenio determinaria o que deveria ser alterado e faria com que ela voltasse a se sentir abrigada na segurança do rumo certo.

Levantou o rosto, respirou fundo, confirmou que estava só e caminhou para fora da sala, resoluta. Não era momento para cambalear. Tinha visto o sol brilhando fora da sala. Seu pai precisava dela. Seus tios, irmão e primos, mesmo que tivessem dificuldade em compreendê-la, contavam com ela. Não era hora de ser covarde. Os funcionários desconfiavam. Precisava aparentar serenidade. Se o pior fosse confirmado, atravessariam tudo com dignidade, senão com galhardia, confiava. Estava pronta.

Capítulo 2

– Bom dia, Joanna. Chegou bem cedo, hein?

Ao primeiro passo fora da sala de reunião, Joanna deparou-se com seu tio Ernesto.

– Bom dia, tio. É... Foi difícil dormir. Tudo bem? A reunião de ontem terminou muito tarde?

– Saímos daqui por volta de onze horas. Seu pai está muito preocupado. Não vejo jeito de resolver o assunto com Marcos.

– Estou preocupada com papai também, tio.

– Como dizia minha mãe, vão-se os anéis, ficam os dedos.

Joanna assentiu a resignação do tio. A referência que ele fazia à Vó Dolores não podia ser mais apropriada, na boca dele. Teria sido com ela que Ernesto aprendeu a desistir do que queria ao primeiro sinal de dificuldade. Não fosse por Eugenio, ele jamais teria acumulado o patrimônio que tinha.

Reentrando na sala de reuniões, Joanna não contestou o desânimo do tio.

– E a conclusão da conversa, como foi?

– Difícil. Marcos não cedeu. Tem muita raiva de nós. Não cansa de contar o prejuízo que amargaram, quando entregaram a cana logo depois do Plano Collor, na época que o governo liberou os preços. Seu pai acha que, talvez, Osvaldo possa ajudar, já que é o cardiologista do pai de Marcos.

– E como ele acha que tio Osvaldo pode ajudar?

– Não sei bem. Já tentamos de todas as maneiras... Não acho que Osvaldo vai conseguir, mas Eugenio quer tentar essa última cartada. Nada mais temos a perder.

Era uma questão de pressão comercial. Legítima. Cada um lutava pela sobrevivência de seu negócio. Joanna esperava essa resposta. O motivo real, porém, poderia não ser esse. Ou poderia ser que essa explicação apenas camuflasse outra, menos nobre. Talvez nada tivesse a ver com o preço da cana. Talvez a explicação da resistência de Marcos estivesse no que aconteceu há quinze anos, em 18 de março de 1978. Marcos era o gerente do hotel onde estava o Alfa Romeo que seria presenteado para Alberto. O episódio foi mais desastroso para ele do que para qualquer outro. Acusado de tentativa de roubo por Junior e os outros rapazes, Marcos foi demitido do hotel no dia seguinte, sem que a história nunca tivesse ficado realmente esclarecida. Por anos, deixaram de ter notícias dele. Até que reapareceu como um dos diretores da Cooperativa e, em seguida, foi promovido à presidência.

Mas Ernesto tinha respaldo para não levar em conta esse passado. Não estava no escopo que outra verdade que não fosse econômica fosse conjecturada. O interesse pela riqueza é o que orienta as pessoas, dizia. A direção de cada um era determinada para onde se ganha mais. Marcos deveria ceder se conseguissem acessá-lo da forma certa.

– Bom dia, Dona Joanna, senhor Ernesto. Já tomaram café?

Tavares entrou na sala.

– Ainda não. Quando cheguei não havia nenhuma secretária. Apenas o pessoal da limpeza – Joanna respondeu.

– As secretárias acabaram de chegar. Vou pedir que providenciem o café.

E saiu, dando a Ernesto a oportunidade de comentar:

– Esse aí age como se tudo fosse natural. Somos achacados por um canalha e ele não se abala. Parece até que não lhe diz respeito se conseguimos ou não o acordo com a Cooperativa.

– Tio, acho que a atitude dele é profissional. Pode ser que já tenha falado com papai e saiba do resultado da reunião. Ou que ele não acredite mais num acordo, depois de tantas tentativas frustradas. O pessoal da Cooperativa tem sido difícil há bastante tempo, mesmo antes de o Marcos assumir a presidência.

– Eu sempre disse para seu pai que não deveríamos depender de cana produzida por outros. Ainda mais desse pessoal que se organiza em cooperativa. São todos comunistas. E pensar que quase quinze por cento da cana que moemos vem deles...

Joanna já havia ouvido esse discurso. Desde que Pedro Souto foi embora e fizeram a reestruturação societária que separou as atividades industriais e agropecuária, Ernesto era o responsável pelas lavouras das propriedades dos dois Brandini. Sua função principal na usina era assegurar que não faltasse matéria-prima para a produção de álcool e açúcar. Ele também administrava os negócios de pecuária, mas após um memorável prejuízo numa venda de gado para um mau pagador, não fechava a operação sem antes compartilhar a decisão com Eugenio. No trato da lavoura, era diferente. Desfrutava de autonomia, o que fazia como se fosse um jardineiro. Não descansava de pedir mais e mais recursos. Insistia que deviam comprar mais terras, ampliar o canavial, depender menos da produção de terceiros, mesmo que economicamente não fizesse sentido. Ele próprio, porém, não tomava nenhuma iniciativa para expandir os canaviais de sua propriedade exclusiva. Toda decisão patrimonial da família cabia ao irmão primogênito.

Eugenio, de fato, preferia deixar os custos da produção agrícola por conta de terceiros. Concordava com Ernesto que, do ponto de vista estratégico, seria melhor contarem somente com cana própria. O momento, contudo, não era de priorizar a estratégia, mas a sobrevivência. Além disso, a cana não vinha compensando os custos de produção. Era melhor dividir o prejuízo da lavoura com outros fazendeiros. Eles já teriam o prejuízo industrial inteirinho para assumir sozinhos.

Tavares retornou à sala. Silencioso, abriu a pasta e retirou as folhas transparentes que seriam exibidas, pelo retroprojetor, durante a reunião. Eugenio tinha pedido que aquela apresentação do balanço fosse mais detalhada que as dos anos anteriores. Ele deveria deixar clara a fragilidade e vulnerabilidade a que estavam expostos. Sua atribuição era fazer com que todos os acionistas ficassem plenamente convencidos de que havia uma única conclusão para o problema, caso a reunião da noite anterior não tivesse sido bem-sucedida. Ele arrumava as folhas e revia o que tinha escrito, recontava o número de cópias de relatórios que seriam distribuídas. Não queria correr o risco de dar motivo à menor censura de Eugenio.

Joanna observava Ernesto atento aos gestos de Tavares. O tio parecia desconfortável com a demonstração de esmero do outro. Seu rosto denotava desprezo. Ernesto não achava que a reunião fosse necessária. Certamente valorizava muito menos a apresentação que o outro havia preparado. Exibicionismo matemático do executivo, pensava. Ele tinha uma forma própria de processar a contabilidade. Simplificava. A cada reunião, os números serviam apenas para confirmar o quanto a dívida aumentou em relação ao que tinham a receber, o que todos sabiam antes que os números fossem projetados na parede. Então, era tudo bobagem. Que função haveria em demonstrar que deviam o equivalente a oito vezes o patrimônio líquido? Oito, seis ou dez vezes... Irrelevante. Há alguns anos, era impossível que apurassem sequer qualquer lucro que amenizasse o problema. Embora os preços da cana não fossem mais tabelados pelo governo, os preços de açúcar e álcool ainda eram – com enorme defasagem em relação ao custo. A situação era crítica para todo o setor. No caso deles, a sobrevivência beirava o impossível. O esforço para continuarem pedalando a bicicleta para não cair era insuportável.

Com todo o aperto econômico e a recessão e inflação, resolver o problema era um sonho inútil. Nem que vendessem todo o patrimônio. Portanto, de nada adiantava saber que a contabilidade provasse que toda a usina e suas terras seriam suficientes para sanar as obrigações pendentes. Não havia comprador no país que atribuísse à Usina Santa Joana o seu justo valor. Ela jamais seria vendida. Mesmo que, ao meio de toda a crise, surgisse alguém que, fantasticamente, se dispusesse a comprar uma usina de açúcar com uma destilaria anexa e outra autônoma. Jamais iriam desfazer-se da Santa Joana. Essa certeza nunca os abandonaria. Reconhecia, contudo, que, enquanto isso, o caixa ia esvaziando, esvaziando. Era por isso que Ernesto não se sentia à vontade com Tavares. Não era preciso sofisticar o óbvio. Em duas frases seria capaz de explicar tudo o que o executivo levava pelo menos noventa minutos. Era cruel, mas simples: não tinham dinheiro para mais nada. Estavam quebrados. Não tinham como escapar. Embora continuasse fora de cogitação desfazer-se do patrimônio da família.

Vender a Santa Joana seria desonrar o legado dos Brandini, a trajetória e o sacrifício de seus avós e pais. Seria jogar ao vazio o sacrifício de décadas de luta, pela construção da própria dignidade. Quanto ele e Eugenio vibraram com a compra da Santa Joana! Não se acovardaram diante das dívidas que Vicenzo havia deixado. Eugenio não fraquejava. Desde novo era excepcional, capaz de extrair oportunidades de desafios insuperáveis. Antes da Santa Joana, ainda menino, dava sinais do grande homem que seria. Em 1944, após a morte de tio Altino, tinha somente dezessete anos e promoveu uma enorme transformação na pequena fazenda onde moravam. Mudou até o costume do plantio. Disse que vinha reparando que a cana evoluía muito melhor quando as soqueiras se moldavam ao desenho das curvas de nível do terreno e que deviam ficar um pouco mais afastadas uma das outras, numa distância de um metro e meio. Fez com que experimentassem para confirmar que estava certo antes mesmo da primeira colheita.

Dava gosto trabalhar com Eugenio. Sempre buscando inovações. Criativo, encontrava soluções simples para problemas complicados. Foi o primeiro da região a reorganizar a logística de chegada de cana para moagem, de modo que o fluxo contínuo possibilitasse o funcionamento ininterrupto das moendas durante a safra. Com isso, perceberam que a cana moída rapidamente após a colheita resultava em produtividade mais alta. Ninguém antes havia pensado que um pequeno planejamento poderia fazer tanto efeito. Depois, foi o único da região que conseguiu financiamento para estocar açúcar em 1965, quando aconteceu a superprodução de 42 milhões de toneladas de cana, contra 27 milhões de toneladas da safra anterior. Assim, puderam esperar que o preço melhorasse para vender na época certa. Era açúcar para todo o lado. Tanto açúcar que a varanda e a sala da casa tiveram que ser ocupadas, já que nada mais cabia nos galpões e nos armazéns da região. Tempos bons.

Acusavam Ernesto de estar sempre falando do passado, em vez de cuidar dos problemas do presente. É que sentia que, em algum momento da história dos Brandini, houve um desvio, uma perda de rumo. A verdadeira riqueza da família estava na terra. Foi graças a ela que não morreram de fome na época da guerra. É dela que a matéria-prima essencial de suas vidas brotava. Sentia tristeza ao constatar que os filhos e sobrinhos iam se afastando das raízes. Pensavam mais no conforto que extraíam do cultivo que o cultivo dos meios para o conforto. Mesmo Eugenio estava desorientado pelos anos de opulência. Não parecia mais o homem forte que admirava. Poderoso, sim. Talvez tivesse se perdido quando não mais podia pisar no chão onde cresceu, na época em que esteve doente. Dedicavam tempo demais a acessórios, objetivos inúteis. Camuflavam. Dissimulavam. Junior dizia que ele pensava como pobre, que era simplório. Que precisavam aparentar riqueza se queriam continuar ricos e conseguir crédito. Mas ele se lembrava do tempo em que o crédito era abundante e não mantinham uma casa com lancha no Guarujá, um apartamento em São Paulo, o avião bimotor no hangar, nem faziam frequentes viagens ao exterior...

Olhando nos olhos apertados de Joanna, enquanto se serviam de café, Ernesto via a representação da modernidade que lamentava. Uma jovem forte, bonita, corajosa. Mas confusa, perdida na elaboração de complexidades que a afastavam de si mesma. Obstinada pelos detalhes, pelo controle, pela disputa, não percebia como sua beleza aflorava no instante em que se desarmava, quando não achava que precisava competir com tudo e todos. Às vezes, confundia comando com liderança, subordinação com submissão, valentia despropositada com coragem, ingenuidade com tolice. Era uma guerreira, mas nem sempre sabia lutar com as armas que tinha. Tinha esperança de que um dia viesse a compreender, como ele, que a luta pode ter fim. É preferível viver na recordação que insistir numa luta eterna. Cultivava essa esperança, com o pressentimento de que essa moça haveria de encontrar-se, de que deixaria cair a armadura. Era como gostaria que fosse, pensava, ao admirar o modo delicado como ela segurava a xícara, antagonizando com o franzido da testa. As pálpebras inchadas, olhos vermelhos suportados por bolsas escuras. O sofrimento da sobrinha era nítido.

Tavares anunciou a chegada do doutor Salomão e seu assistente, doutor Péricles. De súbito, Ernesto se recompôs. Era preciso lidar com o presente. Os advogados, recomendados como os melhores do Brasil, não poderiam esperar. Há algumas semanas levantavam informações e copilavam dados. Ernesto pediu que fossem trazidos logo à sala.

Tio e sobrinha cumprimentaram os advogados, reservando a Salomão a maior deferência, era um grande advogado, especialista na área de contencioso. Reconheciam nele a experiência e o profissionalismo de que precisavam. Era direto em suas afirmações, focava o assunto pautado com objetividade, não deixava espaço para especulação. Bem humorado, costumava definir-se como o mais paulistano dos cariocas. Havia incorporado o perfil de profissional perfeccionista e exigente. Com Péricles não tinham a mesma simpatia. Ele parecia estar sempre procurando um sentido oculto e maldoso nas palavras dos outros. Joanna, particularmente, não se sentia à vontade com o jeito que olhava para ela.

Ernesto, por sua vez, enxergava na atitude do jovem rapaz o explícito interesse pela sobrinha, pela forma como ele tentava reter a mão dela no cumprimento. Viu Joanna retirar a mão com pressa e passar os dedos pelos cabelos curtos. Rapidamente, ela disfarçava a repulsa trilhando pelos assuntos introdutórios usuais: o tempo, a previsão da safra, o preço baixo da cana, a alta dos juros, a incrível inflação de 1.158% do ano passado, outra mudança de ministro, a indignação com a decisão do governo de criar um novo imposto – o IPMF, decisivo para que o país se confirmasse como líder de carga tributária em todo o mundo. Não há empresa que sobreviva nesse ambiente. Impossível ser empresário no Brasil.

Sérgio e Vitor entraram desejando bom-dia a todos. Olheiras marcavam seus rostos. Vitor dirigiu-se à irmã, antes dos outros. Permaneceu alguns segundos num abraço que pretendia consolo.

– Papai já chegou? – Vitor perguntou, desenroscando-se de Joanna e virando-se para Ernesto.

– Ainda não, mas está vindo aí.

– Como foi a reunião ontem?

Sérgio ouviu a pergunta feita por Vitor e se aproximou. Também não conhecia a conclusão da conversa com o presidente da Cooperativa.

– Não foi boa. Acho que não tem mais jeito. – Ernesto dirigiu-se a Sérgio: – E você, filho? Está melhor da bronquite?

– Mais ou menos. Não dormi bem à noite, novamente.

Sérgio preocupava Ernesto. Foi uma criança, como ele, frágil. Na adolescência, recuperou-se, até que Leonor e ele se separaram. Então, a bronquite retornou com força. Curioso como os filhos reagiram ao rompimento da família. Enquanto Sérgio isolou-se, na agonia de sua ausência de ar, Junior buscou refúgio lançando-se ao mundo. O filho pródigo passou quatro meses fora de casa, sem dar notícias. Saiu um menino desorientado. Voltou um homem. Depois de todos aqueles anos, porém, Ernesto continuava sem certeza se o homem encontrara seu rumo. Junior dissimulava na ironia, disfarçava na arrogância e tergiversava quando tinha que falar sobre si mesmo. Mas era um homem arguto. Essa era a palavra para defini-lo. Era vivo, engenhoso, percebia o que as pessoas queriam e manejava. Durante o período em que Eugenio esteve doente, era ele quem, de fato, representava a Usina Santa Joana. Vitor consultava o primo em todos os assuntos, inseguro. Joanna não gostava do que acontecia e se intrometia na amizade dos meninos. Mas Junior sempre encontrava um meio de contornar Joanna. Se Eugenio não tivesse retornado, iria propor que o filho assumisse a vice-presidência da empresa, ao lado de Vitor.

Nesse instante, Eugenio chegou. Parou no umbral da porta, majestoso, por alguns segundos. Parecia avaliar o ambiente, do alto, antes de se misturar. Aos convidados, apertos de mãos. Aos demais, um cumprimento genérico. Sentou-se. Com o exemplo, os demais seguiram para seus respectivos assentos.

Pronto. Simples assim. Como sempre. Joanna confirmava que nada havia de novo, apesar de ter certeza de que, no gestual pomposo, denunciava a mensagem que só ela compreendia. A mudança estava prestes a acontecer, como prometera. Tudo deveria estar sob controle.

Antes que Eugenio desse a reunião como inaugurada, Junior e Osvaldo entraram. O primeiro com expressão de quem não tem dúvida de que os outros cumpriam a obrigação de esperá-lo. O segundo com um meio sorriso de quem disfarçava preocupação. Trocaram bom-dia e sentaram-se. Junior, entre o pai e o irmão. Osvaldo, entre Vitor e Joanna. Em cortesia, ela cedia sua posição ao tio.

Coluna ereta, Eugenio deu dois toques na xícara de café com a caneta. O som agudo foi o sinal para que fixassem o olhar no presidente, em prontidão.

– Vocês sabem das graves dificuldades pelas quais as empresas estão passando. Atravessamos a maior crise de nossa história. Desde 1990, estamos com um terrível aperto de caixa, encarecimento das dívidas, inadimplências, descaso do governo federal com o setor sucroalcooleiro... A inflação galopante nos destrói. Os juros estão extorsivos. A situação está insustentável. A verdade é que quanto mais produzimos, mais prejuízo acumulamos. Vou pedir que o Tavares aqui – e apontou com a cabeça o executivo ao seu lado esquerdo – apresente o balanço do ano passado e dê mais detalhes do quadro econômico e financeiro. Antes, porém, quero agradecer a presença do doutor Salomão e seu assistente...

– Péricles, doutor Péricles – Salomão acudiu.

– Então, agradeço a presença do doutor Salomão e doutor Péricles que, depois, vão expor a vocês como vamos enfrentar os problemas. Não são alternativas fáceis, mas necessárias. Vamos aos números. Tavares...

O executivo levantou-se e contornou a mesa, distribuindo cópias dos relatórios que havia preparado. Cerimoniosamente retornou ao seu assento, puxou a primeira folha transparente na pilha ao lado do retroprojetor e colocou-a em cima do aparelho.

– Vamos iniciar com uma análise do balanço contábil de 1992, comparando, depois, com os dois anos anteriores.

Desfiou cada linha de números, dando sentido e identidade aos algarismos. Conforme avançava no seu ofício, tinha o cuidado de deter-se nas somas que resumiam e consolidavam as informações anteriores. Ativo Circulante, Permanente. Passivo Circulante, Exigível a Longo Prazo. Patrimônio Líquido. Falava e olhava para Eugenio, buscando conferir a aprovação do patrão. Vez ou outra, olhava para doutor Salomão, como se buscasse compaixão pelo caos que vinha enfrentando, e também reconhecimento, pela habilidade de, razoavelmente, organizar o caos.

Ernesto ouvia Tavares e contorcia-se na cadeira. Era penoso domar a impaciência. Se ele fosse Eugenio, já teria dispensado o patético executivo. Que diferença de Pedro Souto, que sabia cumprir seu papel, obsequioso, sem a menor sombra da mediocridade que agora presenciava! O que mais o perturbava era a forma que, sutilmente, enfatizava a insistência da família no álcool. Pois ele não sabia que fora o álcool a origem do sucesso deles? O primeiro negócio dos Brandini no Brasil, ao lado da produção agrícola, tinha sido um alambique. Não fosse a crença na viabilidade do álcool carburante a família jamais teria ido além da situação de meros agricultores. Não se lembrava mais do Pro-Álcool? O álcool é o combustível nacional, o símbolo da capacidade empreendedora e criativa brasileira. Salvou o país da inclemência dos produtores de petróleo nas décadas de 1970 e 1980. Fazia tão pouco tempo e parecia que ninguém mais se lembrava.

Joanna percebia a inquietação do tio. Normalmente tranquilo, revirava-se ao sentir suas bases ameaçadas. Se alguém quisesse relacionar-se bem com ele, não devia deixar transparecer nem a menor crítica à família e sua história. Ela sabia como evitar provocá-lo e se sentia bem ao lado dele, principalmente quando Junior e Sérgio não estavam por perto. Durante os quase dois anos em que o pai esteve ausente, infelizmente, Ernesto não se envolveu muito com a administração. Delegava a responsabilidade para Junior, que, achando-se com todos os direitos, acumulava a autoridade do pai ao seu próprio mandato, tomando emprestado, ainda, o mandato de Sérgio. Ernesto se recusava a olhar o filho como era. Joanna preferia que ele não fosse tão omisso. Sua experiência poderia ter evitado muitos dos desastres que ele e Vitor causaram. Mas, admitia que nem ela tivera suficiente perspicácia para neutralizar Junior.

Ao lado de Joanna, Vitor ouvia Tavares apresentar o balanço enquanto enchia uma folha de números que pipocavam da sua máquina calculadora. Entretinha-se elaborando relações contábeis, no ensejo de atestar seu domínio sobre a empresa. De vez em quando interrompia a exposição de Tavares, com um comentário como: "o comprometimento oneroso da produção subiu trinta por cento, comparado ao ano retrasado", ou "o índice de endividamento cresceu duas vezes mais que o de contas a receber". Todos na mesa davam sinais de irritação aos comentários, exceto Sérgio. Sentado diante de Joanna, ele era o único que admirava as elucubrações do primo. Sussurrava um "é mesmo..." como quem acaba de descobrir um fato extraordinário, que só podia ser percebido por uma cabeça privilegiada. Sorria, balançando a cabeça em aprovação. Depois voltava a olhar para Tavares repetir os dados que já conhecia.

Eugenio escutava Tavares, cabisbaixo, enquanto rabiscava desenhos geométricos na folha de papel à sua frente. Os traços retilíneos que fazia tinham a mesma força de passos de um plano cuidadosamente preparado. Ora formava retângulos emendados um ao outro, ora triângulos que se repetiam página abaixo. Como se, juntos, os desenhos compusessem uma estratégia articulada que só ele compreendia. Absorto em si, Eugenio se fazia presente durante a apresentação de Tavares somente para garantir que a orquestração seguisse o rumo previsto.

Junior, negligentemente largado na cadeira, estava atento a Osvaldo. Parecia querer se certificar de que o médico era capaz de compreender a enxurrada de dados que não faziam parte do cotidiano de seus diagnósticos, aceitando sem questionamentos, como nos anos anteriores, os demonstrativos que lhe eram apresentados.

Ao lado de doutor Salomão, neutro, doutor Péricles fazia anotações.

Joanna observava tudo, em alerta.

Capítulo 3

Tavares concluiu a apresentação do balanço patrimonial e iniciou a demonstração de resultados. O ano de 1992 era mostrado na primeira coluna, seguido dos anos de 1991 e 1990. Explicou como o valor do faturamento crescia menos que a inflação de cada período. O custo médio de moagem, ao contrário, aumentava numa progressão geométrica, em parte justificado pela queda do volume de moagem. A Santa Joana já havia processado até mais de sua capacidade de 780 mil toneladas de cana. Em 1992, foram apenas 550 mil toneladas. A produção de álcool era sempre maior que a de açúcar, embora essa última trouxesse uma receita relativa mais alta. As despesas administrativas, mesmo avaliadas em moeda estrangeira ou indexadas a qualquer índice, galgavam saltos mais altos ano a ano. O quadro de funcionários já tinha sido reduzido em 25% nos últimos dezoito meses, mas, ainda assim, as despesas eram bem maiores que a receita. Tavares teve o cuidado de não insinuar que poderiam ter tomado medidas muito mais eficazes para reduzir os custos. A família relutava para se convencer de que o tempo de abundância tinha acabado e tomar alguma medida enérgica. Não reconheciam que a população do país não mais acreditava que o álcool voltaria a ser um carburante confiável. Não importava que acusassem a própria Petrobras de ter boicotado o álcool. A imprensa e o governo anunciavam que os usineiros os traíram, por não garantirem a produção. Em 1989, no auge da crise, o Brasil foi obrigado a importar álcool, para evitar o colapso. O país do carburante verde, do biocombustível, não sustentou seu compromisso, desabastecido do sonho do Pro-Álcool.

Enquanto Tavares dissertava, Joanna observava Osvaldo em concentração, correndo com os olhos cada uma das linhas e interpretando as entrelinhas. Apesar de sua ocupação principal ser a medicina, não negligenciava a administração das fazendas e lidava bem com a contabilidade. Era o ramo da família que menos dependia da agricultura canavieira. A maior parte de suas terras com as de Eulália eram dedicadas à produção de algodão. Pensava também iniciar a criação de cavalos. Esse relativo distanciamento dava a Osvaldo isenção e autoridade únicas na família.

Por ele, Joanna sentia gratidão. Quando o pai esteve doente, foi o elo entre os médicos e a família, traduzindo as complicadas explicações e prognósticos até compreenderem que era a síndrome de Guillain-Barré, também conhecida como polirradiculoneurite, que havia abatido o líder dos Brandini. É uma doença autoimune que afeta a membrana que envolve os nervos, explicou o tio, quando, finalmente, o diagnóstico foi identificado. Porém, com rigoroso tratamento, havia a possibilidade de cura. Eugenio quis buscar assistência médica no exterior. Osvaldo insistiu que o Brasil tinha excelentes médicos e centros de tratamento, mas acabou não resistindo à oportunidade de submeter-se à vontade do cunhado. Deixou os pacientes e foram juntos, apesar do problema ser neurológico e sua especialidade ser a cardiologia.

Os primeiros sintomas da doença apareceram ao fim de uma gripe. Eugenio pensava que era apenas uma recaída, mas o cansaço não arrefecia, acompanhado de dores de cabeça, dormências nas pernas e fraquezas nos braços. Quando a paralisia o atingiu, Osvaldo internou o cunhado. A partir de então esteve sempre por perto, acompanhando a solidão do doente que rangia a dor da perda de Laura.

Não acreditava que um empresário com a trajetória de Eugenio viesse a desmoronar pela perda da esposa. Ele não dava sinais de quem admitia ter sido duplamente traído, depois de ver Laura saindo de casa para os braços de um de seus melhores amigos. Durante os seis primeiros meses chegou a gabar-se de que estava livre e tinha a companhia de quem quisesse, como um menino solto num parque de diversões, por entre os brinquedos que o distraíam, porém, uma alma desorientada se escondia. Até que todo o seu corpo não resistiu e a síndrome encontrou abrigo no corpo fragilizado pelo ressentimento que carregava em segredo. Laura era sua sustentação, mas Eugenio demorou a reconhecer o poder da companheira de tantos anos.

Ao final, a razão de sua doença foi a mesma que acabou por devolver-lhe a esperança. Um dia, quando se preparava para dormir, recebeu o telefonema de Laura. Ela pedia que ele voltasse dos Estados Unidos, porque também queria voltar para ele. Tinha deixado Bernardo. Foi um grande equívoco, mas não queria mais que repetissem os erros passados. Eram maduros e podiam dar-se a chance para serem felizes, como na época logo depois que se casaram. Há muito tempo se deviam essa chance.

Já fazia treze meses que Eugenio estava no exterior. Depois daquele telefonema, em trinta dias, ele encontrou o vigor para terminar sua recuperação no Brasil. Fazia, a partir de então, fisioterapia diariamente, acompanhado de Laura. Em poucos meses mais, estava bem o suficiente para reassumir seu posto. A Santa Joana que reencontrou, porém, estava bem diferente. O clima na empresa era de completo desânimo.

A área comercial tinha sido toda reestruturada. Quando ainda estava no exterior, Eugenio havia autorizado que rompessem a associação com a Copersucar, a cooperativa dos produtores de açúcar que, na época, reunia quase quarenta usinas da região centro-sul do país. Ernesto e Vitor o convenceram, dizendo que todo o setor estava perdendo muito e que precisavam de mais flexibilidade na comercialização. Além disso, queriam buscar oportunidades novas no mercado internacional, aproveitando a recente decisão do presidente Collor de extinguir o IAA, e, com isso, o monopólio estatal de exportação. O que devia servir para mais motivação, porém, teve efeito contrário. As vendas eram organizadas por eles próprios, mas não haviam ainda exportado um grama de açúcar. E ainda tinham que suportar a inadimplência de empresas como a Doces Alvorada, uma das principais clientes. Ela entrou em concordata duas semanas após receber um grande estoque de açúcar. Eugenio tentou e insistiu, de várias formas, recuperar o que fosse possível. Mas já era tarde demais.

O que mais impressionava no ambiente da empresa interinamente presidida por Vitor, contudo, era a letargia diante da situação de perda contínua, acentuada com o episódio da concordata da Alvorada. Não mais pareciam se indignar com as cores vermelhas dos resultados contábeis. Era tudo ordinário. Havia justificativas. Era a alta inflação que deturpava uma análise financeira confiável ou era problema do setor sucroalcooleiro que passava por uma enorme crise. Tinham a expectativa de que o governo, na última hora, não deixasse nenhuma usina afundar. Usineiros eram importantes financiadores de campanhas políticas e os empregos que geravam significavam votos.

Osvaldo tinha dificuldade de compreender a postura dos Brandini, mas reconhecia que havia uma crise nacional. Bastava abrir o jornal. Sempre trazia notícia de alguma empresa que entrou em concordata, uma greve por maiores salários, prejuízos de setores econômicos inteiros, subida de juros constantes, mudanças bruscas das regras econômicas, aumento da carga tributária. Ministros da Fazenda se sucediam com renovados anúncios de planos que salvariam o país. A população tremia com medo de um novo confisco monetário, como o ocorrido no início do governo Collor; os empresários com medo de congelamento, como ocorreu com Sarney. O consultório de Osvaldo estava cheio de corações sobressaltados com a crise que o país vivia.

Por outro lado, Osvaldo também ouvia que algumas empresas não pareciam tão abaladas pela desordem, como a Santa Joana. Algumas famílias de usineiros eram seus pacientes. Faziam referência à riqueza acumulada entre 1975 e 1985 e aos investimentos em tecnologia na colheita da cana, produção de açúcares especiais e desenvolvimento da logística. Sabia que seus familiares tinham cometido algumas bobagens na administração, mas a Santa Joana parecia a mais prejudicada de todos os produtores de álcool e açúcar.

Eugenio não devia ter deixado o comando da Santa Joana com Vitor. Era um menino bom, mas não se aprofundava em nada que fazia. Escondia na simpatia uma incompetência e vulnerabilidade que Junior, o primo, sabia fazer bom uso para suas artimanhas. Eugenio deveria ter confiado mais em Joanna e dado a ela poder maior. Ela poderia até mesmo sucedê-lo. Pena que era mulher. Lamentável que um empresário tão brilhante não tivesse um herdeiro à sua altura.

Joanna tinha uma boa preparação técnica. Estava sempre lendo, participando de seminários e se atualizando. Gostava de lembrar o quanto tinha sido importante o curso feito em Londres, logo após o casamento com Alberto. Ele já trabalhava para o Mackenzie Bank e foi transferido para lá, logo depois que se casaram. Quando voltaram, Joanna trazia na bagagem várias novidades para serem implementadas na empresa. Antes dela, nunca haviam organizado um fluxo de caixa. Os pagamentos eram feitos conforme Eugenio orientava. Depois apuravam o saldo. Se no final do dia sobrasse dinheiro, investiam no mercado financeiro. Se faltasse caixa, complementavam com um financiamento de curto prazo. O resultado é que sempre faziam operações nas piores condições que o mercado podia oferecer. Com o planejamento introduzido por Joanna conseguiram diminuir a dependência dos empréstimos de curto prazo, os *hot moneys*, e administrar melhor a instabilidade financeira.

Tavares anunciou a conclusão da apresentação dos números contábeis. Tinha ainda uma última folha para apresentar. A relação dos credores. Cerimonioso, apoiou a transparência no retroprojetor. O passivo trabalhista e fiscal encabeçava a lista. Depois vinham os bancos, fornecedores de cana, máquinas e equipamentos agrícolas. Embaixo, os fornecedores de herbicidas e fertilizantes. Todos fitavam a parede iluminada, rememorando valores, conferindo relações com os números fornecidos antes, cruzando dados.

Osvaldo movimentou-se, fazendo menção de que queria falar. Começou a balbuciar alguma pergunta, mas Eugenio pareceu não perceber, preferindo dirigir-se ao advogado.

– Salomão, tive ontem uma conversa com a Cooperativa dos Produtores. Eles disseram que vão pedir a minha falência. Não bastasse deixarem de entregar a cana, protestam. Também não conseguimos renovar as linhas de crédito bancárias para comprar cana no mercado à vista. Esses equipamentos que você vê com pagamento pendente são compras efetuadas há três anos. O saldo é o remanescente, desde que os pagamentos mensais foram suspensos, no ano passado. A conta com os fornecedores de herbicidas e fertilizantes se mantém dentro da normalidade, mas, se a Cooperativa protestar nosso título, o problema se alastra e não vou conseguir comprar o mínimo necessário nem para a manutenção de nossos parcos canaviais.

Osvaldo ainda queria falar, mas Joanna antecipou-se.

– Pai, será que se fizéssemos um pequeno pagamento, dentro de um mínimo possível ao nosso caixa, eles não aguardariam um pouco mais? Eu gostaria de tentar conversar com Marcos...

– Joanna, não seja ingênua – Ernesto protestou.

Junior emendou.

– É Joanna, não seja boba.

Sérgio reforçou.

– É ingenuidade sua, Joanna!

– Você acha que já não tentamos isso? Só conseguimos irritá-los ainda mais. – Agora Ernesto era quem se dirigia ao doutor Salomão: – Veja só, doutor Salomão! Que ingenuidade de minha linda sobrinha.

O advogado nada disse. Olhava a moça vermelha de embaraço.

Joanna achou que o tio tinha exagerado. Entendia, porém, a reação de Junior e Sérgio. Era mais sensato não revidar. Havia momentos em que era necessário escolher qual batalha lutaria.

Osvaldo, inquieto, continuava tentando uma brecha para falar. O rosto alternava entre Eugenio e doutor Salomão.

– Eugenio, qual...

Novamente Eugenio ignorou Osvaldo, como também ignorou o comentário de Joanna seguido das críticas. Continuou como se não tivesse havido interrupção:

– Na hora em que eles precisaram, eu sempre os apoiei, sempre os ajudei. Na época do Pro-Álcool fui eu quem os estimulei a plantar cana. Garanti a receita deles por anos. Veja só, doutor Salomão. Se eles não tivessem nosso dinheiro, estariam mendigando nas estradas. São uns verdadeiros cafajestes.

A cada frase, Eugenio se exaltava, crescendo sua indignação.

– Eu não vou admitir que me pressionem dessa forma. Depois de tudo que fiz por eles... Não vou permitir que me arruínem. Quem não me apoiar agora, estará contra mim!

A última frase foi quase aos gritos. A tensão rodopiava na mesa, em silêncio.

Joanna achou que era hora de confortar o pai.

– Mas aqui todos estão apoiando o senhor. Estamos do seu lado.

Eugenio virou-se para ela, como se estivesse ouvindo vozes em uma língua estrangeira, desconhecida. Ela só queria ajudar a trazer o pai de volta. Não estava tudo perdido. Mas, se a abordagem direta não produziu o efeito que pretendia, melhor a tática de um pequeno desvio na conversa.

– Pai, tio Osvaldo está esperando uma oportunidade para fazer uma pergunta.

Eugenio olhou para Osvaldo. A filha abriu uma brecha no controle da palavra. Finalmente, Osvaldo falou:

– Eugenio, em primeiro lugar, quero assegurar que, como sempre, estarei ao seu lado. O melhor para você, para a empresa, para a família, certamente será o melhor para mim e Eulália. As expectativas que eu e sua irmã temos em relação a essa situação são, antes de mais nada, de confiança. Você sempre nos liderou para a melhor solução e estamos seguros que também agora será assim. A apresentação que vimos mostra uma situação grave. Mas reitero que confio que você será capaz de encontrar o caminho para sairmos dessa crise.

– É... Mas, dessa vez, acho que nos resta apenas uma última chance... Você tem que convencer Marcos a não nos protestar. Você é cardiologista do pai dele.

– Eugenio, era justamente isso que tentava dizer. Estive conversando com ele. Foi no meu consultório levar o pai para uma consulta. Está muito aborrecido com a pressão que vem recebendo. Chegou a ameaçar que faria uma denúncia criminal.

– Quando você esteve com ele?

– Ontem, ao final da tarde.

– Então, esse canalha esteve aqui e não comentou que tinha encontrado ele havia pouco!

– Marcos é muito esperto, Eugenio. E também goza de muito prestígio na cidade. Tenho receio dele. Ontem deu-me a entender que sabe muita coisa sobre a nossa família e que poderia nos prejudicar. O que pode ser?

Ernesto reagiu.

– Esse vagabundo não sabe nada! É só um blefe para nos intimidar.

Junior e Sérgio se entreolharam. Só Joanna percebeu.

– Ele também insistiu que eu soubesse em detalhes qual a posição de cada um dos fornecedores que detêm créditos da Santa Joana? Quantos são?

– Tavares, explique.

O olhar de Eugenio saiu de foco, como quem busca um instante de isolamento para reflexão.

Tavares tinha a relação pronta na sua pasta. Tanto ele quanto Eugenio sabiam de cor os nomes e os valores. Mas achou que Eugenio não pediria se não fosse necessário que o patrão se resguardasse.

– Ah... São muitos. Passam de vinte. Mas o principal é a Cooperativa do Marcos. Só ela tem 19% do total.

– Fale logo para ele, Tavares! – Foi a ordem de Eugenio.

Então, o patrão não queria que ele o resguardasse?

– Do total dos fornecedores de cana ou de todo o passivo?

Osvaldo insistia, demandando detalhes.

– Do total do passivo.

Tavares tentava proteger-se em respostas lacônicas.

– E quem são os principais? Quem são os primeiros credores depois da Cooperativa? Você tem que saber isso!

Osvaldo começava a irritar-se. Tavares aguardou, na esperança que alguém viesse socorrê-lo. Em vão.

– Depois da Cooperativa vem o Marinaldo Gomes, o José Peixoto e o Ronaldo Xavier.

Eram fazendeiros da região.

– E depois?

Osvaldo não ia desistir fácil.

– Vamos com calma.

Eugenio interveio, seguro. Tinha acabado de processar o relato que Osvaldo havia feito da conversa com Marcos. Mas, primeiro, era preciso apaziguar a desconfiança do cunhado.

– Osvaldo, a Santa Joana deve a muitos fornecedores. Você está preocupado com o quê?

– Não se trata de preocupação, mas de...

Ia dizer "transparência", mas, na hesitação Eugenio reconheceu a postura defensiva. Deu oportunidade para Eugenio interrompê-lo, retomando controle do terreno:

– Osvaldo, o Marcos quer plantar a discórdia entre nós! Você não entendeu isso? Não vamos nos perder em detalhes. – Eugenio tornou-se conciliador – O prejuízo é muito grande. Não dá para calcular agora quem perde mais ou menos. O certo é que ninguém ganha, nem eu, nem você ou Ernesto, além de muitos outros. Só que a situação pode ficar ainda pior, se não tomarmos alguma providência severa. A minha última esperança era de que você pudesse intervir. Não percebe que estamos acuados? Se não adotarmos alguma medida de emergência, podemos ir à falência!

Joanna passou em revista as expressões de cada um, medindo o efeito das palavras. Todos condizentes com o momento, nervosos, tensos, assustados. Vitor apertava as mãos em cima da mesa. Teve a impressão de perceber ironia na boca torta de Junior. Não se deu conta de que a sua própria expressão era de medo.

Osvaldo cedeu. As costas recuaram ao encosto da cadeira.

– Está certo, Eugenio.

Sérgio soltou um suspiro de alívio. Eugenio retomou a palavra.

– Como ia dizendo, a situação é crítica. Não sei se ainda há alternativa... Salomão! Por favor, dê-nos a sua opinião.

Doutor Salomão abaixou-se lateralmente e puxou da pasta um bloco de anotações. Sem dúvida, tinha estudado o caso e se preparado para o momento. Pigarreou. Ajeitou os óculos.

– Bem, o quadro econômico da Santa Joana aponta uma situação de insolvência, de modo que se não for a Cooperativa quem requerer a falência, com a escassez de recursos para fazer frente aos pagamentos, fará com que outros protestem os seus títulos e também peçam a quebra. E aí poderá ser tarde para requerer a concordata. – O advogado baixou a cabeça, consultando uma anotação. – E esse contas a receber? Vocês já esgotaram todas as possibilidades de negociação com quem deve à Santa Joana?

Uma pausa.

Quando Tavares fez sua apresentação ninguém tinha qualquer pergunta sobre o assunto. Preferiram não aprofundar na análise daquela conta contábil.

Osvaldo esticou o pescoço. Junior olhou para Eugenio. Sérgio e Joanna arregalaram os olhos na direção de Vitor, que retrucou com um rápido levantar de ombros. Tavares paralisou a caneta acima do papel. Ernesto levantou a cabeça, admirando as fotos penduradas na parede. Eugenio, com a face inalterada, respondeu:

– Todas as possibilidades de recuperar os créditos no curto prazo já foram esgotadas.

Foi a vez de o doutor Péricles falar. Talvez tivesse sido estimulado por um toque do doutor Salomão por baixo da mesa.

– Há três casos que gostaríamos de esclarecer: o da Atacadista Ribeiro, da Doces Alvorada e da empresa chamada New Deal Inc.

Esperou atento a algum sinal, alguma sutil denúncia. Nada. Eram todos experientes e solidários. Quem não fosse iniciado, não perceberia a provocação embutida na pergunta do jovem advogado. Eugenio precisou revigorar o comando:

– O que você quer esclarecer?

Não era "o que vocês desejariam esclarecer", como se reconhecesse uma pergunta profissionalmente formulada. O questionamento do comandante remetia a um inapropriado interesse pessoal, subjetivo. Uma insinuação de que doutor Péricles saía de seus limites, saber demais, beirando uma intromissão ao que não lhe dizia respeito.

Acusando a sutil reprimenda, o advogado remendou:

– Bem... Gostaríamos de entender melhor como a dívida dessas empresas foi constituída com vocês.

Eugenio fez um sinal para Tavares. Bem treinado, captou que o discurso pronto era o que devia ser usado. Os bancos não podiam analisar o balanço da empresa sem questionar aquele ponto.

– A Atacadista Ribeiro é nossa cliente há muitos anos. Recentemente trocaram a administração e pararam de nos pagar. Sabemos que são grandes e têm boa situação econômica. Confiamos que o mal-entendido será resolvido em algum momento. Por ora, não há perspectiva de solução. Esgotamos o diálogo. Estudamos protestar a falta de pagamento em juízo.

Os advogados fixaram-se em Tavares e Eugenio. A resposta, embora tecnicamente perfeita, não tinha sido satisfatória. "Estudamos protestar a falta de pagamento...". A experiência dizia que o problema entre as duas empresas não podia ser revelado, mas era de conhecimento dos demais.

Vitor suspirou aliviado, acreditando que tivessem engolido a explicação. Por poucos segundos. Logo retesou-se ao ouvir a próxima pergunta do doutor Péricles:

– E a Alvorada? É uma empresa de porte médio que entrou em concordata no ano passado, depois de um longo período apresentando um péssimo cadastro.

O que ele estava desafiando? Quem? Onde ele queria chegar com aquela exibição de quem tudo fuxica?

– Doutor Péricles, à despeito das dificuldades dessa empresa, eram nossos clientes tradicionais. Embora com eventuais atrasos, sempre nos pagaram – Tavares continuou, profissional.

– E sempre vendemos para eles à vista – Vitor acrescentou, dando uma pista para a solução do mistério.

– Mas se vocês sabiam que ela tem cadastro ruim, por que entregavam o açúcar para pagarem posteriormente? – Foi a vez do doutor Salomão duvidar. Se entregavam o açúcar antes do pagamento, o risco de não receberem era, obviamente, muito alto. Seria de estranhar que cometessem essa imprudência.

A resposta cabia a Eugenio. Ninguém mais estaria autorizado a justificar, arriscar com a verdade.

– Nesse caso, foi o que aconteceu, sim. A juventude e a inocência quase sempre andam juntas. – Virou-se para Vitor. – Temos que ser francos com nossos advogados. – Voltou para doutor Salomão. – A Alvorada é nossa cliente há anos e sempre tive o cuidado de entregar o açúcar depois que eles nos pagassem. Dessa vez, aplicaram o golpe clássico. Valendo-se da boa-fé de Vitor, fizeram um grande pedido dizendo que tinham uma operação casada com uma venda ao governo. Não poderiam dar garantia de pagamento, mas prometeram que liquidariam tudo em vinte dias. Aceitavam que o preço fosse acima do mercado. O açúcar foi entregue e, quinze dias depois, pediram concordata. Não podemos contar com esse dinheiro.

Vitor estava afundado na cadeira, aborrecido com o pai. Sentia o olhar da família fulminando-o, reforçando a acusação. Encolheu-se na sua pesada parte de culpa na crise da Santa Joana.

O advogado, elegante, não deixou o constrangimento se alongar. O item já estava esclarecido, por hora.

– E a New Deal?

Eugenio manteve a posição de esclarecedor, altivo.

– O caso da New Deal é o contrário. Nós é que devíamos a ela. Ao longo do ano passado quitamos o financiamento que essa empresa nos fez há alguns anos antes. Não temos mais dívidas com ela e nem ela conosco.

– Vocês pagaram o equivalente a dois milhões de dólares no fim do ano passado? A New Deal não é uma empresa das Bahamas?

Era novamente o doutor Péricles. De impertinente, tornava-se inconveniente.

Dessa vez, foi o próprio doutor Salomão, que respondeu ao assistente.

– Não importa de onde era a empresa. Tinham um financiamento para pagar e assim o fizeram. – E concluiu, com um olhar expressivo por cima dos óculos, em direção a Eugenio: – É muito adequado que tenham encerrado tudo no ano passado.

Isso fez com que o assistente se calasse. Compreendeu a repreensão embutida na fala de Salomão. Eugenio, na outra ponta da mesa, fez uma leve mesura com a cabeça, em agradecimento à sutil percepção do advogado.

Junior fitou o doutor Salomão com curiosidade. O homem era inteligente, apesar de sua pose de magnata americano. Seria preciso cautela. Cuidar para que a história da malsucedida venda para a Alvorada não fosse mais investigada.

Joanna sorriu. A admiração pelo doutor Salomão cresceu. O advogado mostrava sua sensibilidade ao suspender o interrogatório. Por outro lado, a repulsa pelo assistente aumentou. Era um pretensioso. Não podia dar-se o direito de questionar a New Deal, ingenuamente. Como advogado, precisava saber que haveria uma explicação sensata para uma empresa *offshore* receber dois milhões de dólares naquelas circunstâncias. Não era lógico que isso fazia parte de um planejamento financeiro? Há cinco anos, antes mesmo que Eugenio ficasse doente, outro empréstimo muito maior fora feito, com o uso das reservas anteriormente acumuladas no exterior. Foi a solução para prover capital de giro à empresa, enquanto não conseguiam renovar nenhum financiamento com os bancos. Eugenio usava as reservas pessoais para tentar salvar a Santa Joana.

Doutor Salomão, tático, fez algumas anotações em seu bloco pautado, assim demonstrando ao doutor Péricles que era hora de encerrar todos os questionamentos. Buscaria mais tarde o que ainda precisava compreender, com Eugenio, em particular.

Tavares levantou-se, dizendo que ia providenciar outra rodada de cafezinho. Vitor e Junior aproveitaram para ir ao banheiro. Ernesto saiu para fumar, convidando os demais fumantes que o seguissem. Não deviam prejudicar Sérgio, que estava mal da bronquite, fazendo de conta que ele mesmo não tivesse também o problema.

Era um conveniente intervalo para recuperar o fôlego e comemorar a trégua na aflição dos enfrentamentos.

Capítulo 4

Junior e Tavares demoraram para retornar. Eugenio pediu que Joanna fosse chamá-los.

Tavares e Junior entraram rindo, atrás de Joanna.

– A piada parece boa... – Vitor comentou, incomodado com a inadequação do comportamento dos dois. E com a proximidade entre eles.

Foi a deixa para Junior:

– Dois homens a pé ouviram um rugido de leão, ao longe. Um deles abriu a mochila e retirou um par de tênis, enquanto o outro saiu logo correndo. O que saiu na frente, vendo que o companheiro não vinha, voltou-se, surpreso: "Você não vai correr do leão?". O homem já calçado respondeu: "Não preciso correr do leão. Só preciso correr mais que você".

A mesa explodiu em gargalhadas.

Joanna demorou a rir. Tinha entendido a piada, mas, no primeiro instante, deteve-se, indignada com a ironia. Será que os outros não percebiam? Era uma piada típica do mundo corporativo, que reforçava a superioridade de um, em prejuízo ao outro. Expressava que só os espertos podiam prosperar. Que, para vencer, era preciso ser superior aos demais. Mas ninguém admitiria que não fosse esperto. Cercada pelas sonoras reações, ela não tinha escolha, a não ser compartilhar do riso.

Junior observou que a prima vacilava para entregar-se à efêmera descontração. Era uma boa oportunidade para provocá-la.

– Você entendeu a piada, Joanna?

– Claro! É que estou ansiosa para ouvir o doutor Salomão.

Eugenio captou a sugestão implícita.

– Muito bem. Vamos prosseguir.

A piada esgotou-se. Os sorrisos apagaram-se.

– Doutor Salomão, o que o senhor nos recomenda? É o caso de pedir concordata?

Era assim que Eugenio estava habituado a tratar dos assuntos difíceis. Rodeios só traziam mais sofrimento. Como Maquiavel havia ensinado: se é preciso uma maldade, que seja logo e de uma única vez. Não que, de fato, acreditava que cometeria uma maldade. Mas já esperava que alguns o entendessem mal, enquanto não compreendessem todo o contexto. Joanna era quem mais o preocupava. Sempre lutando, nunca desistindo. Era tinhosa. Mas orgulhava-se dela. As características que o irritavam foram fundamentais durante o tempo em que ele esteve afastado, na doença. Exercia uma liderança que faltava pouco para ser plena. Articulava com Vitor, envolvendo Ernesto e contornando os primos de tal forma que, quase sempre, acabavam todos cedendo. Não havia assunto importante em que não se envolvesse, se tivesse a oportunidade de saber. Não havia problema que não resolvesse, se não fosse atrapalhada, em especial por Junior. Foi ela quem conseguiu manter os principais executivos na empresa. Não fosse por ela, estariam desorientados sob o comando de Vitor. Era quem conduzia, com Tavares, as permanentes negociações das dívidas com os bancos.

Eugenio admitia que Vitor não se saiu na presidência interina melhor do que quando estava focado na área comercial. Era um grande anfitrião, quando chegavam visitas à Santa Joana. Reservava uma boa mesa na melhor casa noturna da cidade e, no dia seguinte, a venda era confirmada antes do almoço. O embaixador dos Brandini. Na administração, porém, suas habilidades se esvaíam. Uma lástima que tivesse acontecido a fatídica venda para a Doces Alvorada. Talvez a responsabilidade não fosse inteiramente dele. Ouviu, uma vez, Junior ao telefone com um dos diretores da empresa e desconfiava que o sobrinho tinha alguma participação escusa no episódio. Em vão, tentara confirmar sua suspeita de diversas formas, inclusive com o próprio Vitor, orgulhoso demais para admitir que era influenciado pelo primo. E não queria constranger o filho. De qualquer modo, recuperar a verdade dessa história não ia mudar a situação. Não tinha saída. A concordata era uma necessidade, para que a empresa sobrevivesse. E seria o primeiro passo.

Joanna ainda não sabia, mas a conversa que tiveram há alguns dias fez com que Eugenio realmente refletisse. Relutava em perceber que estava ficando fraco, ultrapassado. Preparara-se para o pior, mas, pelo vigor com que Joanna defendia suas ideias, reconhecia que ela poderia, da mesma forma, preparar-se para conduzir a Santa Joana. Para ele, houve tempo em que dificuldade era apenas desafio, erro era oportunidade de aprender, mudança não era ameaça, mas um desejo. Agora era tempo de definir quem iria sucedê-lo. Tempo de passar o bastão.

Em termos financeiros, Eugenio estava preparado. Quando abriu a empresa New Deal, no Caribe, não esperava que ela realmente tivesse que cumprir sua principal finalidade. Os recursos que enviou ao longo de quinze anos eram a garantia de seu conforto futuro. Antecipando-se, nos últimos meses ele concluiu a transferência de suas propriedades pessoais para lá. Dessa forma, estava pronto para manter seu padrão de vida, tratar de Laura e assegurar o conforto necessário a Joanna e Vitor, até que a crise fosse superada.

Tinha recomendado que Ernesto fizesse o mesmo, mas o irmão era muito teimoso. Dizia que não saberia cuidar de uma empresa no exterior porque não podia sair das fazendas e repetia a velha cantilena “o olho do dono é que engorda o gado”, como Vó Rosa contava que Vicenzo dizia. Na verdade, usava o argumento como desculpa, pois sabia que não precisava sair do país para abrir uma empresa como aquela. Seu vínculo com a terra era a salvaguarda que lhe bastava. Agora teria mesmo que contar com ela, pois, a partir da concordata, não permitiria mais que ninguém fizesse as retiradas costumeiras do caixa da empresa. Muita coisa ia mudar. Eugenio não hesitaria em tomar as medidas necessárias. Não se constrangeria por mais nada. Já tinham ido longe demais.

Virou-se para o irmão. Rugas marcadas pelo sol, um vinco permanente na testa, mãos grossas. Sua mãe costumava dizer que ele se parecia muito com o pai dela. Ernesto sempre foi seu grande aliado. Nunca ouviu dele uma crítica, uma leve insinuação, apenas apoio incondicional. Quantas conquistas juntos... Na juventude, depois que o tio Altino morreu. Quando comprou a Santa Joana, tantas dívidas que quase acreditou ter dado um passo maior que a perna. Até que veio a virada, em 1960. A Revolução Cubana foi providencial para os produtores de açúcar do Brasil. E depois, os negócios foram só melhorando. Nunca pensou que chegasse tão longe quanto chegou, na fase do Pro-Álcool. Todas as portas se abriam. E, então, os negócios voltaram a ficar difíceis.

Eugenio contava sessenta e seis anos bem vividos. Havia chegado a hora de fazer acontecer o que vinha adiando. Laura lhe deu o impulso de que precisava. Os filhos eram jovens e fortes. Encontrariam o caminho certo. Tinha que confiar no seu próprio exemplo. Embora tivesse seus momentos de tristeza, nunca desistiu. Nem quando enfrentou a síndrome. Nem desistiria agora, ainda que fosse necessário que quase uma revolução ocorresse. Enquanto Laura estivesse ao seu lado não faltaria determinação.

Eugenio deu-se conta de que o doutor Salomão ainda não havia lhe respondido.

– E então, Salomão, você recomenda uma concordata?

Era a primeira vez que Joanna ouvia o pai usar aquela palavra como uma possibilidade real e concreta. O batimento de seu coração ficou suspenso. Era a derrota? Ela sempre soube que era uma possibilidade, mas recusava-se a admitir. A credibilidade de uma empresa concordatária nada valia. Poderia ser a ruína do nome da família. Era um risco muito alto. Seu pai não podia desistir. Não podia. A Santa Joanna foi o lugar onde cresceu, aprendeu a ser. Era mais do que o patrimônio da família. O sonho de prosperidade de seus bisavós, que largaram a pátria natal em outro continente. O prêmio de vitória de seu pai, sucedendo o avô, no embate com o terrível tio-avô. Um legado. Um membro da família. Por ela, vivia, estudou, casou-se e se separou de Alberto. Todos os outros negócios que o pai empreendeu cederam vez para a Santa Joana. Nada era mais importante que a perenidade daquela grande empresa dos Brandini.

Ou seria um blefe? O pai gostava de jogar. Sua saúde estava recuperada, não havia motivo para se preocupar com uma recaída. Não ia ficar paralítico. Por que então parecia cambalear? Poderiam enfrentar tudo, encarando os cobradores incansáveis, sem arruinar a credibilidade, se realmente quisessem. Sempre venceram tudo. As empresas, às vezes, passam por momentos difíceis. Era só uma questão de ter a estratégia certa e dedicar-se com afinco. Trabalharia vinte e quatro horas por dia, se fosse necessário. Não deixaria Vitor fazer mais bobagens. Teria uma conversa com tio Ernesto sobre Junior, pedindo-lhe que afastasse o primo da Santa Joana. Criariam um conselho de administração. Contratariam uma boa consultoria. O banco onde Alberto trabalhava ia ajudá-los. Ela mesma o procuraria. Era uma guerreira, não tinha medo de combater.

– Pai! Não pode ser! Temos que esgotar todas as possibilidades!

Então, Junior falou antes de Eugenio:

– Joanna, acho que você não está entendendo o que está acontecendo. Não existe outra saída. Não há mais caixa, não há mais dinheiro para rodar a usina. Não é mais viável moer nem a nossa cana. É mais vantajoso vender para outra usina do que moer. Você não ouviu seu pai dizendo que quanto mais produzimos mais perdemos dinheiro?

– Não é verdade. Se produzirmos mais açúcar, em vez de álcool, temos uma chance de recuperar um pouco de receita. Poderíamos também investir na adaptação da destilaria para produzir açúcar, no lugar de álcool.

– Joanna, você está sonhando! Quem emprestaria dinheiro para a Santa Joana agora? Essa cooperativa de vagabundos vai nos protestar amanhã e pedir nossa falência depois de amanhã. Se não entrarmos com o pedido de concordata imediatamente, estamos perdidos.

– E você parece que está muito satisfeito com essa situação, não, Junior? – Ela tinha que denunciá-lo.

Junior levantou-se, empurrando a cadeira atrás de si.

– E o que você quer dizer com isso, Joanna?

Eugenio interviu:

– Joanna, Junior, parem com isso! Não é hora de briga. Sentem-se. Vamos focar no assunto da reunião.

Em outro tom, continuou:

– Por favor, Salomão, explique para eles o que é uma concordata.

– Pois não, doutor Eugenio. A concordata é um benefício, um favor legal – falou enfatizando as duas últimas palavras. – É um instrumento criado pela Lei 7.661 de 1945 para o empresário superar suas dificuldades financeiras. Eu costumo dizer aos meus clientes que ela é um remédio amargo, com terríveis efeitos colaterais e contraindicações. Só deve ser ministrado em casos extremos – fez uma pausa, aguardando a pergunta que sabia que viria.

– E o senhor acha que a Usina Santa Joana está num caso extremo? – Joanna esforçou-se para produzir a pergunta.

– Acho que a situação de vocês é muito difícil. É preciso que fique claro o risco representado por um protesto e um iminente pedido de falência, de valor expressivo. Vocês já tentaram todas as alternativas, pelo que me consta, para segurar o credor. Há, ainda, outros valores menores protestados que vêm sendo bravamente administrados. – A esse comentário, Tavares esticou-se. Era com ele. – É uma decisão difícil de ser tomada e recomendo que seja bem refletida. Lembro que a função da concordata é evitar a falência, ou melhor, adiar o risco da falência.

– Doutor Salomão, por favor, explique como funciona a concordata.

Foi um pedido de Ernesto.

Não! Joanna não podia admitir. Seu tio não podia fazer esse pedido. Era um fraco. Não se surpreenderia se fosse ele a influência negativa sobre o pai. Deve ter insistido. Aproveitou-se de algum momento de fragilidade. O que estava acontecendo ali? Ela não tinha dúvidas de que o tio Ernesto prontamente admitiria a derrota. Foi o que fez muitas vezes ao longo da vida. O fracasso era sua solução para fazer-se importante e sair da sombra do grande Eugenio. Afirmava-se pela negação do sucesso. Era a sua alternativa para não repetir a história de destruição entre seu pai Vittorio e seu tio-avô, Vicenzo? O que ela podia fazer? Protestar de novo? Gritar?

Doutor Salomão continuou, impávido:

– A concordata é iniciada com um pedido ao juiz da jurisdição onde se encontra a empresa do credor. Funciona como uma moratória que abrange os créditos sem garantias reais, chamados quirografários. Normalmente é concedida com a obrigação de pagamento da totalidade do passivo quirografário em dois anos.

– E se em dois anos não for suficiente para resolver a situação? – Vitor quis saber.

– Quais os juros que se costuma atribuir ao passivo? – Junior perguntou, quase ao mesmo tempo.

– Primeiro, a resposta mais simples: os juros variam entre seis e doze porcento ao ano. Evidentemente, mais correção monetária. Quanto ao prazo: se as condições da concordata não forem cumpridas, o juiz deve decretar a falência da empresa. Mas... – o advogado tinha que se valorizar –, um bom trabalho de estratégia jurídica pode alargar esse prazo por mais tempo. Há casos de mais de dez anos. Em verdade, diria que dificilmente uma comarca de interior decretaria a falência de uma usina como a Santa Joana, que emprega boa parcela da população local. Além disso, devo dizer que, felizmente, o juiz daqui é um velho conhecido meu. Um homem sensato. Devemos esperar sua cooperação.

O enredo indicava o desfecho. A traição pairava, espreitando uma chance. Joanna ainda estava atônita para admitir a realidade dos fatos, mas não podia se iludir. Quando entrou na sala, mais cedo, cultivava a esperança de que haveria debates, ponderações. Que algum membro da família perfilasse com ela na recusa em aceitar uma derrota. Era evidente que o doutor Salomão tinha sido instruído pelo pai para considerar a concordata antes daquela reunião.

– Doutor Salomão, o que acontece com nosso patrimônio pessoal? – Era Vitor quem perguntava novamente.

– Só os bens de quem avalizou ou afiançou algum crédito ficam comprometidos.

Todos olharam para Eugenio. Era o único de quem os bancos exigiam aval pessoal. Tranquilo, declarou:

– Não se preocupem. Já tomei as providências que tinha que tomar.

Todos os bens que restavam em nome dele tinham sido recentemente transferidos ao nome de Laura.

– Quer dizer que minhas fazendas e propriedades estão protegidas? Não vão ser afetadas?

– Não, doutor Osvaldo. Todas suas propriedades estão protegidas.

– E como vamos nos manter durante a concordata? Como vamos manter nosso padrão de vida? – Era Sérgio quem se preocupava.

– Nós vamos receber nossos proventos como diretores, como sempre. Nada será alterado. E temos nossas fazendas – Ernesto tranquilizou o filho.

Eugenio não fez comentários. Era preciso aguardar a hora certa.

– E não há como pagar logo a cana que forneci à Santa Joana desde a safra retrasada?

Osvaldo pretendia sair sem pendências.

Doutor Salomão respondeu:

– Todos os créditos têm que ser pagos...

– Doutor Salomão, é possível adquirir os créditos da empresa em nome de um terceiro?

– ... têm que ser pagos na ordem de prioridade: primeiro os créditos trabalhistas, depois os fiscais, os créditos com garantias e, por fim, os quirografários.

Doutor Salomão terminou de responder, mas toda a atenção se dirigia a Junior. A pergunta de Osvaldo ficou ultrapassada.

– Junior, qual é a sua ideia?

Eugenio autorizou que ele se expusesse.

– Eu pensei que poderíamos comprar os créditos com bom desconto, usando um caixa no exterior. Poderia ser bem vantajoso mantê-los por um tempo e depois receber de volta quando a Santa Joana puder pagar, com correção monetária.

O advogado entusiasmou-se.

– Pois é uma ótima ideia. Isso deve ser feito logo após a impetração da concordata, quando o deságio estará mais alto. Já presenciei situações em que a negociação é concluída com até setenta por cento de deságio.

– Junior, essa é uma proposta absurda! Simplesmente, não temos esse caixa. – Enquanto falava, enfática, Joanna virou-se para Eugenio, segurando a respiração, esperando que ele pusesse um final na ultrajante sugestão.

– É verdade! Junior, nós não temos recursos no exterior para essa finalidade! – Eugenio bateu a mão aberta na mesa. Determinava o fim da polêmica.

Todos ficaram quietos, pensativos por alguns segundos.

O pensamento de Eugenio contradizia seu gesto determinante. A ideia de Junior não era realmente absurda. Poderia pensar nisso mais tarde, ponderar se valia a pena usar os recursos que tinha reservado na New Deal. Compraria alguns créditos menores. Ou talvez tentasse uma remota chance de crédito com o Mackenzie Bank, dirigido pelo ex-marido de Joanna. Se eles ainda fossem casados poderia ser mais fácil. Joanna não devia ter deixado seu casamento acabar. Sua obsessão pelo trabalho, às vezes, passava dos limites.

Junior era muito criativo. Se chegou a expressar uma ideia é porque ela já tinha se desenvolvido no seu cérebro de raposa. Esse rapaz estava sempre com alguma nova trama. Tinha que estar alerta com o interesse do sobrinho na Santa Joana. Sabia que ele tinha um acordo com a transportadora que atendia a usina e recebia um rebate sobre o faturamento do frete. Era um percentual pequeno, que não chegava a incomodar, até aquele momento. Por isso, fechava os olhos para a pequena corrupção do sobrinho. Não queria aborrecer Ernesto. Mas também isso teria que mudar. Tinha que se lembrar de contar a Joanna mais tarde.

O advogado remexeu-se na cadeira.

– Mais algum esclarecimento? Estou à disposição dos senhores.

Joanna reuniu toda a força que podia. Ela tinha uma participação direta na usina de 4%. Se tinha sido capaz de enfrentar tantos obstáculos pela Santa Joanna, poderia ousar desafiar o pai. Em todo o caso, uma provocação poderia, ao menos, funcionar como um teste na determinação de Eugenio.

– Doutor Salomão, e se um acionista minoritário se puser contra a concordata?

– Bem, nesse caso...

O advogado não conseguia disfarçar seu constrangimento pela pergunta da filha de Eugenio.

– Por favor, Salomão, responda. Joanna é impetuosa, mas merece uma resposta.

– Bem, não faz diferença. A decisão cabe ao acionista controlador.

Eugenio já sabia que aquela era a forma da filha reagir. O atrevimento podia ser relevado, enquanto ela não conhecia toda a verdade. Iria entender que havia perda ainda maior que admitir um fracasso empresarial.

Laura esperava por Eugenio no aeroporto. Ela o havia perdoado. Bendito perdão que, num instante, redime o passado do agora. Bendito amor que nos permite perdoar. Seguir em frente. Olhar a vida, intensamente vivendo o hoje, esquecendo o que o futuro trará. Sentir o afeto na pele crua, o aconchego do colo. Mulheres da minha vida. Pilares, inflexíveis na capacidade de amar, vento que dobra os galhos do carvalho, misteriosamente poderosas. Laura, Vó Rosa, minha mãe, Dolores. Mulheres guerreiras, guardiães de minha felicidade. A sua vez chegará, Joanna. Breve. Muito em breve.

Eugenio tinha esperança de que um fracasso pudesse ser a alavanca de mais força para a batalha seguinte. Jamais desistiria.

Capítulo 5

– Eu quero saber se já entenderam bem o que vai acontecer. Está claro que a Usina Santa Joana vai entrar em concordata? Alguém tem dúvida?

Todas as bocas mudas, pensamentos sem desenvoltura para serem manifestos.

Joanna se sentia imensamente, perdidamente, só.

– Pai! – Era um ganido, um cão pedindo misericórdia. – Pai, como vamos dar a notícia para os funcionários?

Joanna denunciou-se pelo uso da primeira pessoa do plural. Finalmente, se entregava. O espasmo do início de sua fala se explicava.

– Minha filha – era o pai que respondia –, vamos simplesmente dizer a verdade. A concordata é justamente a melhor saída para receberem o que não pagamos. Os que quiserem continuar conosco vão ter alguma cota do sacrifício, mas, com o tempo, vai tudo se ajeitar.

– Eles não têm responsabilidade na nossa situação...

Junior não se conteve. A raiva pela incoerência da prima explodiu.

– Joanna, você queria o quê? Continuar com a assistência social que você montou para os funcionários? Já não chega de vale-transporte, vale-alimentação, grêmios recreativos e assistência médica para seus protegidos? Foi isso que nos quebrou Joanna. O bem-estar do empregado é obrigação do governo. Não é do empresário. Já pagamos impostos demais!

– Junior, que estupidez você está dizendo?

– É isso mesmo! Enquanto você esteve preocupada com luvinhas e botinhas para proteger os boia-frias, a empresa perdeu dinheiro, muito dinheiro.

– Não é assim, Junior. Nós cumprimos obrigações trabalhistas. Ou você queria que fôssemos autuados pela fiscalização, como quando você inundou o riacho com vinhaça da fazenda de vocês?

– Mas eu resolvi o problema, não foi?

– Sim, à custa de uma boa propina para o fiscal.

– Joanna, Junior! Chega! Vocês estão indo longe demais.

Eugenio estava em pé na sua autoridade, braços abertos, mãos ordenando um basta. Ernesto segurou no pulso do filho ao seu lado, puxando-o para que voltasse ao assento. Sérgio e Vitor se olhavam, tensos. Os advogados disfarçaram, lendo qualquer coisa que encontraram à frente.

– Assim vou ter que pedir que se retirem da reunião. Controlem-se! – Eugenio falava para os dois, mas fitava apenas o sobrinho.

Junior jogou-se de volta à cadeira. A humilhação que sentia era descomedida. Suas mãos se apertavam por baixo da mesa, enquanto olhava de esguelha a prima com a mandíbula apertada, petulante, no queixo quadrado. Já estava farto que Joanna se metesse em seu caminho. Mulher não entendia nada de empresa. Eugenio era esperto com os negócios, mas um idiota, quando o assunto era seus filhos. Estava se tornando um decrépito. Não devia dar espaço para aquela atrevida.

Como odiava Joanna. Desde criança, ela queria ditar as regras dos jogos, determinando o que era certo e o que era errado. Tinha satisfação em arengar aos mais velhos quando ele perdia a paciência com Sérgio ou com Vitor. Empinando aquele característico ar de superioridade, de quem tem tudo sob controle. Sempre de unhas feitas, cabelos penteados, roupas de cores neutras. Obcecada, valia-se do comprometimento com o patrimônio da família como escudo para afastar as pessoas ou os assuntos que não lhe agradassem. Imbuída de uma tola vaidade marcial que lhe rendia a reputação de grande guerreira. Irracional em suas crenças. Insuportável na defesa de suas verdades.

E agora que estariam em concordata? A princesinha guerreira teria que descer do pedestal... Talvez essa concordata não fosse, de todo, um mal. Seria divertido ver as mãos finas se sujando. Para ela foi tudo muito fácil. Desde que nasceu, cercada de caprichos. Bem diferente dele, que, adolescente, era obrigado a trabalhar na lavoura com o pai. Nunca teve oportunidade de estudar fora do Brasil. Não ganhou seu primeiro carro aos dezoito anos, não participava de círculos de colunáveis sociais de São Paulo. O avião dos Brandini não estava à sua disposição.

Ele tinha que se virar sozinho. E também pelo pai e pelo irmão. Um derrotado e outro fracassado. E havia a mãe que estava sempre a importuná-lo, perguntando, intrometendo-se em seus assuntos. E mais ainda, mulher e dois filhos para alimentar! Tinha mesmo que buscar soluções criativas para se manter. Felizmente, podia contar com alguma camaradagem na região. Alguns fornecedores, por exemplo, gostavam de gratificá-lo sempre que ele conseguia pesar a cana comprada pela Santa Joana na balança "preparada". Às vezes, conseguia vender parte do estoque de fertilizante e herbicida da empresa para um fazendeiro amigo. O encarregado do almoxarifado também ganhava sua parte, claro. Fazendo negócios com ele, todo mundo ganhava. E sobrava o suficiente para cobrir suas necessidades.

Joanna achava que tinha uma boa formação e conhecia a vida, mas em sua redoma tinha acesso a tudo o que quisesse. Não precisava arriscar-se como ele. Falar em luta para ela era fácil. Seu mundo era um ideal, utópico, onde ela ansiava por oportunidades de conjurar razões para defender a ética e a honra dos Brandini. Ela tinha tanta convicção na Santa Joana como o maior legado da família que não lembrava a origem da fazenda na família por conveniência de um casamento. A fazenda e a empresa nada tinham a ver com a coragem e o empreendedorismo dos bisavós italianos, mas com a ganância do tio-avô Vicenzo. E agora, Joanna, que a magnificência caía por terra, junto com sua empáfia? De que adiantou tanta arrogância sua, de seu irmão e de seu pai?

Como ousava falar em ética? Por várias vezes, Junior ouviu, por outros, histórias em que Eugenio tinha corrompido alguém do IAA ou de Brasília. Era muita hipocrisia criticá-lo por livrar o pai da pesada multa ambiental, da forma que fez. O que era uma pequena propina para um fiscal nesse contexto? Como ela achava que um empresário sobrevive nesse país? Trabalhava ao lado de uma águia, mas não aprendia? Ou fingia que não sabia o que o pai fazia? Conseguia simular também que não sabia por que a Atacadista Ribeiro deixou de comprar da Santa Joana? Eugenio, pessoalmente, colocava a propina na mão de Vitor para que subornasse o comprador da empresa. Até que os donos descobriram, mandaram o funcionário para a rua e suspenderam os pagamentos que ainda estavam em aberto, por vingança.

E eu sou o hipócrita? Então, ela se esqueceu por que Pedro Souto foi embora, em 1982, apesar de ter sido o melhor soldado de toda a história da Santa Joana. Ele sabia demais. Para piorar, fez-se de monge ético, quando Eugenio resolveu comprar um apartamento para a professorinha do grêmio escolar, na tentativa de compensar a ex-amante por ter sido escorraçada da fazenda por Laura. Pedro Souto se recusou à lealdade habitual, em parte por medo de Laura. Mas Junior sabia que o motivo principal era por que a compra do apartamento implicaria numa passagem da propriedade pela empresa, para depois ser revendida à amante por um módico preço. Essa conta ia pesar nos resultados e seria abatida de seu bônus anual, como já havia acontecido em outras ocasiões em que Eugenio dava um jeito de diminuir o que havia combinado com Pedro Souto.

E eu sou o hipócrita? Enquanto tio Eugenio estava quase paralítico nos Estados Unidos, Vitor se esbaldava em jantares para amigos e festas para clientes. Durante todo o tempo, praticamente não ficou na usina, ignorando os problemas pelos quais a irmã se deblaterava. Encontrava inúmeras desculpas para não se afastar da capital, onde melhor exibia sua pavonice. Embora tenha tentado uma ou duas vezes, Joanna não fez o suficiente para trazê-lo de volta ao dever, para assumir a responsabilidade que o pai lhe encarregara. Talvez estivesse achando até conveniente que Vitor largasse o poder na mão dela.

E eu sou o hipócrita?

Tio Eugenio não tem mesmo outra alternativa, a não ser pedir a concordata.

– Salomão, a petição já está pronta para ser impetrada?

– Sim, doutor Eugenio. Só é preciso uma rápida revisão da relação de credores com Tavares. À tarde encaminharei para sua assinatura.

Joanna congelou. Eugenio já tinha dado ordens para preparar até mesmo a petição, antes da reunião.

– Osvaldo, Ernesto, vocês gostariam de esclarecer mais alguma dúvida?

– Não – Ernesto, disse, seco.

– Não. Obrigado, Eugenio – foi a resposta de Osvaldo.

– Então, doutor Salomão e doutor Péricles, estão liberados para tomarem as últimas providências. Tavares pode acompanhá-los.

Esticou o braço, oferecendo a mão em cumprimento de despedida.

Sérgio e Vitor iam se levantando atrás dos advogados e do executivo. Eugenio interpelou-os.

– Vocês, aguardem! Ainda é preciso uma conversa só entre nós da família.

Eugenio esperou que a porta se batesse e os rapazes se reacomodassem. Fechou os olhos. Avaliava a dosagem de autoridade que daria ao discurso. Atrás da cortina das pálpebras ainda via o rosto contorcido de Joanna, raiva misturada à frustração e indignação pelo orgulho ferido. Via os olhos assustados de Vitor, o tique nervoso ressurgia. Sentia as veias dilatadas no pescoço de Ernesto. Ouvia o chiado da bronquite de Sérgio. Junior recendia ódio. Osvaldo, cabeça baixa, apertava os lábios.

– Quero deixar bem claro, em primeiro lugar, que não admito mais discussões como há pouco. Em especial na frente de estranhos. Vocês têm que saber o lugar de vocês. Não podem se entregar à emoção como fizeram.

Olhava para Joanna e Junior de cada lado da mesa, enérgico. Filha e sobrinho nada comentaram. No rosto de cada um, nenhum expressão punha em dúvida o comando de Eugenio. Ele era absoluto. Deu-se por satisfeito com a mudez e continuou:

– Bem, vamos ao que interessa. Tenho mais decisões para comunicar. – Seu tom ainda era severo, mas tentava não se mostrar agressivo. – Por quase dois anos fiquei bastante distante dessa empresa. Tive muito tempo para pensar em vocês, em mim e no que a Santa Joana significa para todos nós. Sei que cometi alguns erros ao longo de minha vida...

Era o discurso que usava quando buscava aplausos ao seu método de liderança. Osvaldo correspondeu:

– Mas você acertou muito mais que errou. E sempre nos levou pelo caminho certo.

– Sim, acertei em muitas coisas. Mas cometi alguns erros importantes. Dentre eles, foi permitir que a Santa Joana chegasse a essa situação, achando que o governo não ia deixar o Pro-Álcool acabar, que a melhor defesa para não quebrar era tornar-me um grande devedor, que a dívida trabalhista da usina nunca permitiria que um banco a executasse.

Era a primeira vez que ouviam Eugenio admitir erros daquela magnitude.

– Errei porque achava que viver com a espada na cabeça, sempre à beira do precipício, era o que me fazia feliz. Arrogância, talvez. É a lição que agora quero deixar para os mais novos.

O discurso assumia um tom inusitado. Eugenio poderia estar ficando velho.

– Como assim, deixar lição, pai? O que está havendo? – Joanna era a mais ansiosa. A recente tentativa de motim ao pai tinha ido embora. Dava lugar a uma apreensão aflitiva, regada de perturbadora culpa.

Eugenio continuou como se não tivesse ouvido as perguntas de Joanna.

– Tenho pensado nesse rapaz, o Marcos. Na tentativa de fazer um mal para nós, talvez esteja fazendo um bem. Ele ameaça, esbraveja, mas nada pode fazer, a não ser o próprio protesto de nossa dívida.

– E isso já não é muito, pai? – Vitor perguntou.

– Não. Não para nós. Não para a Santa Joana. Pode haver situações muito mais graves. A essa altura, é melhor encarar o problema como de fato ele é do que continuar a retocar a pintura cor-de-rosa. É isso que temos que fazer para enfrentar essa concordata da melhor forma possível. E, para isso, há muitas mudanças a realizar. Primeiro, eu quero dizer que, logo depois que a concordata for homologada, vou me afastar da administração da empresa.

Era uma bomba. Outra. Todos ouviram a notícia boquiabertos. Joanna, Osvaldo e Ernesto falaram juntos:

– Não! Você não pode fazer isso!

– Eugenio, você é muito novo para parar!

– Que disparate é esse, irmão?

– É isso mesmo. Minha decisão está tomada. É preciso uma mudança radical na minha vida e na Santa Joana.

– Pai, eu não vou dar conta dessa empresa sem você. – Vitor teve suficiente humildade para admitir.

– É, não vai. Por isso, você vai continuar na vice-presidência. Joanna assumirá a presidência, no meu lugar.

Vitor ficou lívido. Virou-se para a irmã e assim permaneceu, estático, tentando não se afogar na vaidade destroçada.

Joanna não podia acreditar no que ouvia. Por que ele agia daquela forma? Por que ele desistia? O que houve com o grande guerreiro? E Vitor? Que humilhação! Será que ele admitiria ser comandado por ela? Tio Ernesto parecia em choque. Não só com a notícia do afastamento do irmão, mas pior, com o fato de ele ter anunciado que seria ela sua sucessora, em vez de qualquer um dos homens da família. Seria mais fácil que ele aceitasse até Sérgio, mas não uma mulher. Ainda por cima para administrar um processo concordatário!

Ernesto estava pasmo. Não reconhecia o irmão. Tinham conversado até tarde ontem e sabia do drama por qual ele passava. Não tinha previsto, porém, que Eugenio chegaria à decisão de afastar-se e entregar o comando para Joanna. Talvez seu sofrimento houvesse o atingido muito mais profundamente do que imaginava. Era uma decisão muito arriscada. Uma mulher não era adequada àquele cargo. Era incompatível.

Osvaldo estudava o cunhado, tentando adivinhar onde Eugenio chegaria com aqueles anúncios. A não ser que houvesse mais uma explicação oculta, não acreditava que ele parasse de trabalhar. Talvez pudesse diminuir um pouco a sua dedicação, ir à empresa menos vezes... Mas nunca ninguém o substituiria. Deixar Joanna em seu lugar! Ela era competente, tinha as habilidades certas para assumir, inclusive na crise. O problema era que dificilmente seria aceita. Tanto pelo tio e pelos sobrinhos quanto pelo setor sucroalcooleiro. Nunca tinha ouvido falar em usina conduzida por mulher.

– Joanna assumirá a presidência – Eugenio repetiu, como se respondesse ao pensamento deles. – Uma mulher fará as mudanças que precisam ser feitas para sanar essa empresa. E contará com um conselho consultivo para apoiá-la. Desse conselho fará parte, além de mim, Ernesto, Osvaldo e Salomão. Com vocês todos juntos, a fase mais difícil será vencida. Conto com a colaboração de cada um.

Falando, Eugenio balançou a cabeça assertivamente para o irmão e o cunhado.

– E há mais. Temos que mudar a atitude daqui para frente. Todos nós. Para dar o exemplo, eu abro a mão de meus honorários de presidente. Peço que todos vocês que também ocupam cargos na empresa e não exercem nenhuma função, façam o mesmo.

Já era demais para Junior. Não se continha.

– Eu não admito isso! Você levou essa empresa para essa situação e agora quer destruí-la? Está com uma gorda conta lá fora que lhe permite continuar vivendo como milionário o resto de sua vida e quer acabar com nosso sustento? Por que a presidência tem que ir para Joanna? Ela não merece! Você disse que íamos discutir ideias, mas já estava com tudo resolvido! Você quer nos destruir! Tio Eugenio, não há medida para sua hipocrisia e prepotência!

– Junior, respeite o seu tio! – Ernesto repreendeu o filho indócil.

– Respeitar? É ele quem não respeita ninguém! Como você pode admitir que ele faça isso com você, meu pai? Depois de todos esses anos ao lado dele? Esse homem é um canalha!

Todos paralisados, atônitos. Nunca antes um familiar havia agredido o líder dos Brandini como Junior. A vontade de Eugenio era esmurrar o sobrinho, mas olhava o irmão lívido e se refreava.

Junior não só o desacatava, mas, pior, investia na provocação de uma oposição entre ele e o irmão. Manipulava as palavras que tinha usado e as que omitiu. Ele não havia mencionado que deixaria Ernesto sem proventos. Apenas pediu que os diretores que não faziam nada abrissem mão do dinheiro fácil. Já era tempo de a Santa Joana parar de sustentar vagabundos. Isso dizia respeito diretamente a Junior e Sérgio, somente. Ernesto e Osvaldo, como conselheiros, fariam jus à remuneração adequada, conforme a nova função. Eugenio esperaria o momento conveniente para anunciar esse detalhe. Não o faria naquele momento, pois seria curvar-se à discórdia pretendida pelo sobrinho.

Sem que ninguém o calasse, Junior não parou.

– Ele já tirou tudo que podia da Santa Joana. Espoliou a empresa, junto com os filhos. Fez o que sempre quis, sem consideração por ninguém. Nós ainda somos acionistas, tio Eugenio! Você pagou uma ninharia pelas nossas ações no passado, mas ainda nos sobra algumas que nos garante direitos. Você não vai nem respeitar o bagaço que nos deixou, depois de tudo que já fez?

Joanna levantou-se bruscamente da cadeira, que caiu atrás de si. Ultrajante. Dirigiu-se num impulso até Junior, rodeando a mesa. Eugenio veio por trás dela e segurou o braço que se erguia, mas não teve tempo para fechar a boca da filha.

– Você não pode falar assim! Mentiroso! Traidor! Bandido! Você não tem direito nenhum de exigir ser remunerado pelo que não faz. Muito menos de tratar assim a quem sua família deve tudo o que tem. Graças ao meu pai, tem uma vida de conforto, apesar de não merecê-la. Você e seu irmão são dois vagabundos. São estorvos na Santa Joana!

A essa altura, todos estavam de pé. Junior, vermelho, bufava. Ernesto, por trás, tentou antecipar-se à reação do filho. Não foi suficientemente ágil.

Com os olhos estufados de raiva, a mão de Junior ardia. Toda sua fúria extravasada num instante. A bofetada atingiu Joanna com violência. O rosto alvo imediatamente ficou roxo. Um filete de sangue apareceu no canto da boca.

– Você é uma filha da puta! – Junior falou por entre os dentes, sem gritar, destacando a pronúncia de cada sílaba.

A agressão física completada pela moral atingia assim toda a família da prima ao mesmo tempo, rasgando o peito dos inimigos. Ninguém tinha dúvida de que ele se referia à Laura. Junior sabia que a traição tinha sido perdoada pelo marido, mas, apesar de já ter passado quase um ano desde que ela havia retornado, os filhos ainda estavam machucados.

Eugenio soltou Joanna e seguiu na direção do sobrinho. Seu ímpeto era dar vazão à indignação, ao repúdio da crueldade que atestava. Vitor percebeu e correu à frente do pai, pondo-se entre ele e o primo. Osvaldo exclamou, ao mesmo tempo:

– Chega! Eugenio, chega!

Eugenio volta a si. O limite tinha sido rompido. Precisava resguardar-se para outros momentos intensos e completar o roteiro planejado. Faltava outra conversa, ainda mais difícil que aquela.

– Ernesto, tire esse moleque daqui!

Ernesto puxou o filho. Parou e voltou o rosto para o irmão, ainda segurando Junior. A vergonha transborda no seu olhar. Mas também algo mais. Um instante muito parecido, contado a ele anos atrás, quando Eugenio, jovem, era expulso da fazenda do tio-avô, Vicenzo. O pedido foi dirigido à Vó Rosa. Agora, Eugenio dirigia a ele. A memória do passado surge como um terrível relâmpago. Mas não diz nada. Apenas volta-se em direção à porta e conduz o filho para fora. Não havia mais o que fazer. A vida acontecia. Cada um cumpria seu destino. Sérgio segue o irmão e o pai, cabeça baixa.

Capítulo 6

– Vitor, por favor, vá buscar um pouco de gelo para Joanna – Osvaldo pediu, ao mesmo tempo que examinava o rosto da sobrinha e entregava-lhe um lenço.

– Está doendo muito, minha filha?

– Já vai passar.

Eugenio andava de um lado a outro, irritado. A bofetada de Junior teria consequências graves. Ernesto não poderia mais ignorar o caráter do filho. Foi oportuno que o acidente tenha ocorrido com o testemunho de todos. Ele não deixaria que a agressão fosse esquecida. Se precisava de um bom motivo para expulsar o sobrinho da Santa Joana, estava resolvido.

– Hoje mesmo vou ter uma conversa definitiva com Ernesto. Junior não tem limites. Ainda pode nos trazer problemas. Não quero que ele ponha mais os pés aqui.

– Ainda bem que você está dizendo isso, pai. Eu não suportaria tê-lo por perto depois do que aconteceu. Junior é um mau caráter!

Na exaltação, o sangue voltou a escorrer da boca de Joanna.

– Pai, por que você quer sair da presidência?

– Minha filha, você vai entender melhor logo que Vitor voltar.

A longa manhã ainda não tinha acabado. Joanna tentou decifrar na expressão de Osvaldo se ele sabia o que o pai ainda tinha que dizer. O tio continuava à sua frente, em impassível postura de médico, esperando pelo gelo.

Não conseguia imaginar o que seria tão importante que levava o pai a querer sair de cena naquele momento. Teria acontecido alguma coisa ontem, na reunião com Marcos? Nem ele, nem Ernesto, contaram muito.

Vitor voltou. Osvaldo envolveu o saco de gelo com uma toalha e entregou para Joanna.

Joanna ainda sentia o rosto queimando. Sua mente num torvelinho. Imaginava-se golpeando o primo com toda força que podia. A arrogância, o desprezo, o desrespeito que tinha com todos, vingados em chicotadas impiedosas. Os pensamentos de ódio se confundiam com a renitente aversão em aceitar a realidade da concordata. Quanta vergonha passariam ao admitir publicamente o descontrole financeiro da Santa Joana. Seu pai estaria lhe castigando ao abandonar a empresa ao seu comando, daquela forma?

– Pai, a concordata vai ser pedida hoje mesmo? – Vitor questionou, embora a pergunta que quisesse fazer fosse outra.

– Sim. Hoje à tarde. Quero lhe pedir para não viajar nos próximos meses. Haverá muito trabalho a ser feito. Joanna, e você? Está melhor?

Joanna assentiu e Eugenio pediu que todos voltassem a se sentar.

– Eugenio, você quer que eu saia?

– Não, Osvaldo. Conto com você, mais uma vez – Eugenio disse.

– Muito em breve, vou me ausentar novamente para o exterior. Estarei por aqui apenas o tempo suficiente para que a concordata seja de conhecimento do mercado, após a homologação do juiz. Depois disso, vocês poderão contar comigo de longe, para orientá-los. A execução estará com vocês. Com Joanna, o comando. Não tenho prazo para retorno.

– Pai, você está novamente doente? – Vitor perguntou, ao mesmo tempo dirigindo a pergunta ao tio que, num levantar de ombros, indicava que nada sabia.

— Não. Mas Laura está. — Aguardou um pouco, cabisbaixo, esperando que todos entendessem o que dizia e depois prosseguir devagar, cauteloso, zelando para que cada palavra fosse absorvida: — Laura está com câncer. Foi confirmado ontem, na capital, onde ela está com Leonor.

Suspirou fundo, apertou os olhos para continuar.

— O câncer é no intestino. Por isso ela tanto reclamava de dores na barriga. Vou levá-la para Houston, nos Estados Unidos. É o maior centro de estudos de câncer do mundo. Sei que o Brasil, em breve, vai ser tão bom quanto eles. Mas agora não há lugar melhor.

— Eugenio! Por que você não me disse nada antes? Eu poderia estar já ajudando!

Eugenio esperava por aquela reação do cunhado. Estendeu a mão e tocou no seu braço, em agradecimento.

Joanna e Vitor estavam mudos. Os rostos estupefatos expressavam o que palavras jamais conseguiriam. Lágrimas escorreram instantaneamente dos olhos dos filhos. Eugenio não conseguia encará--los. Continuou de cabeça baixa.

— Eu gostaria que vocês entendessem que desde que estive doente, venho considerando afastar-me. Quando primeiro surgiu a suspeita do problema de Laura, há vinte dias, a ideia foi amadurecendo. Até que tomei a decisão. Confesso que estou cansado dessa luta aqui. Joanna e Vitor, sei que não vai ser fácil, mas tenho certeza de que, juntos, serão capazes de resolver. Sei que posso contar com o empenho de vocês. Laura precisa de toda a coragem que serão capazes de mostrar. Joanna, eu concluí que, enquanto estive fora, você cuidou de tudo tão bem quanto possível. Tenho certeza que será capaz de administrar essa crise. E não estará sozinha. Vai ter seus tios, seu irmão e Salomão, que é um advogado sério e experiente.

Tomou fôlego e fez o apelo:

– Preciso de você agora, como nunca, minha filha. Faça o que você me disse, dias atrás, que tinha que ser feito. Tenho que me concentrar em toda a esperança que puder dar a Laura. Para isso, preciso de sua determinação, Joanna. Você vai vencer o preconceito por ser mulher. A liderança, na prática, é sua há muito tempo. Além disso, a globalização crescente da economia precisa de renovação na forma de liderar e pensar as empresas. Hoje já há muitas mulheres à frente de corporações importantes e assim será cada vez mais. Vitor, seja o apoio que sua irmã precisa.

– Pai, fique tranquilo. Vou apoiar a minha irmã.

Vitor consolava o pai com sua prontidão, enquanto ouvia a irmã soluçar baixinho.

– Vitor, peço também que se afaste de Junior.

– Está certo, pai. Farei como você quer.

– Vocês sabem o quanto a Santa Joana significa para mim. Não quero que uma pessoa como Junior continue contaminando o que construí. O que espero de vocês é que a preservem e a conduzam de volta ao rumo certo. O setor em que estamos é assim mesmo, de altos e baixos. O que não podemos mais é nos enganar, fingir que os problemas não existem. Agora estamos no fundo do poço, mas os tempos de bonança vão voltar se houver coragem para enfrentar as dificuldades e fazer as mudanças. Estarei sempre acompanhando você, Joanna. Confie em você mesma, como eu confio. Você sabe o que deve ser feito. Coloque em prática o que disse na nossa última conversa há duas semanas. Você tem razão quando diz que precisamos nos abrir a novas parcerias e que precisamos nos adaptar aos novos desafios. O Brasil tem tudo para ser o maior produtor e exportador de açúcar do mundo! É inevitável que os preços do petróleo voltem a alcançar níveis como da década de 1970, ou até mais, o que vai valorizar tanto o álcool quanto o açúcar. Temos muito que desenvolver no comércio internacional. Novas oportunidades de negócios surgirão. As mudanças introduzidas pelo presidente Collor, apesar de serem, por agora, prejudiciais para nós, vão trazer ainda grandes benefícios. São irreversíveis para modernizar a economia brasileira, trazer novos referenciais de qualidade e competitividade. Haverá uma saída para a crise em que o país se encontra.

Eugenio notava como os filhos prestavam atenção ao que dizia. Vitor não estava mais fixado num horizonte perdido. Continuou:

– Não tenham medo do que aguarda vocês. Estejam sempre prontos para a mudança. Joanna, sei que resisti às novidades que você trazia, mas reconheço que a empresa contemporânea não pode deixar de estar pronta à inovação. Eu mesmo fiz muito disso quando era moço. Fiquem atentos à tecnologia e invistam na educação, tanto de vocês quanto daqueles que os cercam. Invistam num clima que promova pessoas que acreditam no sucesso. Procurem desenvolver uma equipe profissional, formada, integrada, que busque o melhor, leal com o propósito da empresa. Já passou a época do "eu faço, eu aconteço, eu resolvo". Cuidado com as estrelas que ofuscam! Não são elas que fazem a empresa acontecer. Valorizem quem não foque só a área em que atua, mas que pense o todo da empresa. Não adianta só o dinheiro ou as boas ideias. É preciso quem as execute. E para executar bem, só uma equipe eficiente, entrosada. Não permitam que pessoas como Junior ameacem o espírito de um time vencedor.

Eugenio entusiasmava-se. Seu discurso era um bálsamo para os filhos.

– Todo negócio é como uma batalha. Há momentos de atacar e de recuar. Olhem para frente a partir de agora. O que passou, passou. Não esperem a hora certa para mudar. Decidam! Certo ou errado, decidam o melhor que puderem. A agilidade pode ser mais importante do que a decisão ideal. Para ter sucesso, é essencial ser ultrarrápido e ultraeficiente. Não deixem nada para a hora seguinte. E cobrem, também. Cobrar e incentivar a equipe são as principais funções de um líder. Cobrem no intuito de buscar o ótimo, façam as pessoas despertar o potencial que têm, façam a equipe se esforçar e melhorar cada vez mais. Não tenham receio de serem enérgicos para salvar a Santa Joana. Essa crise não vai durar para sempre. É necessário muita paciência e equilíbrio para sobreviver. Mesmo que não sejam capazes de produzir lucro, ajustem a empresa para não continuar perdendo e esperem a virada. Pode demorar um, dois ou três anos, mas ela vem. A crise nunca foi permanente. Posso afirmar que a Santa Joana ainda vai crescer muito. Só vocês podem cuidar dessa empresa como eu, como quem olha um filho. Perseverança! E nunca deixem de investir no maior patrimônio que uma empresa tem: o homem!

– Ou mulher... – Joanna brincou, esforçando um sorriso.

– É claro, minha filha. O futuro está no álcool e no açúcar do Brasil. Nenhum outro país do mundo tem tanta tecnologia e produtividade. Aproveitem, meus filhos, as oportunidades inimagináveis a quem começou em outra era, quando a informação era privilégio de uma pequena elite e nem se concebia a possibilidade da vida acontecer *on line, on time, all the time* – concluiu Eugenio, veemente.

O longo discurso produzia o efeito pretendido. Joanna e Vitor olhavam para ele atentos. As lições de gestão empresarial funcionavam como o gelo no rosto de Joanna. Seus olhares eram espelhos da energia que ele próprio precisava para convencer-se da nova perspectiva que definia. Nas palavras inflamadas, desvendava uma despedida, brindando cinquenta anos de experiência de quem ganhou muito, mas também soube perder. Parte de um aprendizado que, generoso, oferecia à geração seguinte. Um estímulo para que não se perdessem no desânimo. Na derrota dos dramas que experimentam, a tenacidade humana para superarem-se.

A guerra de Eugenio pela Santa Joana tinha acabado. A sua nova guerra era contra a doença de Laura.

Joanna levantou-se. Caminhou até o pai e esperou que ele se erguesse. Transbordou-se num abraço de orgulho, de carinho, compaixão e gratidão. Não havia o que dizer em sua emoção. Não o decepcionaria. Ainda não acreditava que pudesse estar à altura da magnanimidade, mas o teria como exemplo. Finalmente compreendeu que ele não tinha desistido. Havia uma profunda aliança entre pai e filha.

Joanna já sabia o que de mais imediato havia a ser feito. O expediente do dia que começou com o medo da derrota estava encerrado. Em breve, não teria muito tempo para estar ao lado da mãe na dolorosa trajetória, enquanto se dedicasse à tarefa de recuperar a Santa Joana. Reconhecia que a atitude do pai a protegia, poupando-a de presenciar toda a agonia. A situação merecia que, pela primeira vez, deixasse de trabalhar por uma tarde. Dirigiria até a capital. Abraçada a mãe, diria que não se importava mais com mágoas do passado. Acumuladas na ausência dela, da incompreensão do seu estilo de vida ou por ter abandonado o pai. De alguma forma, efeito de mágica macabra, tudo perdia importância, na fatalidade da dor que a envolvia.

Como era mais fácil assumir o desafio empresarial do que enfrentar uma doença aniquiladora de quem se ama! Para fortalecer-se, levaria à mãe a sua força. Por um instante, se entregaria à reconciliação consigo mesma. Portaria uma mensagem de paz, acariciando-lhe o rosto. Agradecendo-lhe a vida. O amor.

Anunciou a decisão aos outros na mesa. Cuidaria dos assuntos da concordata quando retornasse. O pai tomara todas as providências necessárias e poderia aguardar que ela voltasse em dois ou três dias. Vitor iria também. Aproveitariam para conversar no caminho.

Antes de sair da sala, Joanna não resistiu ao hábito de, mais uma vez, admirar o canavial, confirmar se o sol não se escondia nas nuvens.

Para além da janela da sala de reunião, a lembrança era de quando pequenina, à sombra da jaqueira, com os pés mergulhados na água fresca, saboreando a cana doce. Numa manhã azul como aquela, gotas do jovem sol atravessavam as folhas das árvores frondosas e deslizavam com as águas do riacho que seguiam persistentes. Vó Rosa, ao seu lado, contava uma história que falava de heróis valentes que venciam dragões e salvavam princesas. Ao longe, os primos e crianças brincavam. O galo cacarejando. Não tinha nada para ser enfrentado.

Viu-se correndo em meio à cana, como quem corre do medo. Saltava os longos caules derrubados, lépida, como há muito tempo não se sentia. Veloz, com a certeza de ter deixado um grande fardo para trás. Voando para longe, suavemente, despropositadamente. Um lenço que foge do pescoço e flutua no vento largado. Leve. Perdido no passado.

PARTE III

DE FRENTE AO ESPELHO

Capítulo I

Houve um tempo em que Joanna acreditou que era possível ser feliz e que tudo dependia de sua dedicação e de seu empenho. Que toda luta era legítima, desde que a paz fosse o propósito. Depois de tantos anos cultivando esse pensamento, não podia dizer quando ele teve origem. Só lembrava que era muito jovem e não podia alcançar a extensão do que alimentava em si. O futuro parecia um leque de provocantes perspectivas.

A maturidade veio, sedimentando a verdade de que a vida fosse de batalhas. A vitória era consequência da habilidade de organizar recursos, do controle das circunstâncias em compartimentos de prioridades e objetivos. Ansiava pelo jogo. Disputava com o destino. Como as pessoas competem para sobreviver, na certeza de que um tem que perder para que o outro possa ganhar, reiterando a convicção no antagonismo entre vitória e fracasso, bem e mal, felicidade e dever, liderança e submissão. Tudo tinha seu lugar no maniqueísmo da vida. Joanna sabia, então.

Sem que percebesse, porém, dúvidas surgiram. Devagar esgueiraram-se pela mente, ao longo de anos. Ela esmerava-se em admiti-las como importunos soluços. Era mais apropriado seguir um padrão, como via fazerem. Embora persistisse a suspeita de que, junto a ela, todos se afogavam em ilusões alimentadas pela obstinação em validar suas existências a qualquer custo. De toda forma, parecia mais seguro fingir que sua razão de ser estava implacavelmente comprometida com uma causa também, tão legítima quanto qualquer outra que justificasse seus atos. Mais confortável compartilhar da fantasia coletiva de sólidas crenças e fazer calar as perguntas que gritavam em seu interior. Até o dia em que sufocar a incoerência torna-se impossível e todo o ser clama pelo resgate.

Que angústia terrível era aquela que teimava em não fazer sentido? De onde vinha o estranho poder que desafiava a racionalidade? O sentimento de inadequação, de ter sido banida? Cansaço profundo, que misturava-se a pesadelos indescritíveis, de construções em demolição inacabada, vigas com ferragem à mostra. O chão cedia. Estava exposta. Tinha medo da desorientação, de faltar coragem para persistir. Seria a crise dos quarenta anos? Tinha medo de ter sido em vão. Uma folha ao vento? Não. Já tinha avançado demais para negar suas conquistas. Não podia mais deixar de lutar, nem de ver o ódio à espreita de vingança, ou deixar de cultivar a raiva morna esperando a oportunidade de reaquecer-se. No tumulto dos embates, sustentava-se na ilusão consciente de sua proficiência no domínio, nos raciocínios e cálculos, lógica e verdade. Inútil sentir que quanto mais controle buscava, mais se descontrolava, deixando a existência perder-se, desamparada de si mesma, fragmentada.

Era o fim do dia. Apenas mais um pôr do sol em sua vida. Seu mundo interior contrastava com o sossego à sua volta. Um redemoinho latejava nas têmporas. Joanna só, paralisada diante dos caminhos emaranhados, distantes, talhados por entre vincos e sinuosidades das montanhas. Dissimulava uma perda da razão. Onde sua inteligência situava-se? Alheia ao motivo pelo qual os pássaros retornavam para descansar nos ninhos depois de voarem livres, encontrando abrigo nas bromélias erguidas pelos altos galhos das árvores. Mais além, o sol cedia seu império às miríades de lilases, azuis, laranjas e amarelos do céu. Uma brisa fria e sutil começou a soprar, empurrando as nuvens violetas para lugar nenhum. Gostaria que a solidão fosse assim também. Singela, plácida. Que fosse suportável como inexorável elemento da beleza. Bucólica. Que pudesse reintegrar-se, esvaecida no horizonte, na promessa do ressignificado que um dia seguinte poderia trazer.

Teimava consigo mesma que tinha feito tudo certo. Não foi frívola na sua determinação. Aprendeu a lição da arte da guerra e não se permitiu desperdiçar esforço no que fosse acessório. Submeteu-se a limites estendidos, na borda da integridade. Todos os dias foram empenhados. Muitos admiravam seu fôlego inesgotável. Homenageada pela liderança, respeitada por outros empresários, querida pelos funcionários. Protótipo de sucesso.

Da varanda da pequena casa de madeira, Joanna admirava a magnífica paisagem de montanhas revestidas de mata tropical. Um pequeno paraíso, como dizia sua tia, onde haveria de encontrar energia para iluminar suas sombras e encontrar um pouco de paz. Joanna era agradecida por confirmar que tinha ali o isolamento que queria. Precisava de trégua para administrar o tumulto que a revolvia e, então, voltar ao controle.

Poderia ter aceitado a oferta da casa da tia em outros momentos difíceis. Quando Vó Rosa morreu. Quando separou-se de Alberto. Quando sua mãe saiu de casa para viver com Bernardo e, em seguida, o pai quase ficou paralítico. Poderia ter vindo também quando a Santa Joana entrou em concordata, não fosse a emergência de assumir seu lugar na liderança executiva da empresa. A agressão de Junior e a notícia da doença da mãe foram atenuadas no tempo, enquanto tentava esconder de si a profundidade da mágoa nas ininterruptas reuniões e nos urgentes relatórios financeiros. Mas naquela época também havia seu pai por perto, qual anjo protetor. Até que ele também partiu, sucumbindo à viuvez e deixando a saudade que refulgia nas sombras.

Todas as situações foram dramáticas. Sentiu-se confusa, dolorida. Mas sabia identificar de onde, como e quando viera o golpe. E sempre pôde abrigar-se na Santa Joana, sua fortaleza, herança genuína, de onde erguia seu estandarte que conclamava a novamente armar-se. Daquela vez, porém, era diferente. Faltavam-lhe as bases. Os pensamentos negavam-se a obedecer uma ordem. Sua fonte. Buscava inspiração na lembrança do passado, mas, refletir sobre a história era mais do que podia. Era embaralhado demais para saber por onde ir, o que fazer.

Quando o pai pediu que assumisse a presidência, ela sabia o que tinha de ser feito. Seguindo o exemplo dele após a morte do tio Altino, ela reuniu os empregados mais leais e disse-lhes as metas, exortando-os ao fascínio do desafio. Assim conquistou o apoio e dele veio a lealdade. O vínculo profundo, pessoal, necessário para que estabelecesse o comprometimento necessário na medida do que parecia quase impossível, o desânimo, a falta de crédito, de recursos e a ameaça de falência.

Ao mesmo tempo, buscou inovações e melhorias agrícolas e industriais que coubessem no orçamento restrito: seleção de variedades de cana mais produtivas, aplicação de vinhaça e torta de filtro para fertilização da lavoura, uso de dorna fechada e alterações no sistema de moagem que trouxeram ganhos de eficiência, aumentando o rendimento de cento e dez para cento e dezoito quilos de açúcar por tonelada de cana.

Com os credores, as conversas seguiam a mesma lógica objetiva. Orientados por doutor Salomão, abriram uma subsidiária brasileira da New Deal, que recebeu parte do dinheiro guardado anteriormente no exterior. Tavares ficava à frente, manobrado a distância por Joanna e Eugenio. Os credores eram assustados com ameaças de que nada receberiam se a Santa Joana fosse à falência, que corriam o risco de perder tudo para o fisco e os empregados. Muitos acreditaram e venderam seus créditos com desconto de até setenta por cento, agradecidos por verem-se livres do problema.

O conselho consultivo construído por seu pai persistiu até um pouco depois de sua morte, formalizado como conselho de administração. Os tios, Ernesto e Osvaldo, não cumpriram a missão por muito tempo. Seja porque deixaram de ser necessários, ou porque entenderam que Joanna não mais precisava deles, as reuniões foram rareando. Ernesto cedeu seu lugar a Junior e ela não teve argumentos para impedir que ele voltasse a frequentar a empresa, como representante legal dos 25% das ações do pai. As reuniões do conselho tornaram-se cada vez mais tensas e ela usava as melhores habilidades para que a empresa não paralisasse na rivalidade de primos. Vitor, tão veemente no seu compromisso de apoio quando, em 1993, foi anunciada a decisão de Eugenio por Joanna – se afastou progressivamente. Um ano depois que o pai morreu, não mais aparecia na usina, a não ser por aquelas esparsas reuniões de conselho. Ficava na capital, com a desculpa de que precisava estar junto ao coração financeiro do país, como se não fosse sempre Joanna quem liderasse a negociação de todas as operações. O mercado, que já desconfiava da falta de coesão dos acionistas sem Eugenio, acumulou restrições ao perceber os sinais de problemas na governança da Santa Joana. Os credores restantes pressionaram mais. Os recursos da New Deal no Brasil já não bastavam. Doutor Salomão chegou a dizer que a falência não poderia ser adiada, se não conseguissem acessar mais recursos da New Deal no exterior, ainda em nome de Eugenio.

Joanna não esperou que o problema se agravasse mais. No início de 1997, foi com Vitor ao banco, apresentando-se como legítimos herdeiros do que ainda existisse de saldo na conta. O polido gerente suíço confirmou que Eugenio mantinha uma conta numerada em seu nome, além da conta da empresa das Bahamas. O saldo era bem maior do que esperavam, dando-lhes as condições para o completo saneamento financeiro da Santa Joana. Como parte da dívida já tinha sido quitada na época em que o pai era vivo, por meio da subsidiária brasileira da New Deal, em pouco tempo renegociaram e concluíram o que faltava para que a concordata fosse resolvida. No dia em que a suspensão da concordata foi deferida, Joanna brindou à memória do pai.

Em 1998, os preços de açúcar e do álcool atingiram níveis ínfimos. Empresários se desesperavam para manter as usinas ativas, ameaçando com demissões em massa. Outros, privilegiados que ainda tinham acesso a crédito bancário, exploravam novas estratégias de negócios na tentativa de melhores receitas. Alguns com novas marcas de produtos, embalagens e diferentes tipos de açúcar. Antigos usineiros diversificaram, experimentando novas lavouras e processos industriais.

Joanna acreditava que a viabilidade de seu negócio estava relacionada ao volume de produção e apostou na ampliação da usina de açúcar. Os fabricantes brasileiros eram velhos conhecidos e se dispuseram a financiar parte dos equipamentos. Convenceu Alberto a complementar o que precisava. Não era tanto que levasse muito tempo para ser pago, já que não seriam necessários equipamentos adicionais de moagem e caldeira. A moagem da Santa Joana saltou de oitocentas mil toneladas para um milhão e duzentas mil toneladas. A Cooperativa de Produtores, ainda dirigida por Marcos, forneceu a cana adicional que precisaram. Joanna propôs que inaugurassem nova relação entre usina e Cooperativa, dessa vez baseada na parceria, onde os bônus e ônus dos dois lados seriam justos. Do trabalho determinado, a credibilidade ressurgia.

Um novo milênio chegava, um novo mundo se estabelecia. O Brasil tinha o real desde 1994. No cenário internacional, a Guerra Fria deu lugar aos solavancos financeiros. Houve a Crise do México, a Russa, a Asiática e a Argentina, entremeadas de ataques especulativos e guerras cambiais de sinistras forças privadas. O mundo deixou de lado o inútil debate contra ou favor da globalização e passou a reconhecer o fenômeno instalado, bem solidificado nos pilares da era da informação instantânea, via internet. Era moda falar que o empresário devia "pensar localmente e agir globalmente", como se essa fosse a receita garantida de sucesso. Agindo localmente e pensando globalmente, a China se firmou como potência econômica, passando a importadora de petróleo, ávida por recursos que sustentassem sua gula de crescimento. Milionários despontavam do Vale do Silício, enquanto o terrorismo de radicais islâmicos se tornava mais ousado. Em 2001, o mundo paralisou quando as torres gêmeas de Nova York foram derrubadas por dois aviões pilotados por terroristas e o pânico da violência encobriu a verdadeira motivação da maior presença militar ocidental no mundo árabe. Guerra do Golfo, invasão americana do Afeganistão e do Iraque. O preço do barril de petróleo, que estava abaixo de vinte dólares, em setembro de 2000 alcançou a cotação de trinta e sete dólares e oitenta centavos, a mais alta dos últimos dez anos.

Não havia espaço para amadorismo. O improviso poderia ser uma catástrofe, ao mesmo tempo que uma necessidade imprescindível, diante das notícias inesperadas. O controle e o planejamento eram ferramentas diárias que, num instante, podiam desmoronar por uma informação mal compreendida. Os recursos humanos tinham que ser administrados como fator de risco ou de diferencial competitivo, exigindo constantes estímulos à produtividade e ao engajamento. A sutileza da complexidade da administração financeira, tão relevante quanto uma eficiente consultoria tributária. Tudo dinâmico, rápido, inconstante. Nesse mundo fugaz, Joanna alcançou o apogeu de liderança e autoridade.

A reaproximação de Alberto também trouxe mudanças pessoais. Concluiu que ele fez por merecer sua reconsideração e concordou que o casamento tivesse uma segunda chance. Por oito meses ficaram juntos, tentando. As demandas dele, contudo, eram as mesmas do passado: que estivesse mais ao seu lado, comparecesse às festas do banco e jantares com clientes na capital. Que viajassem juntos à sede do banco na Inglaterra. Ele ainda não entendia que Joanna não queria ser exibida como um troféu. Tinha as próprias conquistas. Simplesmente não abriria mão de estar à frente da Santa Joana. A luta era permanente, ininterrupta. Alberto acabou se tornando uma extravagância, um excesso que podia cortar.

Conseguiu o dinheiro para encerrar a dependência financeira de Alberto com uma *trading company*, especializada no comércio de açúcar. Vendeu cinquenta por cento de sua produção dos próximos dois anos e ficou novamente liberada para a exclusividade ao trabalho. Talvez sentisse falta dele em alguns momentos, mas era mais conveniente que não se entregasse a nenhum relacionamento que não a aceitasse plenamente. Além disso, não era difícil dispor de algum companheiro, se quisesse. Joanna sabia usar seu poder de sedução quando queria e, embora já com quarenta anos, sua aparência era atraente e jovem. A menina que não se importava com a vaidade tinha se perdido no passado.

Enquanto isso, Junior tecia sua teia de maldades. Armadilhas disfarçadas em tréguas falsas, golpes traiçoeiros. Convencia Vitor a emprestar o avião da empresa para passeios no feriado, sem qualquer preocupação com quem pagaria as despesas que, ao final, ele nunca assumia. Requisitava funcionários da empresa para serviços particulares, tomava emprestado equipamentos da empresa e não devolvia. Era também capaz de atitudes mais ostensivas, que deixavam Joanna ultrajada. Sem nenhum respeito à diretoria da empresa, determinava uma mudança de fornecedor a quem ele devia favor, até que Joanna descobrisse e corrigisse a intromissão. Algumas vezes teve que demitir funcionários aparentemente corrompidos por ele. E, então, ele a surpreendia com desvios clandestinos de cargas inteiras de álcool ou açúcar. O seguro pagava por esses desvios, mas não era possível evitar que o valor da apólice ficasse mais e mais alto, além do constrangimento que se sentia obrigada a disfarçar, para evitar que alguém de fora da família soubesse quem estava por trás das falcatruas. Para Junior, não fazia diferença que também o próprio pai fosse diretamente prejudicado com os prejuízos que causava à Santa Joana, desde que a prima fosse atingida.

Joanna procurava Ernesto para protestar, mas o tio não tomava nenhuma providência que resultasse em mudança. E Junior, com sua lábia venenosa, vinha aumentando a influência sobre Vitor. Valia-se do fato de o primo não participar da gestão da Santa Joana para enchê-lo de intrigas, como se o afastamento não fosse uma escolha dele. Acusava Joanna de não permitir que o irmão assumisse seu próprio negócio, que era embriagada pelo poder. Insinuava que as acusações de desonestidades contra Junior teriam como objetivo esconder as delas. Dizia que qualquer um podia confirmar sua arrogância, se a observasse falando aos funcionários, bancos, clientes e fornecedores como a única dona da empresa. Aos poucos, a malícia foi se instalando e envolvendo Vitor, transformando a mentira em verdade. Qual cupim que lentamente corrói a madeira. Até que a tensão familiar explodiu.

Três meses após a terrível discussão, Vitor voltou a procurá-la. Marcaram um encontro na casa da tia Leonor. Ele pediu perdão, que ela tivesse paciência, estava numa fase difícil com a esposa e acabou transferindo para ela a insatisfação que sentia. Joanna chorou, emocionada com a demonstração de humildade. Nenhuma pessoa no mundo era mais importante que ele, seu único irmão. Quando já tinham conversado por mais de uma hora e chegava o momento de despedida, Vitor pediu-lhe que recebesse uma visita na usina. Era um amigo que queria conhecer as instalações e ser apresentado à famosa empresária.

Dois dias depois, Vitor apareceu com o estrangeiro na usina. Thomas Seymour era um homem alto, olhos castanho-escuros e cabelos raiados de fios grisalhos. Falava português com sotaque, aprendido com a mãe brasileira. Vestia-se com elegância: sapatos finos e camisa de mangas compridas que não disfarçavam seus braços musculosos. Trabalhava em uma das maiores empresas financeiras dos Estados Unidos onde também geria um fundo de investimentos inovador, focado em negócios ecologicamente responsáveis.

Depois que conheceu toda a usina e visitou o canavial, foi convidado a almoçar na casa-grande que Joanna conservava com as características arquitetônicas originais. Ele gostava de arquitetura e história. Ela contou que antes do pai dela, a fazenda pertenceu ao tio-avô, desde a década de 1930. Ele quis saber mais. Thomas tinha uma forma especial de incentivá-la a se abrir. Ela não conseguia ler intenções maldosas no jeito curioso que a olhava. Sentiu-se à vontade e foi se revelando. Contou a história da rivalidade entre o tio-avô e o avô, até o dia em que Vitório saiu de casa para conquistar Maria Dolores e, com ela, o maior amigo de sua vida, Altino. Depois contou a história de Vicenzo, sua frieza, seu caráter perverso que fez com que ele tivesse um terrível fim, assassinado por um borra-botas que tinha sido seu empregado. Thomas, atento, insistia para que ela partilhasse ainda um pouco mais do passado. Joanna contou como o pai comprou a fazenda da viúva do tio-avô, negociando com o pai dela, das fantásticas festas que davam ali. Falou de seu casamento de mil convidados. Do crescimento empresarial de Eugenio, da construção da destilaria anexa e da outra, autônoma, há poucos quilômetros dali. Com orgulho, falou da grande virada da Santa Joana nos últimos anos, que tirou a empresa da concordata. Ainda não dava muito lucro, mas, ao menos, não devia mais aos funcionários e podiam viver bem.

O estranho ouvia tudo, com muito interesse. Passava os dedos pelo cabelo, jogando a cabeça para trás, como que embevecido pela voz de Joanna, sorvendo a longa história dos Brandini. Vitor ouvia, quieto, feliz por ver os dois se dando tão bem.

No fim do dia, após repetidas doses de licores e café, Vitor levou o amigo embora. Ela continuou sentindo a sua presença. Sentou no sofá onde passaram toda a tarde e fechou os olhos imaginando que ele ainda estivesse ao lado. Sentia o seu cheiro, a mão ainda quente desde que despediram-se. Recordava o modo que ele balançava a cabeça, ansioso para que ela permitisse uma próxima pergunta. Não era como muitos que se aproximavam dela, com nítido interesse em seu poder, sua riqueza. Ele parecia descontraído, diferente. Ficou com a impressão que já se conheciam há muito tempo. Pediria a Vitor para trazer o amigo uma outra vez.

No feriado seguinte, Vitor retornou à fazenda com a esposa, filhos e o charmoso Thomas. Ela, ávida por conhecê-lo, se esforçou para não assustá-lo. Conseguiu saber que tinha sido casado com uma americana, de quem era viúvo há poucos anos. Queria começar uma vida nova no Brasil, país que acreditava ter enorme potencial e que, em breve, seria alvo de muitos investidores internacionais. Joanna não se opôs que ele passasse o braço pelos seus ombros quando se dirigiram à mesa do almoço. Depois, Vitor e a esposa foram descansar e eles continuaram conversando, partilhando passado e preferências presentes. Joanna falou de Vó Rosa e das histórias que contava sobre Joana d'Arc. Ele conhecia várias cidades francesas onde a santa guerreira tinha passado. Ao fim da tarde, Joanna propôs que fizessem um passeio a cavalo até a fazenda onde Eugenio nascera. Chegando lá, mostrou o antigo alambique do seu avô Vittorio e o cunhado, Altino, cuidadosamente preservado.

– Joanna, estou fascinado como você honra e preserva a história de sua família. São poucos brasileiros que valorizam o passado como você.

– É que eu acredito que uma pessoa só é completa quando honra sua conexão com o próprio passado. Quem não conhece a história de seus antecessores está negando parte do próprio ser. Cada um é consequência vital dos pais, avós, bisavós...

– E o futuro, Joanna? O que você espera do futuro? Você não acha que pode haver uma armadilha se a conexão com o passado for pesada demais?

– Não, pelo contrário. É da intenção do legado da família que se extrai a força necessária para persistir e prosseguir. Eu acredito que quanto mais se renova esse vínculo, mais forte você é.

– Será que a capacidade de renovar-se está em função da expectativa de um futuro melhor? Ou do apego ao passado?

– Bem, não quer dizer que o passado deve ser um obstáculo para o progresso...

– Eu admiro a preservação do passado, mas como um tributo aos acertos de nossos antepassados e um alerta aos erros que não devem mais ser cometidos. Ou melhor, os erros do passado não precisam ser repetidos, se realmente aprendemos a lição.

– Mas concordamos que é importante conhecer o passado...

– Sim, mas projetar o futuro pode ser mais interessante.

E quando acabou de dizer isso, Thomas aproximou-se insinuante, silenciando as divagações. O primeiro beijo foi inevitável.

Ao retornarem para casa, com o sol se pondo por trás do canavial, Joanna não conseguia dizer mais nada. Apenas ouvia ele falando de si, das coisas de que gostava. Seu sotaque era uma melodia que preenchia seus ouvidos. Não se reconhecia na impetuosa paixão que a dominava. Nunca havia sentido aquela força sedutora. Fazia as pernas balançarem frouxas sob o cavalo, as rédeas incertas em suas mãos. Ele a anestesiava da vida que conhecia. Tirava dela a referência de si. Arrebatadora. Sua vontade era gritar que era livre, que estava viva. Instou seu cavalo ao galope, desafiando Thomas à competição.

Chegaram ofegando, suados. Antes de se afastarem, no corredor que dava para os quartos, beijaram-se mais uma vez. Joanna não pensava no que fazia. Experimentava. Providenciou para que velas fossem acesas durante o jantar e serviu o melhor vinho que tinha na adega. Depois do jantar, conversaram até tarde. Despediram-se com dificuldade.

Joanna deitou-se, mas não conseguiu dormir. O coração batia acelerado. As cenas do dia eram repassadas. Rememorava os gestos, o sorriso, o gosto da boca. A cabeça doía. Talvez tivesse bebido demais. Havia um tipo de opressão no seu corpo. Como se alguma coisa conflitasse com a euforia. Ele poderia tê-la ofendido. Tanta gentileza, atenção. Talvez tenha sido precipitada. Aquela conversa sobre passado e futuro foi estranha. O homem provocava nela um destempero. Foram rápido demais. Não era adequado que agisse com insensatez. Afinal, quem era ele? Passaram o dia inteiro juntos, quase como namorados, mas pouco sabia. Por que estava, de fato, no Brasil? Era mesmo americano ou brasileiro? Se era brasileiro, por que sua família tinha saído do país? Por que tinha um sobrenome estrangeiro? Assumiu que seu comportamento fora irresponsável.

No dia seguinte, Joanna voltou à proteção das vestes de empresária discreta, do brinco de pérolas, da pose de distanciamento. Apenas o decote de sua blusa denunciava um calor longínquo, já inacessível. A manhã arrastou-se até a hora do almoço.

Thomas estava desorientado, confuso pela inesperada incoerência que os olhos azuis de Joanna não esclareciam. Tentava conversas descontraídas, conversas sérias, a economia mundial, uma leve piada, as últimas notícias dos jornais. Joanna respondia protocolar, preservando-se.

No almoço, a balbúrdia natural das crianças, convenientemente, mascarou o constrangido silêncio dos quatro adultos. Uma única perturbação ocorreu, quando Joanna passou a travessa de salada para Thomas e seus dedos se tocaram. Propositalmente, ele segurou a travessa sem tomá-la, de forma que ela foi obrigada a continuar sustentando-a nas mãos, para não deixar cair tudo sobre a mesa. Naquele instante, o olhar de Thomas atravessou a barreira. Joanna sentiu a flechada em suas defesas. Ergueu o prato, como escudo. O encontro desfez-se.

No dia seguinte, Vitor telefonou. Reiterou os agradecimentos de Thomas e pediu que ela agendasse um novo encontro, dessa vez profissional. Ele pensava em lhe fazer uma proposta, mas Vitor não dizia o que era. Joanna estremeceu. Não queria ouvir proposta alguma de Thomas. Estava muito bem. Vitor não insistiu mais. Sabia que, como empresária, Joanna não recusaria a reunião com Thomas por muito tempo, considerando o poder financeiro que ele representava e que a Santa Joana sempre necessitava.

Acabou demorando um pouco mais do que Vitor havia calculado. Foram-se dois meses para que a reunião fosse marcada, aproveitando uma passagem dela pela capital. Joanna vestiu um *tailleur* branco que acendia seu rosto e marcava seu quadril. Por baixo, uma blusa de seda azul, como seus olhos. Ao chegar na recepção da empresa, Thomas já estava aguardando, com o sorriso atraente. Estudou Joanna dos pés à cabeça, admirando sua elegância. Ela não conseguiu esconder a satisfação. Não precisava ter sido tão severa, poderia dar uma chance ao romance.

– É um prazer revê-lo, Thomas.

– *I'm delighted to meet you, too.*

Amavelmente, ele a conduziu à sala de reuniões onde estavam dois homens. Joanna ficou dividida entre a frustração por não ficar sozinha com ele e o alívio por não arriscar-se pelo mesmo motivo. De qualquer forma, estava em campo seguro e era senhora do repertório. A reunião começou como normalmente acontece entre pessoas de negócios. Quem não se conhecia trocou cartão, apresentaram-se, falaram do câmbio, do mercado financeiro, da última grande operação de fusão entre empresas. E, então, Thomas chegou ao motivo da solicitação do encontro.

– Joanna, você sabe que eu represento um importante fundo de investimentos americano. O fundo tem patrimônio de duzentos milhões de dólares e o objetivo de adquirir participações em empresas que contribuam com mecanismos de desenvolvimento econômico menos poluentes, que ajudem a reverter o atual ritmo de degradação ambiental. O setor sucroalcooleiro é um de nossos alvos de interesse. Além de o Brasil ser o maior e mais competitivo produtor mundial de cana-de-açúcar, reconhecemos o álcool como eficiente alternativa ao carburante fóssil. Queremos também investir em cogeração de energia elétrica a partir do bagaço da cana. Estamos prontos a aportar recursos numa usina de açúcar e álcool brasileira com capacidade de moagem em torno de um milhão de toneladas, no interior de São Paulo. Dentre as diversas alternativas que estudamos está a Santa Joana. Queremos comprar sua empresa.

Acostumada a disfarçar as emoções, Joanna resistiu ao impulso de levantar e sair batendo a porta. Respirou fundo, esperou alguns segundos para se manifestar. Até que a resposta veio pausada e grave.

– A Santa Joana não está à venda.

– Queremos fazer uma proposta que valorize adequadamente todos ativos da empresa.

– A Santa Joana não está à venda – Joanna repetiu.

Thomas não se deu por vencido. Explicou que a compra seria realizada com um empresário brasileiro bem conhecido, pois era uma política que se associassem sempre a um parceiro local, a exemplo de como faziam em outros países da Ásia e no México. O fundo almejava oitenta por cento da empresa e o sócio em potencial, ficaria com vinte por cento. O empresário se chamava Rogério Silva e tinha grande tradição no setor, além de atuar em outros setores da economia. Joanna conhecia o empresário, com fama de voracidade e caráter duvidoso. Também já tinha ouvido falar que ele podia ser um pouco volúvel em suas decisões, mas não era problema dela. Sua posição era irredutível. Thomas insistiu um pouco mais. Joanna, veemente, deixou claro que a conversa tinha se esgotado. Relutava para não ser grosseira. Thomas acabou rendendo-se.

Ao sair dali, Joanna sentia seu estômago embrulhado de decepção. Pediu ao motorista que a levasse diretamente para o escritório na Avenida Brigadeiro Faria Lima. Precisava estar em seu reduto para recuperar-se da afronta. Ao chegar, não conseguiu se deter. Rompeu a sala de Vitor e derramou sobre ele toda a raiva.

– Que absurdo, esse seu amigo me chamar para propor a compra da Santa Joana! Que arrogância! Uma proposta absurda, indecorosa e ultrajante! Aquele homem é um perigo! Vai chegando de mansinho e acha que porque tem uma cara bonita pode falar o impróprio que quiser! Fez com que eu contasse toda a nossa história para depois vir com essa apunhalada. É uma traição da confiança que depositei nele. Vitor, como você pode convidar esse homem para ir à nossa casa, à casa de nossos pais? Como deixou que esse homem se aproximasse de nós, que me tratasse da forma que tratou, que compartilhasse da minha intimidade? – De repente, a suspeita lhe ocorreu: – Vitor, você sabia o que ele ia propor?

Joanna parou subitamente. A evidente conclusão aflorou. Não queria saber da resposta do irmão, mas já era tarde. A pergunta tinha sido feita. Era obrigatório que ouvisse o que se seguiu.

– Sim, Joanna. E eu quero vender. – Esperou que a irmã engolisse em seco. – É o melhor que temos a fazer. A Santa Joana mal se sustenta. Você tirou ela da concordata, mas ainda é muito frágil. O setor sucroalcooleiro é muito instável. Estamos sempre à mercê da boa vontade do governo, de financiamento, da política cambial. Você mesma diz que os negócios são cada vez mais dependentes do capital financeiro e que o Brasil não tem custo nem volume de financiamento disponível para as empresas brasileiras competirem com empresas dos grandes mercados. Para que tanto desgaste? Tanto sacrifício? Você tem uma vida de escrava nessa empresa.

– Eu tenho a vida que quero ter! – Joanna gritou. – Como você pode dizer isso, se na semana passada elogiava o desempenho da empresa?

Vitor fingiu que não ouviu e continuou:

– Você pode ter uma vida muito melhor. Eles já falaram em valorizar a empresa por trinta e cinco milhões de dólares. Faça a conta de sua parte. Imagine-se com o dinheiro, solteira e livre. Poderia viajar pelo mundo, ter a vida de sonhos que faria qualquer um feliz. E, se quisesse, poderia também montar outro negócio, que realmente desse lucro e que não precisasse da sua atenção vinte e quatro horas por dia, sempre. Imagina só que maravilha seria passar o verão do hemisfério sul no Brasil e o verão do hemisfério norte na Riviera Francesa. Ou, então, alternar entre a Austrália e uma ilha no Caribe! Você poderia até comprar um apartamento em Miami!

Enquanto Vitor enunciava seus grandiosos sonhos de milionário, Joanna olhava estupefata. Sua expressão deixava claro o profundo desprezo que sentia. Só ela ainda lembrava do apelo do pai para que zelasse pela empresa como a um filho. Não havia o que discutir. Quaisquer dos argumentos que ele usasse, para ela eram irracionais. Vida, passado e futuro eram vinculados, impregnados. Respirava pela Santa Joana. Era como um braço, uma perna. A cria que nunca teve.

– A Santa Joana jamais será vendida!

Joanna virou as costas e saiu, pisando firme e batendo a porta.

Os irmãos, novamente, deixaram de se falar. Vitor procurou a irmã muitas vezes, mas ela recusava-se a atendê-lo. Quando se cruzavam na empresa, Joanna passava como se não o visse.

Um dia, Ernesto a procurou. Disse que já estava velho e também queria vender a sua parte da empresa, mas o fundo só compraria se conseguisse pelo menos oitenta por cento das ações. Rogério Silva também não abria mão de adquirir o percentual de vinte por cento. Dessa forma, a operação só poderia ser realizada se ela também vendesse e era isso que o velho tio aconselhava. Era melhor mesmo que saísse da empresa, como eles fariam. Não recomendava nem que tentasse sociedade onde aquele Rogério Silva participasse. Era um empresário notório por práticas demasiadamente flexíveis, de alto risco. Ela devia ceder. O negócio de açúcar e álcool já não era mais para os Brandini. Desde que Eugenio morreu, muita coisa tinha mudado. Vitor, Junior e Sérgio pensavam como ele. Osvaldo também estava inclinado a vender, se a proposta melhorasse um pouco mais. Foi então que o fundo subiu a oferta para quarenta milhões de dólares. A proposta era muito boa. Joanna sempre pensou como empresária, mas não estava agindo como tal naquela hora.

– Tio, um dos motivos pelo qual eu não quero vender é que estou segura que em muito pouco tempo usinas de álcool e açúcar como a nossa terão uma valorização muito grande. Atrás desse fundo americano, virão outros compradores. É a tendência do mercado. Além disso, a economia brasileira está cada vez mais estável e, em alguns anos, é possível que sejamos reconhecidos como um ótimo mercado para investimentos internacionais. Isso vai valorizar mais todas as empresas brasileiras.

– Minha filha, eu já estou velho. Não acredito mais nessa história de que o Brasil é o país do futuro. Quero apenas cuidar do que me resta da vida em paz. Se quiser, pode receber a sua parte na venda das ações e começar um negócio novo. Você ainda é jovem e gosta da vida empresarial. Minha realidade é outra.

Joanna ouviu o tio com paciência, mas sua decepção era crescente. Em 1993, quando o pai ainda era vivo, Ernesto era o mais rígido baluarte de defesa do patrimônio no controle da família. Agora era quem tentava lhe convencer de que não valia mais a pena que os Brandini mantivessem o patrimônio comum. No entanto, considerando o argumento da idade, tinha que respeitar seu desejo. Só gostaria que, ao menos, ele esperasse um pouco mais. Também tinha que dar razão quanto aos riscos que correria, caso insistisse em se manter acionista da Santa Joana. Seja qual fosse o percentual que permanecesse, sabia que a sociedade com aquele empresário e o fundo se transformaria num inferno. Respondeu que pensaria no assunto, mas o objetivo era apenas conseguir tempo adicional. Ela sabia que Junior estava por trás de tudo, possivelmente com a promessa de uma boa comissão, caso o negócio fosse realizado. Teria sido o mentor de Vitor, usando o primo para conseguir a aproximação entre ela e Thomas. Era repugnante!

Estranhamente, era de Thomas quem sentia mais raiva. De uma forma ou outra, reconhecia o direito da família não querer manter o patrimônio e seria até conveniente que Ernesto e os filhos saíssem da sociedade. O cinismo de Thomas, porém, lhe doía nas entranhas. Como se ele corrompesse o fiapo de esperança que restava, como se estendesse uma corda que poderia resgatá-la de um precipício e, quando estava prestes a agarrar, puxasse de volta, tirando a corda do encalço. Uma omissão do socorro, que nem mesmo desconfiava que precisasse, antes de encontrá-lo. Essa era a consequência de sonhos românticos. O vacilo custava caro. Não podia se perdoar. Tinha atrás de si uma longa experiência em lidar com interesseiros, corruptos, bandidos. Foi imprudente ao deixar que Thomas se aproximasse. Talvez escondesse muito mais. Ela teria que descobrir. Tinha seus instrumentos. Contrataria uma pesquisa com uma agência de investigação e o denunciaria. Talvez ele nem fosse executivo de instituição financeira nenhuma.

Mais duas semanas e chegou a primeira parte da pesquisa contratada. Confirmava que Thomas Seymour era vice-presidente do terceiro maior banco de investimentos dos Estados Unidos, onde trabalhava desde 1988. Dispunha de enorme prestígio no mercado financeiro por seu profissionalismo e capacidade criativa. Era mesmo viúvo, sem filhos. Mantinha uma casa no estado de Nova York e outra na Califórnia. Cidadão americano, mas natural do Brasil, filho de brasileira, e bisneto de um importante político da década de 1950, já falecido. O sobrenome Seymour vinha do marido da mãe, americano que assumiu a paternidade de Thomas quando ainda era bem pequeno. Em mais alguns dias seguiriam dados complementares.

Logo depois de receber as informações preliminares de Thomas, chegou a primeira notificação assinada por Vitor e Ernesto. Informava que eles tinham interesse em vender suas ações e estabelecia o prazo de quinze dias para que ela se pronunciasse quanto ao interesse de cobrir a oferta recebida, conforme detalhavam em documento anexo. A omissão seria interpretada como aceitação tácita de que poderiam vender para terceiros. Ela procurou o doutor Salomão e confirmou que a falta de um acordo de acionistas não lhe permitia saída, a não ser se submeter. Poderia, sim, pedir mais prazo para buscar meios de comprar as ações deles. Correu atrás de Alberto, mas não havia tempo suficiente para viabilizar um financiamento daquele vulto. Ele chegou a sugerir que não seria má ideia que a Santa Joana fosse vendida, tendo em vista a boa oferta do fundo.

Joanna ainda aguardava a segunda parte da pesquisa sobre Thomas, quando recebeu outra notificação da família. Não seria concedido mais nenhum prazo além de dez dias adicionais. Se não apresentasse uma proposta firme, as ações seriam vendidas nas condições que foram oferecidas à Joanna desde a primeira notificação. A pressão aumentava. Não via mais alternativa, a não ser curvar-se à truculência. Por mais que ela pudesse dificultar os propósitos de Thomas e seu parceiro, seriam eles os controladores e ela não mais continuaria no comando da empresa. A primeira atitude que tomariam seria demitir toda a diretoria, inclusive ela própria da presidência. Permaneceria apenas como uma mera acionista e, quem sabe, teria um assento no conselho de administração. Depois, iriam cuidar para que sua participação fosse paulatinamente diluída. Encontrariam uma forma para que ela não os acompanhasse nas integralizações do capital social da empresa. Se permanecesse na sociedade arriscava-se a perder tudo.

No dia do seu aniversário, 30 de maio de 2003, Joanna recebeu de presente o restante das informações que aguardava. Sentou-se no mesmo sofá onde esteve com Thomas meses atrás e leu o longo relatório. Depois que terminou a leitura, releu o documento para ter certeza de que compreendera bem. Era inacreditável. O interesse dele na história dos Brandini estava explicado. Thomas, originalmente, chamava-se Tomás. Seu nome foi trocado quando ocorreu a adoção do sobrenome do pai e a cidadania americana. Tomás era filho de Isabela Seymour, brasileira, cujo sobrenome de solteira era Brandini. Isabela era filha de Vicenzo. Portanto, Thomas, ou Tomás, era neto do homem que fora o grande inimigo de seu pai, seu tio--avô Vicenzo Brandini.

Então, Joanna, finalmente, entendia a trama por trás da trama. O que Thomas realmente pretendia, sorrateiro, na pele de um alto executivo do mercado financeiro, estava além da agressividade de capitalistas selvagens. Ele queria tomar a Santa Joana do ramo rival dos Brandini. Era o passado que vinha vingar-se. Para isso, ele quase a seduziu e sordidamente enganava a todos. Imediatamente procurou Vitor e relatou tudo que tinha acabado de saber. Vitor ouviu até o fim, sem nada dizer. Quando ela acabou, ponderou, com cuidado, que isso não mudava a realidade da irresistível oferta na mesa. Se Thomas era parente ou não, as ações da empresa só seriam entregues se pagassem por um bom preço por ela. De qualquer forma, ia refletir.

Joanna aguardou. Uma hora depois recebeu a ligação de Ernesto. Dizia que ela estava ficando louca. Estava vendo fantasmas do passado se esgueirando pelas frestas da velha casa da fazenda. Que o único Brandini que insistia na insanidade de manter a empresa, mesmo com a excelente oferta que tinham na mão, era ela. Devia ceder, e vender também, nem que fosse por consideração à idade dele, em respeito à memória do pai. Negócio não era caridade. Ou dava lucro, ou se desfazia dele. Apesar de ela ter tirado a empresa da concordata, o lucro era irrelevante. Se não podia comprar as ações deles, que concordasse logo com a venda para o fundo.

Restava ainda Osvaldo e Eulália. Ela vinha evitando envolvê-los, mas sabia que Ernesto estava certo quando disse que venderiam, se a oferta fosse boa. Talvez houvesse uma chance de eles mudarem de ideia, se soubessem a história que Thomas escondia. Por três dias, tentou encontrar os tios. Haviam viajado para a Europa e ficariam fora por um mês. Não conseguia localizá-los nos hotéis, não retornavam os recados. Até Osvaldo, sempre tão leal ao pai e seu grande aliado, a decepcionava, renegando a memória de Eugenio. Covardemente, fugia para não ter que enfrentá-la.

Procurou tia Leonor. Tampouco ela podia fazer algo no que dizia respeito à confusão. Era mãe de Junior e Sérgio, mas há muitos anos os dois não davam qualquer importância ao que ela dizia. Muito menos Ernesto. Sugeriu que Joanna tirasse uns dias para pensar e resolver o que fazer. Estava com a aparência péssima, de quem não dormia bem. A pressão que suportava tinha passado dos limites. Era melhor se afastar para enxergar além do tumulto. Queria que fosse para a sua casa de sítio, na montanha em meio à mata atlântica. A não ser pelos caseiros e o telefone fixo, estaria completamente isolada, para descansar. Não podia contar nem com sinal para aparelho celular. Perfeito para se acalmar, refletir e concluir o que parecesse melhor.

Quase dois dias já tinham se passado desde que Joanna chegou na pequena casa de madeira, cercada de gerânios e janelas com cortinas xadrez. Sentada na confortável poltrona da varanda, observava o resto de luz que esvaía. A lua amarela crescia no azul-escuro. Estava só. Desesperadamente só. Ainda nenhuma solução.

Uma coruja piou, trazendo um arrepio de frio. Joanna virou as costas para a paisagem e entrou. Acendeu as luzes e empilhou algumas toras de madeira na lareira. O fogo aceso despertava o mesmo fascínio de quando criança.

Despropositadamente aproximou-se da estante de livros. A maioria amarelada, cheirando a mofo. Alguns guardados de cabeça para baixo, outros invertidos. Títulos de escritores americanos de folhetim, misturados com clássicos estrangeiros e joias da literatura brasileira. Mark Twain, Sidney Sheldon e Flaubert, Machado de Assis e Carlos Drummond de Andrade. Puxou um de Clarice Lispector sobre o qual já tinha ouvido falar. Junto veio um papel manuscrito com letras redondas que atraíram sua atenção.

Leu o texto uma vez, com o cuidado de quem espiona por trás de uma porta. Era uma espécie de poema que escondia uma enorme angústia. Tinha sido escrito por uma mulher que assinava por "L". Leonor? Não parecia do feitio da pragmática tia. Leu pela segunda vez, buscando nas entrelinhas a identidade da autora desamparada. Um lampejo de compreensão a assaltou. Leu pela terceira vez, admirando a coragem da autora que se revelava, descuidada.

Deitou o papel no colo e sentiu as letras derramarem-se mornas pela face.

Capítulo 2

No dia seguinte, Joanna acordou tarde. A dificuldade de dormir obrigava que adiasse o despertar. Tomou café e saiu para a caminhada. Desceu a ladeira até a estreita estrada de terra e seguiu na direção da cachoeira, conforme as instruções da caseira. A água talvez limpasse seus pensamentos. Alguma coisa tinha que acontecer. Precisava tomar uma decisão. Seu espírito prático esforçava-se para sobrepor a indecisão. Não poderia ficar ali para sempre, à espera de um milagre, que alguém anunciasse o que fazer.

Por que se sentia tão insegura? Por que se surpreender com a traição? Sempre soube que era a sina de sua família. Por que ainda mantinha escrúpulos que faziam com que temesse pelo futuro daqueles que a traíram? Nem mesmo o que pensavam dela deveria importar. Ainda assim, não conseguia impedir-se de remoer incessantemente a memória, pinçando as falhas que cometera, cada detalhe de seus equívocos. Ingênua, Vitor fingindo a reconciliação, Thomas fazendo-a vulnerável. Tio Ernesto profetizava que um dia ela tropeçaria, que seria um grande problema para todos. Junior ria de sua estupidez.

Quando lembrava que um dia acreditou haver atingido a maestria no jogo, sentia vergonha de si mesma. Era uma fraude. Suas defesas ficaram enfraquecidas no excesso de confiança. Soberba de quem desmancha a habilidade de reconhecer a intenção do oponente. Ou até mesmo reconhecer quem era o oponente. Castelo de areia. Como manteria o orgulho de sua armadura que reluzia ao sol, repelindo os ataques? Em que agora remanescia a confiança no estandarte de suas crenças de guerreira implacável? Como ainda segurar a espada com seu punho frouxo? Quanto erro! Quanta insensatez!

Frustração. Medo. Culpa. Todos sentimentos aniquilando sua capacidade de decisão. Tudo misturado, sem fronteiras definidas. Angústia. Insuportável como no texto que encontrou no dia anterior. Mensagem de quem equivocou-se numa referência de ser. Na penumbra da noite, imaginou que alguém muito familiar pudesse tê-lo escrito, adivinhando seu tormento, solidarizando-se na paixão do vazio, incontida no abismo de seus dilemas. Perguntas precisavam ser respondidas, desmisturadas da aflição. Lavadas numa transparência libertadora. Que escorressem na limpidez abundante da cachoeira.

A caminhada faria bem adicional. Um pouco de endorfina para revigorar-se. Ajudaria também para distrair a ansiedade, até que mais tarde conseguisse falar com tia Leonor para perguntar a identidade da escritora desesperada. No dia anterior e naquela manhã havia telefonado, mas não conseguira encontrar a tia.

Era um consolo que ao menos pudesse escolher o que faria de seu dia, a cada momento, sem ter que seguir uma agenda definida há semanas. Sem ter que escolher qual compromisso priorizar. Melhor seria se também pudesse escolher seus sentimentos. Estava cansada de perseguir uma coerência que não mais reconhecia. Era melhor mesmo estar só. Isolada de qualquer crítica e qualquer expectativa.

Talvez apenas uma pessoa pudesse estar ali, se fosse ainda viva. Vó Rosa era a única que poderia aceitá-la sem que nada tivesse a dizer. Ninguém mais iria querê-la nua de enfeites, crua nos temores. Ninguém mais ofereceria o colo com a mesma silenciosa e eloquente generosidade.

Avistando a placa informada, virou à esquerda. Mais uns cem passos e já ouvia o som da água forte. O destino se aproximava. Teria caminhado por quarenta minutos. Na modesta casinha, bateu palmas, como sabia que faziam na roça.

– Ô de casa! Tem alguém aí?

Apareceu um rapaz. Da aspereza de sua aparência, as palavras foram gentis:

– Bom dia! O que a senhora deseja?

– Bom dia! Será que eu posso conhecer a cachoeira que fica por aqui?

– Pode, sim senhora! É só seguir por aquele caminho por trás da mangueira.

– Obrigada!

Joanna entrou pela trilha. O barulho cresceu até que a cachoeira revelou-se estonteante. Estancou, absorvendo o esplendor caindo no lago transparente. Experimentou a água na mão. Mergulhou a outra mão para testar a frieza. Olhou as nuvens brancas no céu. Concluiu que não se atreveria a entrar. Seria bastante bom que ficasse ali, por alguns instantes, ouvindo a água lhe banhar o espírito. Poderia fechar os olhos e só. Abastecer-se em alguns minutos de plena contemplação, tentando esquecer-se nas brumas.

Fechou os olhos querendo pensar em nada. Inevitavelmente o texto da "L" voltou. Parecia ainda mais poderoso no meio daquela exuberância, denúncia implícita de que se esvaziara de sua essência.

Sucumbiu. Tirou o papel do bolso e recitou, em voz alta:

"O que perguntar se o que eu quero são respostas? Perguntas que já se fazem vãs pela impossibilidade de respostas... Onde? Onde? Onde?

Sussurram-me ventos incompreensíveis, palavras amorfas.

Destinada ao passado prossigo perseguindo um futuro inevitável. Morte.

Quando? Quando? Quando?

Querendo crer no que vivo, sigo esses ventos que, por vezes, fazem-se brisas para não tornarem meu caminho desperdiçado. Por que esse caminho?

Por quê? Por quê? Por quê?

Onde estão as respostas que poderiam responder-me? Quem teria a compaixão para responder-me, se já não posso fazê-lo?

Prossigo relutante, em passos indefinidos, em compasso com qualquer coisa. Alguma coisa fora da estrada, que sopra dos ventos...

A que caminho pertenço? Que descompasso me fez desigual, desonesta e fraudulenta?

Que aflição, a injustiça me arrasa!

Se sou mero grão de areia no universo conhecido, por que minha dor parece tão grande? Que sentido faz a morte e a vida, enquanto estrelas e constelações movem-se, formando novas expressões de vida? Vida contínua, que nasce e renasce, cresce e diminui, infinita enquanto justifica a minha própria existência.

O que faz sentido? O que sou?

Minhas perguntas são lanças jogadas a esmo no infinito.

Infinito tempo, infinito espaço, que me fazem definitiva e única.

Maldição amarga que me ata. Passado, senhor do meu destino.

Porque devo sobreviver, morte ao vilão.

Morte ao vilão! Existo por nada.

E assim hei de me libertar."

Joanna guardou o papel no bolso e aproximou-se da margem. Tirou os sapatos e mergulhou os pés. Deixou que o trovejar incessante das águas a embalasse, ensurdecendo as perguntas. O que faz sentido? O que sou? Um suspiro escapou. Havia um sentido no texto que só agora percebia. Urgente ensejo de alívio. Sim, não era a morte que queria. Não queria ser a vilã de si mesma. Seria capaz de encontrar os meios de transpor os limites da agonia de ter se perdido? Voltar a saber-se? Como? Quando? Onde?

Por alguns instantes, exausta de perguntas, seria apenas o presente. Que se rendesse. Reavivando uma brasa, desnuda de qualquer máscara, inteira no agora.

Uma lágrima saudosa. Tão sutil que poderia ser confundida com respingos de água. Junto, uma calma desejada. Nada importava. Naquele oásis não se obrigaria. Eximia-se. Uma trégua. Fez algumas respirações profundas, inalando a energia que enevoava sua percepção. Devagar, consistente e suave, um vislumbre de certeza de si. O alvoroço arrefecia. Se não em paz, pelo menos quietude.

Esperou um pouco mais, desejando que a sensação crescesse. Mais algumas respirações? Fugidios instantes. Não conseguia ir além. O texto. As palavras ardiam, roucas de medo de não haver esperança. Que dilema enfrentava a mulher que o escreveu? Levantou-se de súbito. Desistia da água gélida. Bom estar ali, mas a curiosidade competia. Precisava esclarecer quem era "L". Ter certeza de que havia só uma coincidência e que o acaso não estabeleceria vínculo com as palavras desvairadas. Tia Leonor já teria retornado. Era hora de voltar.

Chegando, correu ao telefone. Finalmente, tia Leonor. Quem teria escrito o texto dramático que encontrou na segunda prateleira de livros, cuja única identificação de autoria era um "L"? Era dela? Não se lembrava de texto nenhum. O que dizia? Joanna leu. Antes que chegasse ao meio, tia Leonor deduziu:

– Só pode ter sido sua mãe! Laura deve ter escrito isso logo depois que se afastou de Bernardo e ainda não tinha decidido se procurava seu pai, que tratava da doença nos Estados Unidos. Ela passou uns dias aí até resolver procurá-lo.

– Não sabia que minha mãe tinha estado aqui...

– Ela sofria muito e queria ficar só. Como você agora, não sabia o que fazer.

– Pobre mamãe.

– Sim, ela estava muito mal. Sofria de arrependimento por ter deixado seu pai, mas tinha medo de que ele não a aceitasse de volta. Também porque se sentia culpada por ter abandonado você e Vitor.

Joanna não respondeu. Do outro lado da linha, Leonor ouviu a respiração pesada da sobrinha.

– Mas isso é passado, Joanna. E você, como está? Melhor?

– Tia, está difícil. Preciso ficar um pouco mais aqui.

– Tudo bem, querida. O tempo que você quiser.

– Por favor, me ligue se souber de qualquer novidade. Um beijo.

Joanna desligou. Mais uma vez, releu a mensagem. Dessa vez, buscando escutar a voz da mãe. Compreendeu o quanto ela hesitava em retornar ao marido. Mas havia outro motivo, além do medo da rejeição. Alguma coisa relacionada ao que seria esperado de uma mulher que viveu a mesma situação que ela. Cansaço de respeitar uma convenção que não mais fazia sentido? Laura conhecia seus desejos. Assumia seus impulsos, a relação com a essência. Haveria uma lição na atitude da mãe que ainda precisava compreender. A conexão com o texto fez-se plena.

Joanna evitava pensar naquela fase quando sua mãe largou o pai. Mas admitia intimamente que sua ausência a abalou mais do que a ausência do pai na empresa, enquanto esteve doente. Quando Laura largou Eugenio, sua reação foi tentar aboli-la da memória, sem piedade. Reconciliou-se quando ela adoeceu. Desse pecado foi perdoada. Nos últimos meses de vida, Joanna esteve com a mãe todo o tempo possível, em meio ao início da concordata. Teve a oportunidade de entrar em contato com a mulher que era sua mãe. Era também uma guerreira, à sua moda.

Quando Joanna se casou, Laura tinha a mesma idade que ela agora. Lembrava-se da figura altiva, na fila de cumprimentos do casamento. Lembrava-se do fascínio que causava em todos. Sabia das infidelidades de Eugenio e, mesmo assim, transcendia o orgulho. Depois que se entregou a uma paixão madura, teve a coragem de perdoar e recomeçar a entrega ao mesmo homem com quem iniciou a vida. Foi capaz de jogar fora muitas das convicções que a amarravam.

Rodopiou pela sala, zonza, por quanto queria ter a mesma valentia? Reencontrar-se. Assumir-se. Parou de frente ao espelho de moldura escura e viu a mulher refletida nele. Os cabelos lisos, faces avermelhadas, vestígios da caminhada até a cachoeira. Finas rugas ladeavam os olhos azuis. Vincos de expressão em torno da boca, acima do queixo ousado. Comparada com a mãe, Joanna não era bonita, seu rosto, menos delicado, pele demasiadamente alva. Por outro lado, parecia mais forte, mais autoconfiante. Mas ambas exalavam a mesma paixão, fome de vida.

Seria capaz de jogar-se numa aventura também? Curioso que não vacilasse em iniciar uma nova empreitada empresarial e fosse tão conservadora quando o assunto era pessoal. E, se não uma aventura, mas uma oportunidade de experimentar-se numa alternativa que a vida gentilmente oferecia? Negar-se à prisão de um passado. Apagar a memória do que queria deixar de ser para depois reinventar-se? Importante lição que sua mãe tinha a lhe ensinar...

– Mãe, como gostaria de aprender com você. Ajuda-me a me libertar!

A imagem no espelho deixou a pergunta vazia. Teria havido um dia em que não fosse prisioneira de sua armadura. Buscou, num passado distante, um sonho esquecido. Como num filme, viu a sombra de uma menina. A menina que era, corria pelo campo, saltitando no riacho raso. Difícil acreditar que tivesse sido livre. O sol nos cabelos dourados, o corpo jogando-se no ar a cada passada, o riso espontâneo. Corria abraçando o vento. Não carregava culpa de ser feliz. Não tinha escrúpulos para ser inteira. Brincava com os obstáculos. Dançava com a alegria. Toda felicidade do mundo à sua disposição. Sim, Joanna, um dia foi assim.

E por que não era mais capaz de perceber-se ao menos uma centelha do que foi? Ao menos um instante de complacência. De quem fugia? De que tinha medo? Medo. Era medo... Medo que a fazia camuflar pedaços de si. Medo de ser diferente e, por isso, rejeitada. Medo de ser atacada. De revidar. De não ser aprovada. Medo de parecer piegas. De ser tola. Talvez o contrário do amor não fosse o ódio, mas o medo. Que põe em alerta, esperando o ataque a qualquer instante. Que fragmenta. Falta de fé.

Vó Rosa talvez dissesse que seu maior problema era a falta de Deus no coração.

Havia muitos anos que Joanna não rezava. Não lembrava mais o motivo, mas talvez fosse porque deixara de saber a quem rezar. No vazio de si, só restou ela, egocêntrica. Endeusando-se, irrevogavelmente. Mas, ao mesmo tempo, demonizando-se, orgulhosa do seu exclusivo martírio. Nada mais sobrara, nada do seu eu, a não ser impressões que espelhavam a realidade, sem penetrá-la.

– Santo anjo do senhor, meu zeloso guardador, se a ti confiaste a piedade divina, sempre me rege, me guarde...

Ouviu-se dizendo a primeira oração que aprendeu. A lembrança do calor de sua mãe, debruçada sobre ela, segurando suas pequenas mãos unidas em prece.

– Como gostaria de ser livre novamente! Estou cansada de ser prisioneira de mim mesma! Mãe, onde você estiver! Me ajuda. Quero acordar desse pesadelo!

O telefone tocou. Não esperava uma resposta. Trêmula, tirou o aparelho do gancho.

– Alô!

Joanna ouviu apenas uma respiração forte.

– Tia Leonor, é você?

O outro lado da linha parecia hesitar.

– Joanna, aqui fala Thomas Seymour. Preciso conversar com você.

O coração dela disparou.

– Quem lhe deu o número desse telefone?

– Joanna, acalme-se, por favor. É muito importante que eu fale com você pessoalmente e esclareça algumas coisas. Não quero prejudicá-la.

– Como pode me dizer que não quer me prejudicar depois de virar toda a família contra mim? Depois de tentar me envolver e me enganar, somente para satisfazer um capricho de vingança?

– Joanna, não é como você pensa. Por favor, peço que me receba para uma conversa.

– Eu não acredito em mais nenhuma palavra sua. Você não merece nem um segundo mais de minha atenção.

Ao dizer isso, Joanna bateu o telefone no gancho. Como ousava invadir sua privacidade? Já era demais! Teria Vitor sido responsável? Apenas ele e tia Leonor sabiam onde estava. Se não, de qualquer forma, ele teria que ajudá-la para que Thomas não mais a procurasse.

– Vitor, foi você que passou o número do telefone do sítio de tia Leonor para Thomas?

– Joanna, foi bom você ter ligado. Você está bem? Queria mesmo falar com você.

– Vitor, eu fiz uma pergunta. Thomas ligou para cá e eu não quero mais que isso aconteça.

– Eu não informei nada ao Thomas, Joanna. Não falo com ele há duas semanas. Junior é quem tem se encontrado com ele.

– Junior... E Thomas...

– É. E estão bem adiantados na negociação. Eu já ia telefonar porque você precisa dar autorização para que o pessoal do fundo faça a *due dilligence*, querem verificar os livros e os contratos da Santa Joana. Você sabe que essas precauções são de praxe para confirmar as condições da compra das ações.

– Isso eu sei, Vitor. Vou pensar sobre a autorização.

– Joanna, precisamos dessa autorização com urgência. Tio Ernesto está muito aborrecido. Ele diz que se você não concordar logo, vai ser obrigado a convocar uma assembleia de acionistas para destituí-la da presidência.

– Ah, mais essa. E quem assumiria a presidência? Junior ou você? Você teria coragem de fazer isso comigo, Vitor?

– O tio está muito ansioso para resolver logo. Quanto a mim, quero que saiba que não vou participar disso.

– Não duvido de mais nada...

– Na verdade, tio Ernesto já pegou o pagamento de uma parte de suas ações em antecipado. Ele precisa definir a situação.

– Eu não quero saber dos problemas do tio Ernesto. Você não percebe que estão fazendo uma enorme bobagem? Estou cansada de vocês todos!

– Você devia voltar para a usina enquanto essa situação não se resolve e acompanhar a *due dilligence*. Não devia largar tudo e se isolar aí. Pense bem, Joanna... Preciso insistir, mais uma vez. Por favor, venda suas ações.

– Você queria que eu ficasse aí olhando para você e Junior me tratando como um estorvo? Explica melhor, Vitor, por que tanta pressão para que eu venda? Vocês já não decidiram que vão vender, mesmo que eu continue com as ações? Era isso que diziam as cartas que me enviaram... Ou faz alguma diferença para vocês se eu também decidir vender?

– Joanna, bem... Não temos nos entendido, mas sou seu irmão. Vou lhe dizer a verdade. Se você vender todas suas ações, o fundo vai pagar um prêmio adicional, em dinheiro, de cinco por cento. Serão mais dois milhões de dólares livres.

– Então é isso? Toda a pressão de vocês vale dois milhões de dólares! E, claro, eu não participaria disso...

– Essa é a ideia de Junior. Mas eu já disse que sou contra. É bom você saber logo de tudo. A urgência é porque temos um prazo para sua decisão favorável. Esse prazo vence amanhã. Joanna, eu posso conversar com Junior e tio Ernesto. Posso convencê-los que você também receba parte desses milhões.

– E tio Osvaldo? Ele sabe disso? Ou seria excluído?

– Ele está viajando. Não falamos com ele...

– Vitor, agradeço que você tenha me contado tudo. Mas excluir tio Osvaldo e tia Eulália é desonesto. Além disso, eu já disse que não vendo. Nem por cem milhões eu venderia! Você entendeu?

– Joanna, você é mesmo irresponsável! Deixar passar uma oportunidade dessas... Você é louca!

– Irresponsáveis são vocês que estão colocando a perder o maior patrimônio que temos. Agora chega! Me deixe em paz!

Joanna não esperou que ele retrucasse. Desligou.

Seu corpo tremia de indignação. A cabeça balançava, renegando. Quanto já tinha feito por aquele irmão e por toda a família... A lealdade dos Brandini vendida por dois milhões de dólares. De que valeram tantos anos de dedicação? Nem filhos tinha a quem deixar o patrimônio! Quantas conquistas desperdiçadas. Foi-se o tempo em que ouvia seu nome mencionado com orgulho. Heroína das ilusões de uma causa inglória.

Quanta solidão!

Joanna caiu no chão ajoelhada, explodindo no choro convulsivo. Catarse das derrotas. Entregada ao fracasso. Agachada no chão, as lágrimas esvaíam em repulsa, nojo, terror... Soluçava de abandono...

Às vezes, o choro abrandava. Como se precisasse de fôlego para retornar ainda mais sofrido. Então, lembrava-se das noites maldormidas em que deblaterou-se num dilema ético, das decisões injustas que conscientemente tomou, da intolerância com a lentidão da inteligência de Vitor, da arrogância subliminar na forma que se dirigia ao seu tio Ernesto, do desprezo dissimulado que sentia por mulheres melancólicas como Vó Dolores. Era o castigo que merecia. E o pranto ressurgia, vingando seus pecados.

Permaneceu assim por tanto tempo que não podia dizer quanto se passou. Até que se deu conta que o profundo mal-estar não era só emocional. O estômago doía. Sentia os braços e pernas vacilarem, numa fraqueza que vinha das veias. Olhou o relógio marcando duas horas. Não tinha fome, mas precisava de algo que lhe amornasse o espírito. Levantou-se e abriu a garrafa do merlot chileno que trouxe na bagagem. Da geladeira retirou salada e queijo.

– *Mangia che te fá bene!* – Vó Rosa diria.

Depois que comeu, sentiu-se melhor. Acomodou-se na poltrona de veludo desbotado, carregando a taça de vinho. A intenção era distrair-se de si na televisão. Mas o dedo não movia para apertar o botão. Mais fácil render-se ao torpor, largar-se ao tormento anestesiado, olhar para o vazio, mergulhar seu sangue no vinho tinto. Quem sabe o sono viria arrebatá-la? Ouvia o tique- taque do relógio, lá fora as árvores balançando ao vento, um sabiá cantava, um cachorro latia. Era parte da casa. Como aqueles velhos móveis, inertes. Como as prateleiras e os livros, a cristaleira antiga, o espelho de moldura escura. Todos dormindo no passado. "Maldição amarga que me ata."

Finalmente, a exaustão predominava. Tinha que abrir mão do propósito missionário. De ver-se brandindo uma espada a esmo. De colecionar indissolúveis laços de mágoas. A vítima do mundo. Cansada de lamentar por sua impotência e acreditar em verdades incontestáveis. Já disse que não queria ser vilã de si mesma. Embora uma espécie de morte pudesse acontecer. Quem se importaria? De alguma forma, a barreira tinha que ser rompida. Tinha que se desconstruir. Do seu âmago, rogava por ouvir que havia uma saída.

Levantou da poltrona, devagar, como se alguém a chamasse, mas não tinha certeza. Arrastou-se até o espelho e encarou o rosto fatigado, inchado de tristeza. Olhos sem brilho. Era uma velha senhora. Alguém que sempre evitou, mas que nunca desistiu de encontrá-la. Aquela que tudo sabe, pois de tudo duvidava. Pacientemente, aguardava a hora certa para reivindicar a presença. Podia vê-la agora, deixando de ser um espectro no espelho, desfundindo-se de sua imagem. A boca fina se movia como que balbuciando palavras que somente seriam escutadas num momento como aquele, depois que se esgotasse. Tão tênue quanto uma lembrança.

– Tudo depende do que você realmente quer...

Lembrou-se de ter ouvido aquela mesma frase num sonho, quando criança. Teria sido pronunciada também pela velha senhora? Não estranhava que a revisse.

– Você é livre para recomeçar, se quiser.

Uma doce provocação.

– É assim que começa uma transformação, Joanna. Pelo que você não quer mais ser.

Instigava Joanna a se expor.

– Mas como se esquece o que é?

Arrefeceu.

– A ilusão da luta foi tomando conta de você, de tal forma, que acabou acreditando que só existia a guerra.

– Não suporto mais a escravidão do que fiz de mim mesma. Quero paz!

– Você já ouviu dizer que para ter paz é preciso transmitir paz...

– Mas não sei desistir! Como fazer se não lutar? Como me defender de tanta atrocidade?

– Para desistir, basta desistir. Se você quer ver atrocidade, verá atrocidade. Você é o que acredita ser. A sua identidade é uma representação de si mesma. Você sempre pode se reinterpretar.

– E como poderia fazer isso?

– Comece por desistir de representar a santa guerreira. Você ainda acha que o seu valor está na ilusão que criou de você mesma?

– Eu nem sei mais o que significa valor.

–Joanna, o valor está no que te faz feliz, no que te traz conforto. É onde você tem mais consciência de si e, ao mesmo tempo, está esquecida de si mesma. Pense, Joanna, onde você se sente assim? Onde se sente valorizada e atribuindo valor? Onde está o seu valor?

– Eu valorizo muito a Santa Joana. Tudo que ela representa para mim. Não me refiro apenas às moendas, caldeiras e canaviais.

– Poderia acrescentar que há também o legado dos antepassados. Muitas décadas de empenho e dedicação. Mas ainda há mais.

– Sim, há um profundo sentimento de pertencimento e aconchego relacionado a tudo que envolve a Santa Joana. É onde me sinto mais segura, dona de mim.

– É o seu lar. Onde você teve suas primeiras experiências de amor na vida. Por isso é tão difícil ver-se separada dele. Está relacionado com sua própria identidade. Você lembra quem foi que lhe deu o seu nome?

– Foi Vó Rosa.

– Foi ela também a principal responsável pela sua identificação com Joana d'Arc, estabelecendo o vínculo indelével entre você e a santa guerreira, enquanto a apertava nos braços e você achava que assim tinha tudo o que o mundo podia lhe dar.

– É assim mesmo que me sentia. Que saudade...

– Joanna, quando você luta pela empresa Santa Joana, você luta por isso também. Por se sentir amada e protegida. No fundo, você está lutando por você mesma. Seu desafio, agora, é dissociar-se disso e compreender que toda a ternura que você teve não está fora de você, mas aí dentro. À sua disposição, em seu lar interior.

– Pode ser. Mas é difícil romper com crenças que me sustentaram por quase toda a vida.

– Você se lembra quem foi que determinou o segundo "n" no seu nome?

– Minha mãe.

– Foi sua tentativa, embora inconsciente, de livrá-la do peso do legado da guerreira. Laura era muito intuitiva. De muitas formas ela tentou atenuar o mito estampado em você desde que nasceu. Era o que fazia, quando incentivava que você ampliasse suas possibilidades de escolha do que quisesse ser. Ela sofria por vê-la se fechando numa couraça.

– Não me lembro de minha mãe fazendo isso. Lembro apenas como ela me criticava por ser teimosa. Quando era moça, reclamava que não gostava de lhe fazer companhia, ir às compras, passar horas no cabeleireiro...

– Ela sempre tentou lhe trazer a um mundo mais flexível, mais suave e feminino. Mas você se esquivava.

– Eu sempre acreditei que tinha que mostrar força e mesmo virilidade porque queria trabalhar na fazenda e na usina. Hoje é diferente. Naquela época, uma menina delicada não podia se impor profissionalmente. Talvez eu tenha me tornado dura demais, ao longo do tempo.

– Mas e agora que os tempos são outros? Você vai continuar presa no que um dia pensou que deveria ser? Joanna, você tem sido uma fantástica empresária, um fenômeno. Todos lhe admiram. Mas você não é só isso.

– Todos me invejam pelo meu poder, minha riqueza.

– Mas o que mais fascina todos que a conhecem é muito mais que isso. É a capacidade de usar planejamento e estratégia em benefício de muitos. É sua generosidade, a determinação em prosseguir, sempre buscando o melhor, sua vivacidade e energia que inspiram muitas pessoas a darem o melhor de si. Há ainda um atributo importante que você parece não reconhecer com clareza: sua habilidade e sensibilidade para contornar conflitos.

– É até irônico ouvir isso. Sempre me vi como uma guerreira...

– Mas você também é uma grande conciliadora. Foi o que você bem demonstrou nesses últimos anos lidando com Junior dentro da usina, driblando o conflito aberto.

– Se não fizesse isso, a Santa Joana estaria arruinada há muito tempo.

– E também foi conciliadora com seu tio Ernesto, respeitando sua idade, evitando confrontá-lo ostensivamente com as maldades de Junior. E, ainda, poupando Leonor, que conhece muito bem o filho. Ela é muito grata por isso.

– É, pode ser... Foi uma forma de tentar amenizar o sofrimento deles pelo filho que têm.

– Você começou a manifestar essa característica quando era bem nova. Lembra-se de como defendia Sérgio? Lembra-se como apartava as brigas dos garotos? Na faculdade, você transitava bem com todos seus colegas, fossem acomodados ou rebeldes. Você era, ainda, muito querida dentre todos os amigos de seus pais. Um grande exemplo de sua generosidade foi quando assentiu que seu pai fizesse a festa de casamento como ele queria.

– Ouvindo assim, parece até que eu nem tinha opinião própria. Não acho que cederia novamente, como fiz quando jovem.

– É possível que você não cedesse ontem. Mas, e hoje, Joanna? Você não está cansada de atacar para se defender? Não quer considerar que o conflito nem sempre é a melhor alternativa? Pense como o conflito se tornou uma forma exaustiva de afirmar-se, lutando consigo mesma. O conflito pode ser necessário para você crescer. Mas não há outro conflito senão com você mesma.

– Então, meu conflito com Junior, com Vitor, com tio Ernesto e com todos que se opõem a mim, é comigo mesma?

– Sim. Não há outro conflito senão com você própria. É o que você sente quando não quer aceitar que os outros sejam diferentes, que as pessoas possam ter razões diversas da sua e não fazem o que você espera.

– Mas é claro que eu não gosto que os outros façam o que não espero!

– Sim. Mas isso não significa que a contrariedade tenha que resultar em conflitos. Acabamos de citar vários exemplos em que você lidou com eles sem que o confronto fosse necessário.

– Você quer dizer que o problema é a forma como lido com os problemas.

– Sim. Você pode estar na guerra sem atuar na batalha. Pode estar no caos sem agir caoticamente. Pode reconhecer o ódio e não ser tomada por ele.

– Isso não seria o mesmo que negar o que eu sinto?

– Joanna, o pior erro que uma pessoa pode cometer é negar qualquer aspecto de si. Seja ele positivo ou negativo. Negar qualquer parte de si é como matar-se por inteiro.

– Mas, como, então, lidar com os sentimentos agressivos?

– Sinta-os dentro de você e deixe que passem. Não deixe que eles a usem. Se quiser, use-os você. Agressividade não significa necessariamente agressão. Bem usada, ela pode ser muito útil.

– Mas há momentos em que é impossível conter uma explosão.

– Joanna, se isso acontecer, também deixe passar. Apenas deixe o tempo correr a seu favor. Confie que tudo será dissolvido.

– Eu não entendo isso. O que sei é que se não agir no tempo certo, se não revidar um ataque de forma conveniente, posso ser muito prejudicada.

– Vamos refletir um pouco sobre o que você considera prejuízo. Você acha que agora a sua família, por exemplo, está te prejudicando?

– Sim. Junior em especial. Esse sempre me fez mal.

– Será que você não tirou nenhum proveito das atitudes dele? Pense bem. Você vai encontrar algum benefício proporcionado por ele. Faça um esforço.

– Bem, não posso negar que Junior sempre me impeliu à superação. Aprendi com ele a usar a criatividade e não sucumbir à raiva. E, ainda, muitos valores que ele não costuma pôr em prática, como a credibilidade, a ética, que se pode ganhar mais pensando nos outros, para o seu próprio bem, inclusive.

– Mas Junior não te ensinou só pelo que ele não pratica...

– Tenho que admitir que, apesar de abominar a forma como ele manipula as pessoas, ele me ensinou muito sobre o poder de persuasão, como usar as palavras certas especialmente escolhidas para o interlocutor à minha frente.

– Então, quando o objetivo te parece nocivo é manipulação. Caso contrário é poder de persuasão?

– E não é assim?

– Joanna, são apenas duas faces da mesma moeda. Depende do que você quer ver.

– Ok. Então eu escolho ver que ele manipula as pessoas e eu não.

– Cuidado! Pode ser que ele também alcance objetivos nobres, mesmo agindo de forma egoísta. E pode ser que você esteja varrendo um aspecto de si mesma para debaixo do tapete!

Joanna virou o rosto. Aquela conversa não ia dar em lugar nenhum. Queria apenas paz. Expor suas inseguranças e contradições só fazia com que se sentisse mais miserável.

– Joanna, a crença de que é uma versão moderna de Joana d'Arc é tão arraigada em você que nem percebe o quanto são diferentes.

– Certamente. Ela era uma guerreira, de fato. Sua história nada tem a ver com a minha. Eu não fugi de casa para guerrear pelo rei. Eu não sou guiada por vozes malucas. Não acredito que, para assegurar a existência de uma nação, é preciso expulsar ou matar os inimigos. E não vou morrer na fogueira da inquisição.

– E também não ficaria confortável se fosse uma pessoa tão exclusiva como ela foi, em toda a história da humanidade. E nem se entregaria ao transe absoluto, até perder a consciência de si. Muito menos deixaria que seu destino fosse cumprido se soubesse antecipadamente quando seria capturada pelo inimigo.

– Claro que não!

– Então, Joanna Brandini, quem é você? Ou melhor, o que você quer ser agora?

Joanna suspirou fundo. As palavras saíram apertadas de sua garganta.

– Não sei... Não sei quem sou.

– Joanna, desconfia do que aprisiona. Acredite na possibilidade de escolher sempre. Só você vive sua vida. Confie que, em qualquer circunstância, você é capaz de fazer o melhor por você mesma, se puder entregar-se à sua essência, o centro de seu ser que não precisa copiar modelo, nem mito nenhum.

Era demais. Depois de tudo que tinha acontecido e feito errado, como seria capaz de escolher o melhor para si? Não tinha mais o controle de nada. Era uma folha ao vento. Que essência era essa que não sabia? Se houvesse mesmo um Deus, que Ele a guiasse.

– Joanna, você quer acreditar em Deus?

– Acho que sim. Mas não sei o que dizer sobre religião.

– Você acha que é preciso ter uma religião para acreditar em Deus?

– Foi assim que me ensinaram. Mas não tenho certeza.

– Quando perguntei se você quer acreditar em Deus, não perguntei qual a sua religião. A questão fundamental é onde está a sua fé. Você pode até mesmo dizer que não acredita em Deus e mostrar atitudes frequentes de quem crê num Amor Supremo. Religião e espiritualidade nem sempre caminham juntas. Chamar Deus de Deus não significa que você tem fé. A fé está na entrega e na vivência de uma profunda crença interior que você sente que é você e, ao mesmo tempo, sabe que é maior que você.

– E qual o caminho, então? Como encontrar fé em Deus?

– Há muitos caminhos. A religião pode ser um deles. Há também muitas formas de dar o primeiro passo nesse caminho. Pode ser um filme ou um livro que te toque especialmente. Uma experiência de vida inesquecível, um instante qualquer em que você perceber, com humildade, o quão grande você é e que a força do Amor que te envolve é inesgotável.

– Eu gostaria de ter essa fé.

– Basta admitir que esse Amor existe em você.

– Não estou convencida.

– Não é preciso se convencer. Desista um pouco de tanto convencimento e tente experimentar. Você vai acabar descobrindo que é capaz de ter essa fé.

– Quem sabe uma nova Joanna consiga?

De repente, deparou-se com o seu rosto no espelho! Um som impertinente rompia seu delírio. Era o telefone, mais uma vez! Logo na hora em que a conversa estava começando a ficar interessante!

Joanna olhou o relógio na parede marcando seis horas. O telefone insistia. Com má vontade, foi atender.

– Alô!

– Joanna, tudo bem?

– Tia Leonor! De novo! Eu estou bem, sim. Não sei. Parecia que tinha alguém conversando comigo...

– Joanna, você está bem?!? Alguém está aí com você? Algum problema?

– Não tia, não se preocupe. Não há ninguém comigo. Acho que dormi depois de ter bebido um pouco demais. O que houve?

– Estou ligando porque quero contar que Junior sabe que você está aí. Ele me pressionou. Eu não cheguei a afirmar, mas ele é esperto e deduziu. Eu devia ter te contado mais cedo, mas estava no trabalho.

– Bem, agora sei com quem Thomas conseguiu o telefone daqui.

– Thomas ligou para você aí?

– Sim. Insistiu que queria falar comigo pessoalmente.

– Interessante... Não sei se é coincidência. Acabei de ouvir na rádio de notícias que o empresário que tinha se associado ao fundo de Thomas anunciou uma *joint venture* com um megainvestidor japonês. Pode ser que a parceria com o bonitão tenha ido por água abaixo... Quem sabe é por isso que ele quer conversar com você?

– Bem, ser for para me dizer que vai retirar a oferta de compra que ele fez ao resto de minha família, não seria má notícia.

– Você quer falar com ele?

– Não, tia. Não quero falar com ninguém. Quero continuar sozinha.

– Vamos combinar uma forma de manter sua privacidade, se você não quer se incomodada por ninguém, além de mim.

– Tia, você nunca me incomoda.

– Quando ligar, vou deixar que o telefone toque duas vezes e desligo. Em seguida, chamo novamente. Assim você saberá que sou eu e pode atender a ligação. Entendeu?

– Sim. Vou esperar dois toques, não atendo. Se tocar novamente saberei que é você. Obrigada, tia Leonor.

Joanna desligou e suspendeu os braços, alongando-se, sentindo-se. Olhou a garrafa de vinho quase terminada e fez uma careta. Pegou o casaco e saiu para a varanda em busca de ar fresco e de um novo pôr do sol. Tão espetacular quanto os anteriores. A melhor hora do dia para ficar sentada e só contemplar.

Capítulo 3

Aquela foi a primeira noite que Joanna não rolou pela cama, coração taquicárdico, remoendo um passado que sentia como ameaça presente, ocultando as portas do futuro. O sono foi chegando gentil. Impedia-se de racionalizar sobre o estranho devaneio no espelho. As palavras que ouvira eram de uma sabedoria incomum, mas também transmitiam imensa bondade e compreensão. Um tipo de lógica que não estava acostumada. Era melhor não se contaminar com interpretações racionais. "Entregar..." Seria assim?

Quando separou-se de Alberto, a principal crítica que sua mãe fazia era que não se entregara plenamente a ele. Apesar de rebater a crítica, a verdade é que não entendia bem o que ela queria dizer. "Entregar-se ao amor" soava ridiculamente romântico. É engraçado como pôde se trancar à experiência simplesmente por causa do rótulo que lhe era dado. A semântica é cruel. Nunca quis entender o que significava entregar-se porque a ideia parecia piegas. Acreditava que tinha que estar no controle da relação e, se ele a amasse, deveria aceitá-la do jeito que era. Agora, lhe ocorria que poderia ter sido ela quem tivesse se recusado à aceitação. Achava Alberto acomodado demais. Não tolerava que ele não lhe trouxesse desafios. Ela tentava provocá-lo, instigá-lo à algum tipo de competição, mas ele não reconhecia suas tentativas. Rejeitá-lo, depois de alguns anos tentando, foi quase natural, embora, na época, não desejasse o rompimento.

Era sempre uma questão de poder. Joanna tinha que dominar, planejar, controlar. Cabia a ela o privilégio de conduzir, fomentando sua ilusão de superioridade. Nesse contexto não havia espaço para essa coisa de "entregar-se ao amor". No princípio, o poder foi só um instrumento. Com o tempo, tornou-se direito legítimo, isolando-a aos poucos, e tudo o que fazia era com o objetivo de reforçá-lo. Covardemente, construiu um grande muro, impedindo o acesso de quem não trouxesse nas mãos outro tijolo, contribuindo para que o muro crescesse ainda mais. Tornando qualquer aproximação cada vez mais difícil. Até que, sem ninguém que ousasse desafiá-la, perdeu a noção do que lhe emprestava poder. Só sobrou a ilusão da onipotência, fria e amarga solidão. Fez com que não percebesse que, à despeito de seu domínio sob a empresa, clientes e fornecedores, distraiu-se de sua própria família. Talvez houvesse um crédito a conceder a Junior, que a acusava de ter fascínio pelo poder, perdida em sua própria vaidade.

Vaidade alimentada pelo poder. Vaidade. Seria essa a mais íntima razão de não querer vender suas ações? Era esse o nome da nuvem que a encobria? Vaidade, que corrompia o instinto de questionar-se, de evoluir. Era o material do qual sua armadura fora tecida. Impedindo-a de avançar.

Não se lembrava de que algum dia houvesse feito a promessa de que ficaria estancada. De que deixaria de ser uma consciência em evolução. Ou que teria que se castigar tão impiedosamente, pela culpa da autopunição. Alguém a havia alertado sobre a armadilha da conexão com o passado. Cair do pedestal poderia ser uma benção. Merecia destituir-se das ilusões.

"Porque devo sobreviver, morte ao vilão."

Basta!

"Morte ao vilão! Existo por nada.

E assim hei-de me libertar."

Joanna largou o livro de lado. Não conseguia se concentrar e a leitura estava aborrecida. Precisava pôr-se em movimento, agir, deixar os pensamentos fluírem sem propósito. Levantou-se e começou a retirar todos os livros da estante. Um desejo irreprimível de organizá-los a preenchia. Começou por empilhar os brasileiros, depois os portugueses e franceses, os americanos. A poeira refletia nos raios de sol. Buscou uma flanela e, meticulosamente, limpou cada volume. Conforme os reenfileirava de volta às prateleiras, relembrava das histórias que contavam. Quando não conhecia a obra, imaginava. E assim divertiu-se por quase duas horas, revivendo o que sabia de cada volume e usando a imaginação como uma forma de saber.

De que valia a vida, se não acreditava que pudesse reimaginar a cada minuto? Que podia transcender a punição? Não pediria que se eximisse da responsabilidade. Não, não se refugiaria novamente na covardia. Mas que pudesse enfrentar as consequências com a esperança de que o destino fosse seu aliado, ou que pudesse ser reformado, sem congelá-la no inferno eterno. Só ela podia dar-se essa oportunidade. Só ela podia saber como limpar-se da poeira que a cobria e reorganizar-se.

Seu próprio pai havia falado alguma coisa com esse sentido, no longo discurso que fez, logo depois de pedir que assumisse a presidência para que ele pudesse se dedicar à Laura. "Olhem para frente a partir de agora. O que passou, passou. Não esperem a hora certa para mudar. " Seria isso exercer-se?

Joanna passou todo o dia em livre reflexão, abandonando-se em tarefas simples que não faziam parte do seu cotidiano habitual. O telefone tocou muitas vezes, mas nenhuma delas com o código combinado com tia Leonor. Assim, deixava que tocasse até emudecer. Dispensou a caseira de preparar o almoço e foi para o fogão. Às vezes, parava de frente ao espelho intrigada, procurando alguma sombra, algum reflexo. No seu vai e volta dentro da pequena casa, Joanna pressentia a presença da sábia senhora. Depois admirava seu serviço na estante, os livros perfeitamente alinhados. Satisfeita, resolveu estender seu arroubo de arrumação à cozinha, descobrindo que nos velhos armários de tia Leonor as panelas e as travessas também tinham histórias para contar. A frigideira falava-lhe dos ovos fritos que só sua mãe sabia fazer, a panela de pressão lembrava o feijão temperado de Vó Rosa, o tabuleiro ria do primeiro bolo que ela assou e deixou solar.

À noite, depois da sessão do sol se dissipando no horizonte, Joanna acomodou-se no sofá em frente à televisão. O vinho descia cálido pela garganta, estimulado pelo fulgor da lareira. Depois do noticiário, um filme romântico que falava de um amor impossível. Morno o suficiente para aquecer o sono e conduzi-la aos sonhos.

Joanna viu-se cavalgando um enorme cavalo branco. Segurava as rédeas enquanto ele galopava por uma praia comprida de ondas suaves. De repente, o cavalo assustou-se e jogou-se dentro do mar. Foi quando ela decidiu largá-lo para nadar sozinha em direção à ilha. Uma correnteza favorável cooperou para que rapidamente alcançasse a praia. Descansou até recuperar o fôlego. O sol aquecia todo o seu corpo. De olhos fechados, sentia a água de suas roupas evaporarem. Então, uma sombra se fez, cobrindo o sol. Abriu os olhos e lá estava ela. A Sábia Senhora do Espelho.

– Viu, Joanna? Não foi tão difícil chegar aqui.

Joanna levantou-se e recebeu um longo abraço. Nunca havia sentido tanta expressão de amor. Nem mesmo quando era um pequeno bebê embalado no colo da mãe. Seu ímpeto era por falar qualquer coisa que viesse à cabeça.

– Descobri que a necessidade de controle vem do medo. Mas eu ainda não sei como não ter medo.

– Não ponha sua preocupação no medo! Não resista a ele, pois isso só o faria mais forte. E a maior expressão do conflito é o medo.

– Como fazer, então? Se eu me protejo, assumo que o conflito está presente.

– Você não pode fugir do medo, mas pode reinterpretar o que lhe causa medo. Dê uma chance à sua capacidade criativa. Você acha que o medo se justifica porque acredita no ataque, mas não tem que ser assim. Se você acredita que tem que atacar, estará validando o medo. E com isso, se tolhendo da oportunidade de redescobrir-se na relação com outras pessoas, de sentir os prazeres da vida, e, em última instancia, da própria vida. A origem é a falsa sensação de insegurança. Você deve abrir mão de privilegiar sua segurança, se quiser conquistar a liberdade para reinventar-se.

– Mas eu não posso recriar o passado.

– O passado é apenas mais uma convenção.

– Então, é preciso reinterpretar o passado?

– Reviver o passado continuamente, buscando todas suas nuances, todas suas possibilidades é, de qualquer forma, reviver o passado. Só há uma saída desse círculo vicioso. O perdão. O perdão é a redenção do passado que aprisiona. É a chave de sua liberdade para renascer a cada instante. E cada momento será verdadeiramente novo se você perdoar o passado, perdoando a si mesma. Joanna, para isso, sim, é preciso coragem. Para ir de encontro às experiências que conduzem à vivência. É a covardia de viver que leva à perda de si.

Ao ouvir isso, Joanna viu-se vestida de uma reluzente armadura branca. Na mão direita, carregava uma longa espada cravejada de brilhantes. Na esquerda, segurava um estandarte com os dizeres "vida é luta" em dourado. A Sábia Senhora, com um gesto, convidou que a seguisse para a mata no fundo da praia. Seguiram pelo caminho estreito até chegar a uma exuberante catarata. Contornaram a grande pedreira que jorrava. Por trás de um obelisco, encontrou uma suave cascata que deslizava em patamares até a transparência de um lago onde nadavam inúmeros peixes coloridos. Joanna entrou na água, afundando devagar sua armadura branca até a altura do peito. Aproximou-se da cascata e subiu o primeiro patamar de pedras. De lá, jogou sua espada para longe. A espada desapareceu onde o plácido lago juntava-se com a caudalosa correnteza que vinha da catarata. Subiu mais um degrau, quando notou que as palavras do estandarte haviam sumido. Em seu lugar, apenas um pano branco, translúcido como uma fina seda, que também foi desaparecendo, dissolvendo nas brumas.

E então, jogou-se dentro do lago, afundando com sua pesada armadura.

A primeira sensação foi de ser sugada para o fundo. Quando estava quase tomada pelo pânico, percebeu que seu corpo ficava mais leve. Pedaços da armadura branca soltavam-se e boiavam à sua volta. Parou de debater-se e, como por milagre, percebeu que o ar não mais lhe faltava. Era parte do lago, flutuando à mercê dos movimentos da água. Mal sentia seus braços e pernas movimentando-se suavemente. Um peixe azul e outro, vermelho, surgiram. Ela estendeu a mão para acariciá-los, mas eles escapuliram, nadando para debaixo de uma rocha.

De longe, misturada ao trovejar da água, Joanna ouviu a voz da Sábia Senhora.

– Perdoe, perdoe, Joanna. E não tenha medo de sonhar de novo. O problema não está em querer sonhar, mas o que você quer fazer da sua realidade.

Joanna despertou com o suave aroma do café que vinha da cozinha. A sensação de prazer de sentir-se fluida na água persistia. Olhou para a janela e, por trás da cortina, entreviu o prenúncio do dia ensolarado. Era um convite.

Depois do café da manhã, Joanna seguiu novamente pela estrada por onde passara dois dias atrás. No rústico barraco de madeira, encontrou o mesmo rapaz, com quem renovou a permissão para voltar à cachoeira.

Seu corpo refletia o desejo de materializar o sonho. Reviver aquela imensa paz que se infundiu em todo seu ser que flutuava solto no lago imaterial. Lentamente, tirou os sapatos, a calça de moletom e a camiseta. Dobrou a roupa com cuidado e colocou sobre uma pedra seca. Parou no primeiro passo dentro do lago. Ainda era frio, na altura do tornozelo. Uma suave brisa sussurrava que prosseguisse, enquanto deslizava pelos galhos das árvores. O joelho entrou. As coxas arrepiadas. A umidade escorregou pelo meio das pernas e subiu à pelve, à barriga. Os mamilos do peito se retesaram. Resistia à provocação de sair correndo, apenas pelo prazer de desafiar-se. Suavemente, todo o corpo foi escorregando, entregando-se ao ritual, como no sonho. O corpo inundado puxou a cabeça. As pontas do cabelo foram a última parte a afundar. Alguns segundos no fundo. E, deixando-se arrebatar pela exultação, jogou-se para o alto, ao mesmo tempo abrindo os braços, numa explosão de água para todos os lados. O êxtase era profundo, vesicular. O rosto ardia do frio, misturado com lágrimas mornas. Frio e morno se trançavam, intensos. Um grito desprendeu-se de sua garganta, poderoso.

Livre, livre por si mesma, de si mesma...

De repente, a compreensão tomou Joanna. Identidade não se herda! O dono do legado é aquele que tem a têmpera moldada na fé, e não aquele que se mata na guerra. Não há porque ter medo de mudar, se há fé. Persistência e coragem são forças que nascem da esperança e só existe esperança onde há fé.

Ali largava seu legado. Afogava o passado. Dissolvia ressentimentos. Perdoava.

Perdoava Junior por fazê-la confrontar as verdades mais dolorosas que não queria reconhecer na família nem em si. Perdoava Vicenzo por fazer-se fantasma dos seus pesadelos e reivindicar o mérito da fortuna dos Brandini. Perdoava sua mãe por não aceitar que ela se restringisse ao mito da santa guerreira. Vó Rosa, por seduzi-la com seus afagos até que se cegasse no mito. Perdoava seu pai por recusar-se a vê-la como mártir. Alberto, porque a desafiou na crença de que era digna de ser amada, para além de sua armadura. Vitor, por provar-lhe que amar não é submeter o outro ao seu desejo. Ernesto, Vó Dolores, Vittorio... E ainda todos os outros antepassados que existiram para que ela existisse.

Virou-se em direção à queda-d'água e, em reverência, reclinou-se num profundo agradecimento.

O caminho de volta demorou muito mais que os quarenta minutos da ida. Tudo lhe atraía atenção e era motivo para que parasse, extasiada. Reparava os detalhes das formas dos galhos, o zumbido dos insetos, as asas abertas dos tucanos que voavam apressados de uma árvore à outra, as maritacas, melros e bem-te-vis que trinavam sons vívidos, as nuances de verde das folhas em contraste com o azul do céu.

Foi livre e leve que retornou à aconchegante casinha. Não podia imaginar o que estava à sua espera havia mais de uma hora.

Ao avistar um carro estranho estacionado ao lado do seu, não teve como manter intacta a deliciosa paz que sentia. O carro não era de tia Leonor e não podia adivinhar de quem fosse. Cautelosa, aproximou-se. Àquela hora, a caseira já teria ido embora. Viu uma pessoa sentada na varanda, admirando a paisagem, distraído. Joanna demorou um pouco para reconhecer o homem alto, musculoso, cabelos castanhos com raios grisalhos. O seu rosto, de corado, passou a lívido. Não tinha fôlego para chamá-lo.

Ao pressentir que era observado, levantou-se, num impulso.

– Joanna, você chegou!

– Thomas! Não esperava você aqui.

– Desculpe-me por invadir assim sua privacidade, mas é muito importante que eu converse com você. Tentei o telefone, mas você não atendeu...

– Espere que eu me troque e aí conversamos.

Não mais havia o que fazer. Ia ouvir o homem. O tempo que levaria no banho e trocando-se deveria ser suficiente para refazer-se da surpresa e conceber uma forma de lidar com a situação.

– Muito bem, Thomas. O que você quer de mim?

– Joanna, temos muito que conversar. Acho que você tem sido muito injusta comigo.

– Hummm.

– Muito bem, eu lhe proponho um acordo. Peço que me ouça por pelo menos trinta minutos. Se depois disso você não quiser que eu continue, vou-me embora.

Joanna ainda era a mesma que se divertia com desafios. Assentiu com a cabeça.

– Depois de nossa reunião no meu escritório em São Paulo, fiquei muito preocupado com a forma veemente que você se recusou a vender a empresa. Eu não podia imaginar que você teria aquela reação. Junior era o meu principal contato com a sua família e havia me assegurado que você estava pronta para ouvir uma proposta. Algumas vezes ele afirmou isso na frente do seu irmão e Vitor nunca negou. Assim, logo que você saiu, procurei seu primo, tentando entender o que estava acontecendo.

Thomas fez uma pausa. Estudava o rosto de Joanna.

– Ele acabou justificando sua atitude como uma mera mudança de opinião. Disse que você era muito temperamental e que estava sempre se opondo, a ele em especial. Que toda a família estava disposta a vender e você era a única que resistia. Percebendo que eu não estava bem convencido, fez com que eu me encontrasse novamente com Vitor e marcou um encontro com Ernesto e Sérgio. Até Osvaldo ele me apresentou, com o intuito de mostrar que todos estavam interessados em vender as ações.

– Você conheceu toda a minha família?

– Inclusive Eulália e as lindas filhas: Maria Helena, Maria Lúcia, Maria Teresa e Maria Isabel. Acho que só faltou conhecer Leonor, a dona desse belo sitio.

Por um instante os dois se entreolharam. Thomas sentiu a acusação dissimulada e a pergunta que vinha acompanhada.

– Até então, Joanna, ninguém sabia do meu parentesco com os Brandini. Eu escondi porque queria evitar justamente a suspeita que você levantou. Não disse a ninguém, porque, na verdade, isso não tem a menor importância do ponto de vista dos negócios. Não é pelo passado de minha família que fiz a oferta de compra da Santa Joana.

Joanna jogou o braço em cima das pernas, mostrando impaciência.

– Joanna, eu entendo que, para você, pode ser difícil de acreditar. Mas peço que leve em conta que o fundo que administro não faz somente o que quero. Há um comitê que decide...

Joanna nada disse. Apenas continuou olhando, cética.

– Por favor, continue me ouvindo. Ainda estou dentro de minha meia hora. – E continuou: – Bem, depois que tive certeza que Junior falava a verdade e que confirmei que todos os membros da família queriam vender, tentei falar com você várias vezes, sem sucesso. O próprio Junior e o Vitor me desencorajaram a continuar te procurando. Até que eu desisti. Nesse meio-tempo, o Rogério Silva me pressionava para resolver logo. Nosso acordo era que a usina dele entrasse no negócio. Um dia, ele disse que havia outro grupo investidor também interessado em fazer negócio com ele. Achei que estava blefando, que só queria me pressionar para resolver logo. O prazo de nosso memorando de entendimentos para a parceria estava vencendo. Então, na tentativa de apressarmos o fechamento com vocês, eu decidi com o comitê que aumentaríamos nossa oferta para 40 milhões de dólares. Para que o Silva concordasse com esse aumento da oferta, assinamos um novo acordo, no qual me comprometia a pagar um penalidade de cinco por cento sobre o novo valor, caso a situação com vocês não se resolvesse em até sessenta dias. Como você deve saber, a proposta fez com que toda sua família formalizasse o interesse em vender. Mas, para minha frustração, Junior me disse que, mesmo assim, você continuava inflexível. Então, fui buscar uma solução na minha base. Reuni a diretoria do banco nos Estados Unidos e os convenci a abrir mão de dez por cento para você. Dessa forma, o fundo ficaria com setenta porcento, Rogério Silva, com vinte, e você poderia ficar com dez, se quisesse. Nesse meio-tempo, iniciaríamos o processo de formalização da compra com a sua família, acreditando que você acabaria cedendo. Voltei e contei o novo arranjo a Junior. Foi aí que seu tio Ernesto me procurou e disse que em nenhuma hipótese você concordaria em ficar com 10%, me garantiu que você estava irredutível e não venderia nem um pequeno percentual.

"Joanna, eu fiquei sem saída. E para piorar, você descobriu toda a minha história pessoal. Como seria de esperar, senti que a confiança da sua família em mim foi abalada.

"Felizmente, eu ainda mantinha contato com Junior, o único que parecia não ter sido atingido com a notícia de eu era neto de seu tio-avô. Eu lhe pedi que transmitisse aos Brandini que eu só cumpria uma obrigação profissional, que o interesse era apenas de negócios, que eu tinha muito patrimônio nos Estados Unidos e, mesmo que eu tivesse qualquer direito como herdeiro do meu avô, o que reconheço que não tenho, eu não precisaria de nada dos Brandini. Junior, felizmente, é muito convincente. De alguma forma, ele conseguiu mudar a opinião da família, exceto a sua, claro."

– E você não fez nada para facilitar esse convencimento?

– Não estou entendendo o que você quer dizer...

– Você não prometeu nada a Junior, se ele conseguisse me convencer a vender?

– Claro que não! Mas até pouco tempo, eu acreditava que você poderia mudar de ideia, se falasse comigo.

Joanna fingiu que não percebeu a provocação.

– Você não prometeu a ele dois milhões adicionais, se conseguisse me convencer a vender?

– Não.

– Então, quem estaria oferecendo esse dinheiro?

– Não faço a mínima ideia e não sei a quê você se refere. A única coisa que sei é que o fundo estará pagando hoje esse mesmo valor a Rogério Silva. O prazo de sessenta dias venceu. O nosso acordo de parceria, o memorando de entendimentos, não é mais válido.

– E ele está fechando uma nova parceria com um megainvestidor japonês...

– Como você sabe disso?

– Foi anunciado no rádio.

– As notícias correm rápido nesse país!

– Nem tão rápido. Provavelmente a notícia já estava prontinha para ser liberada à imprensa, assim que o acordo de vocês expirasse.

– Você quer dizer que o Rogério Silva estava esperando que o negócio não se concretizasse?

– A minha opinião é que ele tinha uma boa fonte de informação que lhe assegurou que os dois milhões cairiam em suas mãos. Thomas, você nunca viu Junior e Rogério Silva juntos?

– Eu já os vi juntos algumas vezes, mas não achei nada demais, porque ele também é do setor sucroalcooleiro. Certamente, têm assuntos comuns.

– Espere aí. Vamos passar essa história a limpo.

Joanna foi diretamente ao telefone e discou para tia Leonor. Perguntou por Junior e contou sua suspeita. Tia Leonor contou que Junior tinha passado ontem para visitá-la, depois de meses que não aparecia. Estava muito contente. Ia fazer uma viagem para a Europa com a esposa. Francamente, ficou surpresa com a notícia, pois havia três semanas que conversaram no telefone e ele disse que estava sem dinheiro. Chegou a pedir cinco mil reais emprestados. Ontem estava muito satisfeito e dizia que era um gênio.

– Thomas, agora está explicado para onde foram seus dois milhões, ou parte deles.

– Você acha mesmo que o Rogério Silva passou dinheiro para ele?

Joanna faria o favor de explicar-lhe.

– É muito provável. O Rogério Silva deve ter desistido de fazer o negócio com seu fundo mesmo antes de assinar o acordo onde você prometia pagar a penalidade. Provavelmente o entendimento com o japonês tornou-se melhor do que com você. E ele deve ter agradecido Junior, acreditando que eu não mudei de opinião graças a ele.

Thomas baixou a cabeça constrangido. Sentiu-se um menino de quem tinham roubado um pirulito.

– Mas isso é má-fé!

Joanna achou melhor não dizer nada. Quase tinha compaixão por Thomas. Esperou até que ele se recompusesse e reinvestiu:

– Afinal, Thomas, por que você veio me ver?

Thomas arqueou as sobrancelhas e continuou:

– Ok. Vamos retomar antes da rasteira de Rogério Silva e Junior... Quando vi que o tempo passava e que você não mudava de opinião, voltei a conversar com o comitê do fundo para buscarmos alguma alternativa. Há alguns dias chegamos à conclusão do que fazer. Esse é o motivo de minha vinda. Só estava mesmo esperando que o acordo com Rogério vencesse. Tenho uma nova proposta para você.

Joanna ouviu uma coruja piando. Não era comum que corujas piassem no meio do dia.

– Joanna, o comitê do fundo pediu que eu te fizesse a proposta de substituir Rogério Silva como nosso parceiro brasileiro. E você, se quiser, pode manter praticamente o mesmo percentual de participação que já tem, permanecendo com trinta por cento.

Joanna olhou para Thomas desconfiada.

– Que mudança, Thomas! É uma proposta interessante...

Thomas observava Joanna. Esperava que ela se mostrasse mais entusiasmada.

– E então, Joanna? Você quer pensar sobre isso?

– Sim. Vou pensar. – Olhou o relógio. – Mas acho que penso melhor de estômago cheio. Vamos almoçar?

– Gostei da ideia.

Enquanto almoçaram, um combinado tácito de mudar o assunto. Falaram sobre a beleza do local, sobre a casa, os livros, o que cada um preferia ler. Thomas notou que Joanna não parecia tão rígida como a conhecia. Havia um novo balançar dos ombros que não tinha reparado, seu rosto mais sereno. Parecia mais jovem. Mais bonita.

Joanna sentia que Thomas a observava. Mesmo que houvessem se encontrado poucas vezes, ela percebia que via a diferença nela. Sorriu internamente, pensando em como ele deixara se enganar pelo notório empresário brasileiro. Parecia que não estava acostumado a lidar com pessoas com aquele tipo de caráter. Como Junior, seu professor de trapaças e logros.

Com esse episódio, pôde também avaliar a fraqueza de Vitor e até quanto deixava-se enganar pelo primo. Concluía que a intenção da conversa dele, há dois dias, com a desculpa de pedir autorização para a *due dilligence*, era mesmo para falar dos dois milhões. É claro que ele sabia que ela jamais aceitaria participar de um conluio como aquele. Como Junior certamente antecipou, isso só fez com que ela ficasse muito aborrecida e ainda mais firme para não vender. Junior e Vitor sabiam que ela veria a pretensa proposta de Thomas e do fundo como um suborno. Ao usar o primo para o ardil, Junior queria ter certeza de que ela não mudaria de ideia na última hora.

A nova proposta feita por Thomas era realmente interessante, se genuína. Talvez ela pudesse ter se enganado a respeito dele. Ficaria bem à vontade em continuar na Santa Joana sem o resto da família. Teria sócios com postura profissional, mais técnicos. As decisões poderiam ser bem mais fáceis. E, além disso, eles tinham dinheiro para injetar na empresa, se novamente enfrentassem uma crise, como em 1993. Havia ainda a questão do risco de diluição da participação societária dela. Mas se ela pudesse vender uma parte de suas ações e reter um percentual em torno de vinte e cinco por cento, teria uma reserva pessoal para o caso de precisar comparecer em alguma eventual necessidade de aumento do capital da empresa.

Será que Thomas continuaria no Brasil e eles trabalhariam juntos? Thomas parecia bem focado, inteligente, embora um pouco ingênuo. Talvez ela pudesse ajudá-lo a ter mais experiência com pessoas de caráter difícil. Qual teria sido a vivência dele? Porque realmente teria vindo para o Brasil, se não era para tomar a Santa Joana dos Brandini?

O almoço tinha acabado. Tomariam o café na varanda, acompanhados da paisagem. Joanna sorveu o primeiro gole com cuidado.

– Thomas, por que você veio, realmente, para o Brasil?

– Esse é um assunto muito pessoal.

– Desculpe-me, Thomas, mas você é um parente que ressurge em minha vida, vindo de um passado que relembra muitos conflitos entre os Brandini, especialmente entre meu pai e seu avô. Você não acha que preciso saber mais um pouco de você?

Thomas gostava do estilo direto e franco de Joanna. Cederia um pouco.

– Joanna, eu não sei muita coisa do passado dos Brandini, além do que você mesma me contou quando nos conhecemos. Quando saí do Brasil com minha mãe, avó e tias, eu tinha só dois anos e, lá, começamos uma vida nova. Perdi contato até com os meus avós maternos. Acho que eles tinham vergonha da história da minha mãe. Soube que meu avô continuou sua carreira política com muito sucesso. Mas depois do golpe de 1964, caiu no ostracismo. Morreu pobre e esquecido.

– E sobre seu avô Vicenzo? O que você sabe sobre ele?

– Sei que era um homem muito introspectivo e intolerante. Sei o que ele fez à minha mãe e a tragédia que causou. Minha mãe me contou essa história depois que me tornei adulto.

–E a sua mãe, Thomas? Superou bem todo o drama que viveu quando era tão jovem? Como ela é?

– Minha mãe é uma mulher formidável! Ela ainda é muito ativa. Tem mais três filhos, além de mim. E dois netinhos que estão sempre por perto. Ela é muito feliz. Meu padrasto é muito bom para ela. Acho que ela nem guarda mais rancor do pai.

– E suas tias, continuam em contato?

– Sim, elas moram perto de nossa casa. Exceto Giuliana, que se casou com um canadense e mudou-se para o norte.

– Giuliana era a irmã mais próxima de sua mãe, não?

– Talvez fossem, quando novas. Depois de toda a confusão, acho que uma via na outra o próprio reflexo dos remorsos e ressentimentos. Não conseguiram se perdoar. Mas a relação de minha mãe com as outras irmãs é muito boa.

– Sua avó, Josefa, ainda é viva?

– Minha avó foi-se em 1979. Uma primeira trombose, em 1973, a colocou numa cadeira de rodas. Na segunda, não suportou.

– Da mesma forma que Vó Rosa! Que coincidência! Você sabe alguma coisa de Vó Rosa? Ela era prima de seu avô e de meu avô, Vittorio.

– Minha mãe adorava essa Vó Rosa. Lamentava muito que minha avó, Josefa, tivesse afastado ela de todos nós. Não sei porque as duas tinham essa rixa.

– Desconfio que uma tinha ciúme da outra. Sempre tive a impressão de que Vó Rosa, secretamente, amava Vicenzo, seu avô. Ele era muito duro com ela, mas ela nunca se referia a ele de forma negativa, ao contrário. Você teria gostado muito de Vó Rosa. Era uma pessoa doce, alegre. Ela era maravilhosa!

– Joanna, temos muitas pessoas maravilhosas em nossa família. Gosto muito de seus tios Ernesto, Osvaldo e Eulália. Eles falam de você com muito carinho e admiração.

– É... Talvez eu não tenha sido muito compreensiva com eles ultimamente.

– Então? Você acha que podemos conversar sobre uma sociedade entre você e o fundo?

– Vocês concordariam que fizéssemos um acordo de acionistas?

– Claro, Joanna. Isso é de praxe, para nós.

– Foi você quem negociou as outras parcerias do fundo em outros países?

– Sim, Joanna. Todas elas. Estou no banco há muitos anos.

– Thomas, por que você veio para o Brasil?

– Não posso dizer que você não é persistente – Thomas falou com um meio sorriso. Depois inspirou todo o ar que podia e soltou, resignado: – É muito difícil, para mim, falar sobre isso. Mas vamos lá. Eu vim para cá porque queria uma nova vida, longe das memórias de Mellanie e da filha que perdemos.

O relatório que tinha recebido sobre Thomas não contava essas emoções.

– Mellanie era sua esposa? O que aconteceu?

– Eu e Mellanie nos conhecemos na universidade e, desde então, nunca nos separamos. Casamos logo depois da formatura e durante cinco anos vivemos em lua de mel. Durante esse tempo tentamos uma gravidez, sem sucesso, até que resolvemos pela inseminação. Dois meses depois que soubemos que seríamos pais de trigêmeos, o câncer de Mellanie foi diagnosticado no sistema linfático. Mais três meses e aconteceu o aborto de duas das crianças. Mellanie ficou no hospital por quinze dias, tentando sobreviver à fulminante doença e dar uma chance à nossa garotinha. Finalmente, uma noite ela começou a sangrar tanto que não havia como estancar. Ela morreu no dia seguinte, ao dar à luz. Nossa filha ainda viveu mais uma semana, antes de se juntar à mãe.

– Sinto muito, Thomas.

– Você se lembra de nossa conversa na fazenda de seu avô, perto do alambique?

– É verdade! Foi você quem falou sobre a armadilha da conexão com o passado! E, depois, cheguei a pensar que você estava só tentando me convencer a libertar-me da Santa Joana.

– Mas minhas palavras se referiam à minha própria história. Talvez teria contado, se você tivesse me dado a oportunidade.

– Acho que agora eu entendo...

Joanna estendeu o braço, segurando na mão de Thomas. Foi um gesto impensado e logo se arrependeu. Mas Thomas reteve a mão. Delicadamente, levou-a até os lábios e lhe deu um beijo.

– Joanna, eu tenho encontrado novas perspectivas desde que vim para o Brasil. Quando a vi, da primeira vez, achei que você poderia ser importante para o meu futuro.

Joanna não tinha certeza se queria compreender o que ele insinuava.

– Thomas, eu acho que temos uma boa chance de negociar uma sociedade na Santa Joana.

Thomas fixou seu olhar nela, indagando, mudo, o que ela estaria fazendo com ele. Com sua voz grave, clara e firme, da forma mais honesta que podia, falou:

– Joanna, por que você resiste?

Passou-se alguns longos segundos antes que ela respondesse. Não podia ser hipócrita. A sua mão ainda estava presa à dele.

– Thomas, eu não quero resistir a nada, mas estou muito confusa. Nesses últimos dias aqui, sozinha, percebi o quanto preciso mudar. A sensação que tenho é de que preciso reaprender muitas coisas.

– Talvez eu possa ajudá-la, se você também puder me ajudar.

– Thomas, eu não sei se posso ajudá-lo...

Joanna ia continuar, mas Thomas soltou a sua mão. Ele concluiu que estava se precipitando e não queria que ela continuasse a rejeitá-lo. Não foi para isso que chegou ali. Levantou-se da cadeira.

Joanna limitou-se a acompanhar com os olhos, esperando o movimento seguinte.

– Muito bem... O que você precisa para continuarmos a conversa sobre a sociedade?

– Então, não sou a única persistente aqui... – Ela sorriu. – Pois eu vou lhe dizer, se você quer mesmo ouvir: muita vontade de trabalhar, determinação e transparência. Isso tudo recheado de muita fé no futuro, na parceria, no que podemos fazer melhor juntos.

Thomas olhava para Joanna num esforço de compreendê-la. O jogo dela era perspicaz.

– Será que isso tudo vai caber no acordo de acionistas?

– Acho que não. Mas podemos combinar que faremos tudo que pudermos para dar certo.

– Pode ser um bom começo.

Ele passou as mãos pelos bolsos, como que procurando algo.

– Você já quer ir embora? – Joanna perguntou.

–Vou tentar voltar antes que anoiteça.

– Hummm. Você me fez uma proposta e agora eu tenho a minha. Se você ficar mais um pouco, vai presenciar o pôr do sol mais lindo que já viu em toda sua vida. E eu tenho uma boa garrafa de vinho que podemos tomar enquanto assistimos ao espetáculo. O que acha?

Ele continuou olhando para ela, sem nada dizer. Ela prosseguiu:

– E amanhã podemos voltar juntos para São Paulo e começar a trabalhar nos termos de nosso memorando de entendimentos para a parceria na Santa Joana.

– Joanna, sua proposta é irresistível. Mas acho que o comitê não vai acreditar se eu contar que começamos a nos entender por causa de um pôr de sol e uma garrafa de vinho.

Os dois riram, descontraídos. Joanna subiu na ponta dos pés e o beijou no rosto.

Fim de tarde. Enquanto o sol se deita no horizonte, o casal se une em frente à ampla paisagem de infinitas montanhas cobertas de mata atlântica. Os caminhos fazem curvas sinuosas e cruzam-se inadvertidamente, retomando o rumo de acertos e enganos, para depois novamente se encontrarem. Talvez, o destino os impelisse aos encontros e desencontros. Talvez fosse o que eles sempre sonharam, mas ainda não haviam se permitido a oportunidade de deixar acontecer. De qualquer forma, não importa mais de onde vinham, o que foram, o que teriam sido, como sofreram, por que riram, o que temiam. Apenas são, no presente. Apenas o agora. Apenas deixando que a vida aconteça num instante. Inexorável momento de beleza que se renova, eterna.

A AUTORA

Nasci Maria Bernadette Barbieri Coser. Em fevereiro de 1982 adicionei "de Orem", ao casar-me com Almir. Mais um pouco, ouvi chamarem-me "mamãe". Hoje são três que assim me chamam. A Bernadette Coser de Orem desenvolveu-se com dedicação às empresas da família e foi ela que, em termos profissionais, prevaleceu por muitos e muitos anos.

Mas, dentre todas personagens, sempre houve uma Bernadette que cultivou uma singular paixão pelos livros, pelo enredo que fantasia, o fascínio das palavras que articulam-se em dramas, a magia que arromba a realidade. De tanto cultivar a paixão por histórias lidas, comecei a sonhar um dia escrevê-las, eu mesma. E teria que ser uma história completa, um livro, de preferência do meu estilo favorito: um romance histórico.

Até que um dia, a jornada na empresa, finalmente, amainou. A maturidade ponderou e o tempo fez-se conveniente. A coragem conclamou. Ou talvez, pura ousadia. Devaneio de uma ambição quase secreta. Como num jorro que escapole de neurônios descontrolados, nasceu a história de Joanna e a saga da família Brandini. Da oportunidade de acesso aos dados técnicos e históricos, desenrolou-se o romance que apropria alguns dos fatos mais relevantes do Brasil e do setor sucroalcooleiro do início do século XX até o ano de 2002. Tudo que escrevi, exceto por esses fatos históricos, é pura ficção, embora alguns possam dizer que poderia ser real, tal foi minha obsessão em produzir um romance histórico.

Ao dar os primeiros passos na longa jornada de quase dois anos de produção, dizia que não tinha idéia se seria capaz de produzir um bom romance, embora não tivesse a menor dúvida, por experiência prática e totalmente subjetiva, o que tornava um livro impossível de ser abandonado. Então, na ousadia de desafiar-me, fui juntando letras, acreditando-me capaz de transformar imaginação em palavras, desembolar tramas, decidir destinos, refazer o passado, desdobrar inúmeras possibilidades de futuros num único momento. Lentamente fui soltando a mão (como dizia a May, minha editora), reescrevendo parágrafos confusos, redefinindo o rumo e a sina de cada capítulo. Redescobrindo-me, fui juntando autoconfiança, amarrando pontas de páginas. Acabei por encontrar, assim, o prazer indescritível de deixar que os dedos ágeis pulsassem vibrantes no teclado do computador, permitindo que um mundo novo fosse despertado, frenéticos no prazer de inventar realidades. O encantamento de escrever histórias arrebatou-me por completo.

E com você, leitor que me prestigia, deposito minha gratidão por validar minha ambição e fazer doce o sabor do desafio de um dia ser chamada pelo título de escritora. Atrevidamente emparelhada com os títulos de ilustres autores da sua estante. Como um aposto, uma gentil condescendência que irá qualificar minha nova personagem. Talvez a mais genuína e, certamente, a mais enlevada de todas: Bernadette Barbieri.

Março de 2012.

Agradecimentos

Alfredo Salim Helito
Ana Lucia Coser
Anna Sharp
Antonio Petzold
Assocana – Associação Rural dos Plantadores
de Cana da Média Sorocabana
Claudia Macedo
Evandro Luís Coser
Iara Borges
Julio Maria Borges
Luis Eduardo Magalhães
Maria Amélia Souza Dias (dona Lia)
Maria Beatriz A. Petroni
May Parreira e Ferreira
Mônica Nunes Solimani Arcas
Otacílio Coser Filho
Oscar Motomura
Ramon Perez
Rachel Coser
Raquel Mello Lopes
Raul Cutait Filho
Ricardo Tepedino
Rogério Carlos Buzzo
Ronald Carvalho
Salvador Angerame
Sandra Machado
Sérgio Antonio Zimmerman
Silvia de Souza Dias
Tiago Perez
e muitos familiares e amigos que me incentivaram.

composto nas fontes Huxley Vertical BT e Spectrum MT

impresso no verão de 2012